Ullstein

ÜBER DAS BUCH:

Richard Bach hat ein Hoheslied auf das Erlebnis des Fliegens geschrieben. Im Mittelpunkt steht die Schilderung eines Fluges von Wethersfield nach Chaumont, zwei Stützpunkte der US Air Force in Europa. Für den jungen Piloten wird dieser Flug zu einem Duell mit dem Tod. Seine Maschine, ein Jagdbomber vom Typ F-84 F *Thunderstreak,* ist ihm völlig vertraut, er weiß aber auch, daß sie unberechenbar sein kann – und gerade deshalb liebt er sie. In einem unerwartet aufkommenden Gewitter erlebt er seine Stunde der Wahrheit. Plötzlich fällt das Funkgerät aus, die Instrumente versagen, die Verbindung zur Außenwelt reißt ab. Er ist jener Schwelle ganz nah, die jeder einmal überschreiten muß ... Aber nachdem ihm die sichere Landung geglückt ist, wird niemand davon erfahren, weder von seinem Kampf mit dem Tod noch von seinem Sieg.

DER AUTOR:

Richard Bach, 1935 in Oak Park, Illinois, geboren, entdeckte seine Liebe zur Fliegerei bereits mit siebzehn Jahren. Mit achtzehn wurde er zum Jetpiloten ausgebildet. Er war Schauflieger und Fluglehrer und publizierte Hunderte von Aufsätzen über seinen mit Leidenschaft ausgeübten Beruf, bis er mit seinem ersten Buch, *Die Möwe Jonathan* (UB 20897), einen weltweiten Erfolg errang.

RICHARD BACH

Meine Welt ist der Himmel

ULLSTEIN

ein Ullstein Buch
Nr. 23305
im Verlag Ullstein GmbH,
Frankfurt/M – Berlin
Titel der amerikanischen
Originalausgabe:
Stranger to the Ground

Ins Deutsche übertragen
von Lore und Fritz Preuß

Ungekürzte Ausgabe

Umschlagentwurf:
Theodor Bayer-Eynck
Illustration:
Silvia Christoph

Printed in Germany 1994
Gesamtherstellung:
Ebner Ulm
ISBN 3 548 23305 8

August 1994
Gedruckt auf alterungs-
beständigem Papier mit
chlorfrei gebleichtem Zellstoff

Vom selben Autor
in der Reihe
der Ullstein Bücher:

Glück des Fliegens (20711)
Die Möwe Jonathan (20897)
Illusionen (22117)
Brücke über die Zeit (22278)
Der unsichtbare Ring (23161)

Die Deutsche Bibliothek –
CIP-Einheitsaufnahme

Bach, Richard:
Meine Welt ist der Himmel / Richard Bach.
[Ins Dt. übertr. von Lore und Fritz Preuß]. –
Ungekürzte Ausg. – Frankfurt/M ; Berlin :
Ullstein, 1994
(Ullstein-Buch ; Nr. 23305)
ISBN 3-548-23305-8
NE: GT

EINLEITUNG

Meine Welt ist der Himmel gibt in erster Linie einen Einblick in das Wesen eines Mannes, dessen große Leidenschaft es ist, sich mit dem Sturm und der Nacht und der Angst zu messen.

Bei oberflächlicher Betrachtung ist es die Geschichte eines außergewöhnlichen Auftrages eines jungen Jagdpiloten, der seine ganze Geschicklichkeit in einem einsamen Duell mit dem Tode einsetzt. Doch zwischen den Zeilen entsteht das Bild des Fliegers, der die Außenwelt zu erforschen sucht, aber der Erforschung der Innenwelt noch größeren Wert beimißt!

Um dieses Buch schreiben zu können, mußte erst geflogen werden! Jeder, der es liest, wird das Gefühl haben, sich zusammen mit Dick Bach in einer Führerkabine zu befinden, nicht nur während eines einzigen Fluges, sondern auch während tausend vorangegangener Flugstunden, in denen berufliches Können zu kämpferischer Meisterschaft vervollkommnet wurde und in denen eine Lebensphilosophie reifte.

Es wird selten erkannt – und vielleicht ist gerade hier der geeignete Ort, darauf hinzuweisen –, daß der Mensch bei der Verwirklichung des Traums vom Fliegen wahrscheinlich stärker auf die Kräfte der Seele und des Geistes zurückgreifen mußte als bei allen anderen Erfahrungsbereichen.

Es gibt keine physische Eigenschaft des Menschen, die ihn von vornherein zum Flug befähigt. Im Laufe von unzähligen Generationen haben sich die menschlichen Instinkte fest in irdischen Gewohnheiten verwurzelt. Alles, was mit dem Fliegen zusammenhängt, mußte erfunden werden – die Flugzeuge, die Instrumente, die Motoren, die Steuerungssysteme, das Nachrichtenwesen, die Flughäfen – alles. Und darüber hinaus mußte der Mensch unzählige wissenschaftliche Entdeckungen zu brauchbaren Kompromissen zusammenfügen und sich bei diesem Prozeß für nie zuvor stattgefundene Experimente zur Verfügung stellen.

Wenn ich über all das nachdenke, nachdem ich ein Leben lang eng damit verbunden war, bewundere ich den Reichtum der seelischen und geistigen Kräfte des Menschen mehr als die Höhen und Geschwindigkeiten seines Fluges.

Das ist die Botschaft von *Meine Welt ist der Himmel,* die sich ausdrückt in der Liebe eines Piloten zu seinem Flugzeug, der Hingabe eines Offiziers an sein Land, der Entschlossenheit eines jungen Mannes, seinen Preis für die Freiheit zu zahlen im Kampf mit dem Sturm und der Nacht und der Angst.

Gill Robb Wilson

– 1 –

Der Wind kommt heute abend aus dem Westen, die Startbahn zwei acht entlang. Er zerrt leicht an meinem gepunkteten Schal und läßt die Stahlschnallen meiner Fallschirmgurte in der Dunkelheit klirren. Es ist ein kalter Wind, und aus diesem Grunde wird meine Anlaufstrecke zum Start kürzer als gewöhnlich sein, und mein Flugzeug wird rascher als gewöhnlich steigen, wenn es sich in den Himmel erhebt.

Zwei Männer vom Bodenpersonal sind damit beschäftigt, gemeinsam einen schweren, verschlossenen Leinwandsack mit streng geheimen Dokumenten in die Kanzel des Flugzeugs zu heben. Schwerfällig sinkt er auf den Platz, der normalerweise von abgerundeten Munitionskästen eingenommen wird, über vier geölten schwarzen Maschinengewehren und vor den Bombenabwurfrechnern. Heute nacht bin ich kein Jagdpilot. Ich bin ein Kurier für neununddreißig Pfund Papier, das für meinen Geschwaderkommodore plötzlich sehr wichtig ist, und obwohl heute nacht das Wetter über Europa bereits unbeständig und stürmisch ist, habe ich den Auftrag, diese Papiere von England bis ins Innere Frankreichs hineinzubringen.

Beim hellen Strahl meiner Taschenlampe ersehe ich aus dem Formular eins mit seinen vorgedruckten Kästchen und den Bleistifteintragungen in Blockschrift, daß das Flugzeug startklar ist, daß es nur geringfügige, mir bereits bekannte Mängel aufweist: eine Beule in einem Abwurftank, für die Antenne des Kommandogerätes ist eine Inspektion fällig, die

Starthilfeanlage[1] ist abgestellt. Es ist nicht leicht, die dünnen Seiten des Formulars eins mit Handschuhen umzublättern, aber der kalte Wind hilft mir dabei.

Nachdem das Formular abgezeichnet und die Tür des MG-Schachtes über dem geheimnisvollen Leinwandsack verschlossen ist, klettere ich die schmale gelbe Leiter zu meiner dunklen Führerkabine hinauf, wie ein Bergsteiger in hohen Bergstiefeln, der einen schneebedeckten Gipfel erklimmt, von dem er aufrecht stehend auf die Welt hinabblicken kann. Mein Gipfel ist die enge Führerkabine einer Republic F-84 F *Thunderstreak*.

Der Sicherheitsgurt des Schleudersitzes mit gelben Armlehnen ist aus breitem, festem und olivgrünem Nylon; in seine Sprengschnalle passen meine Schultergurte aus Nylon und das gelbe Stahlzwischenstück, das automatisch meinen Fallschirm öffnet, falls ich heute nacht abspringen muß. Ich umgebe mich mit den ständig gleichen leisen metallenen Geräuschen eines Piloten, der sich mit seinem Flugzeug verbindet. Nach dem üblichen Kampf mit den beiden Gurten des Sitzkissen-Rettungsgeräts werden sie mühelos an meine Fallschirmgurte geklinkt. Mit einem gedämpften saugenden Geräusch schnappt die grüne Sauerstoffmaske in ihren Reglerschlauch. Der stählerne D-Ring der Abzugsleine rasselt beim Festmachen am Bügel des Fallschirmreißleinengriffs. Mit einem schabenden Geräusch kommt der Sicherungsstecker des Schleudersitzes an einem roten Band aus seinem Loch, das in den Abzug an der rechten Armlehne gebohrt ist, und raschelt in der Dunkelheit in die kleine Tasche am Bein meines enggeschnürten Druckausgleichsanzugs. Der elastische Halte-

1 Ein Verzeichnis der in diesem Buch verwendeten Fachausdrücke befindet sich auf S. 217 ff.

streifen meines zerkratzten Kniebrettes aus Aluminium legt sich um meinen linken Oberschenkel und schließt sich mit einem dumpfen Klang. Mein Sturzhelm aus hartem weißem Kunststoff mit dunkler Blendschutzscheibe und mit den goldenen Lettern 1/LT. BACH legt sich eng um meinen Kopf, und es dauert einen kalten Augenblick lang, bis seine weichen mit Schaumgummi gefütterten Kopfhörer an den Ohren warm werden. Der Kinnriemen aus weichem Leder schließt sich an der linken Seite, das Mikrophonkabel verbindet sich mit seinem eigenartigen frostigen Klirren mit dem Radiokabel des Flugzeugs, und schließlich schiebt sich die vom Wind ausgekühlte grüne Sauerstoffmaske aus Gummi fest über Nase und Mund und schließt sich mit einem lauten Knacken des glatten verchromten Druckknopfes an der rechten Helmseite. Nachdem alle Geräusche verstummt sind, ist mein Körper durch Schläuche und Drähte und Schlösser und Schnallen mit dem größeren, schlafenden Körper meines Flugzeugs verbunden.

Draußen in der dunklen, durchdringenden Kälte heult schrill ein gelbes Hilfstriebwerk auf, das ein Mann in einem dicken Anorak bedient, der hofft, daß ich schnell mein Triebwerk starten und davonrollen werde. Trotz des Anoraks friert er. Unter seinen Händen läßt das Rattern und Heulen des großen Benzinmotors etwas nach, und weiße Zeiger schnellen auf seinen Spannungsmessern auf ihre grünen Bogen.

Aus dem Motor des Hilfstriebwerks, durch die rotierende Lichtmaschine, durch die schwarze Gummischlange in den kalten Silberflügel meines Flugzeugs, durch die farbig markierten Drähte des Gleichstromnetzes kommt der Strom schlagartig in meine dunkle Führerkabine, läßt sechs helle rote und gelbe Warnlampen aufleuchten und einige Instrumentenzeiger schnell ausschlagen.

Meine Lederhandschuhe, die die weißen Flügel und den

Stern der Air Force tragen, führen ihr bekanntes kleines Schauspiel für die interessierten Zuschauer vor, die durch meine Augen zusehen. Von links nach rechts wandern sie durch die Kabine; sie schalten die Stromunterbrecher der linken Instrumentenbank ein, MG-Heizschalter auf *aus*, den Schalter für das Triebwerkschutzgitter auf *ausfahren*, die Schalter für den Druck in den Abwurftanks auf *aus*, den Schalter für die Geschwindigkeitsbremsen auf *ausfahren*, Gashebel auf *aus*, Höhenmesser, Bremsfallschirm, Visierarretierhebel, Radiokompaß, TACAN, Sauerstoff, Lichtmaschine, Freund-Feind-Kenngerät, Umkehrwähler. Die Handschuhe tanzen, die Augen sehen zu. Am Ende seiner Vorstellung macht der rechte Handschuh eine Bewegung in der Luft und beschreibt einen kleinen Kreis, um dem unten im Wind wartenden Mann mitzuteilen: Kontrolle beendet, Triebwerk startet in zwei Sekunden. Jetzt Gashebel auf, mit dem Handschuh nach unten und den Startschalter auf *Start*.

Es bleibt keine Zeit, Atem zu holen oder den Blick abzuwenden. Für den Bruchteil einer Sekunde ist ein kurzes Zischen zu hören, bevor der Startknall die eisige Luft erschüttert. Plötzlich, mit einem Schlage, Luft und Funken und Düsentreibstoff vier. Mein Flugzeug ist so konstruiert, daß sein Triebwerk mit einer Explosion startet. Es kann nicht anders gestartet werden. Aber der Knall gleicht der Explosion eines angezündeten Pulverfasses, dem Abschuß einer Kanone, dem Bersten einer Handgranate. Der Mann draußen verzieht schmerzerfüllt das Gesicht.

Mit der Detonation ist mein Flugzeug wie mit plötzlich geöffneten Augen zum Leben erwacht. Sofort hellwach. So schnell, wie er gekommen war, ist der Knall vorüber, abgelöst von einem ständig anschwellenden Kreischen, das schrill und schriller wird und dann wieder die Tonleiter hinunter im Nichts verschwindet. Aber bevor das Kreischen vorüber ist, haben die Brennkammern tief im Innern des Triebwerks ihrem Namen alle Ehre gemacht. Der weiße Leuchtzeiger der Skala mit der Aufschrift *Abgastemperatur* schnellt nach oben, während die Fernthermometer eine wirbelnde gelbe Feuersglut messen, die aus vierzehn rostfreien Stahlkammern hervorbricht. Das Feuer dreht eine Turbine. Die Turbine dreht einen Kompressor. Der Kompressor zermalmt Treibstoff und Luft für das Feuer. Schwache gelbe Flammen verwandeln sich in kräftige blaue Fackeln, die in ihren getrennten runden Kammern festgehalten werden, und der Hilfsgenerator wird nicht mehr gebraucht.

Eine Bewegung mit dem rechten Handschuh, mit ausgestrecktem Finger; weg mit dem Strom, ich brauche ihn nicht mehr.

Die Temperatur des Abgasrohres beträgt gleichbleibend 450 Grad Celsius, der Tachometer zeigt an, daß der Motor mit fünfundvierzig Prozent seiner möglichen Drehzahl läuft. Der Luftstrom zum unersättlichen stählernen Triebwerk ruft an dem ovalen Lufteinlaß ein konstantes durchdringendes Kreischen hervor, wie ein in Ketten gelegtes Ungeheuer, das in der eisigen Dunkelheit und in den sengenden blauen Flammen aufheult.

Ein Zeiger auf einer Skala zeigt den hydraulischen Druck an. Den Schalter der Geschwindigkeitsbremsen auf *einziehen,* und der Druck läßt zwei große Stahlblöcke in den glatten Seiten meines Flugzeuges verschwinden. Regenbogenfarbige Lampen werden dunkel, als der Druck in der Treibstoff- und Öldruckanlage steigt. Ich fühle mich jetzt wie neugeboren, während der Wind an meinem Schal zerrt. Während der Wind an dem großen geschwungenen silbernen Seitenruder entlangheult. Während der Wind zu den Fackeln meines Triebwerkes rast.

Eine Lampe ist noch nicht erloschen, sie leuchtet beharrlich über einem Schild mit der Aufschrift *Kabinendach unverschlossen*. Mein linker Handschuh zieht einen Stahlgriff nach hinten. Mit dem rechten greife ich hoch über meinen Kopf, um den Rahmen des ausbalancierten Teiles aus doppeltem Plexiglas zu ergreifen. Ein leichter Zug nach unten, und mit leichtgängigen Scharnieren senkt sich das Kabinendach über meine kleine Welt. Ich schiebe den Handgriff mit meinem linken Handschuh nach vorn, ich höre das leise Geräusch einschnappender Verschlüsse, ich sehe, wie das Licht erlischt. Der Wind zerrt nicht mehr an meinem Schal.

Durch meine Gurte und meine Schnallen und meine Kabel werde ich in einem tiefen Raum gedämpften roten Lichtes gehalten. In dem Raum befindet sich alles, was ich wissen muß über mein Flugzeug und meine Position und meine Höhe, bis ich den Gashebel zurück auf *aus* nehme, eine Stunde und neunundzwanzig Minuten und neunhundertsechsundzwanzig Kilometer Luftlinie vom Fliegerhorst Wethersfield in England entfernt.

Ich habe keine nähere Beziehung zu diesem Fliegerhorst. Als ich landete, bestand er aus einer langen Landebahn in der Abendsonne, einem Kontrollturmlotsen, der mir Rollanweisungen gab, einem Fremden, der im Befehlsgebäude mit einem schweren, verschlossenen Leinwandsack auf mich wartete. Als ich ankam, hatte ich es eilig, ich habe es eilig, wieder wegzukommen. Wethersfield, mit seinen Hecken und seinen Eichen, die meiner Meinung nach für alle englischen Kleinstädte typisch sind, mit seinen Backsteinhäusern und mit Moos bewachsenen Dächern und seinen Bewohnern, die die Schlacht um England mit schwarzem Rauch über den Himmel ziehen sahen, ist für mich nur eine Zwischenstation. Je eher ich Wethersfield als Lichtfleck in der Dunkelheit zurücklasse, desto eher kann ich den Brief an meine Frau und meine Tochter zu Ende schreiben, desto eher kann ich mich in ein einsames Bett legen und einen weiteren Tag vom Kalender streichen. Desto eher kann ich die große Unbekannte bezwingen, die das Wetter hoch über Europa darstellt.

An dem schweren schwarzen Gashebel unter meinem linken Handschuh befindet sich ein Mikrophonknopf, und ich drücke mit dem Daumen darauf. »Wethersfield Kontrollturm«, spreche ich in das Mikrophon, das in dem weichen grünen Gummi meiner Sauerstoffmaske eingebettet ist. Ich höre meine eigene Stimme in den Kopfhörern meines Helms und weiß, daß in dem hohen Glaswürfel des Kontrollturms im selben Augenblick dieselbe Stimme und dieselben Worte zu hören sind. »Air-Force-Düsenjäger zwei neun vier null fünf; erbitte Rollanweisungen und erwarte Flugsicherungsfreigabe.«

Es klingt noch immer ungewohnt. Air-Force-Düsenjäger. Vor einem halben Jahr hieß es noch Air-Guard-Düsenjäger. Man braucht nur an einem Wochenende im Monat dazusein und konnte fliegen, wenn man Zeit dazu hatte. Wir setzten alles daran, mit alten Maschinen und einem voll ausgeübten Zivilberuf besser zu fliegen und genauer zu schießen als die Piloten der Air Force. Wir sahen, wie sich spannungsgeladene Wolken über der Welt zusammenzogen, und wußten genau, daß unsere Staffel mit dabeisein würde, wenn unser Land größere militärische Stärke brauchte. Einunddreißig Piloten der Staffel wußten das, und sie wußten, daß sie die Staffel verlassen konnten, bevor die Einberufung erfolgte; und es waren dieselben einunddreißig Piloten, die zwei Monate später ihre ausgedienten Flugzeuge über den Atlantik nach Frankreich flogen, ohne in der Luft nachzutanken. Air-Force-Düsenjäger.

»Verstanden, null fünf«, ertönte eine neue Stimme in den Kopfhörern. »Rollen Sie zur Startbahn zwei acht;

Wind aus zwei sieben null Grad mit eins fünf Knoten, Höhenmesser zwei neun neun fünf, Kontrollturmzeit zwei eins zwei fünf, Freigabe wird angefordert. Flugzeugtyp, bitte.«

Ich drehe an dem kleinen Rändelknopf neben dem Höhenmesser, um hinter einer rot erleuchteten Scheibe die Ziffern 29.95 einzustellen. Die Zeiger des Höhenmessers bewegen sich ein wenig. Der Daumen meines Handschuhs drückt wieder auf den Mikrophonknopf. »Verstanden, Kontrollturm, null fünf ist eine Fox acht vier, Kurier: auf dem Rückflug zum Fliegerhorst Chaumont in Frankreich.«

Der dicke schwarze Gashebel geht nach vorn, und in dem schnell ansteigenden Getöse des aufgeschreckten, sehr heißen Donners setzt sich meine leicht verbeulte, leicht veraltete Republic F-84 F, von meinem linken Handschuh gelenkt, in Bewegung. Ein Druck mit dem Schuh auf die linke Bremse, und das Flugzeug dreht sich. Zurück mit dem Gashebel, damit der Mann und sein Hilfstriebwerk nicht von dem sechshundert Grad heißen Orkan aus dem Abgasrohr erfaßt wird. TACAN-Wähler auf *Sendung und Empfang*.

Die schlafenden silbernen Silhouetten der F-100s des Fliegerhorstes von Wethersfield gleiten in der Dunkelheit an mir vorbei, während ich zur Startbahn rolle, und ich fühle mich von Bequemlichkeit umgeben. Das ununterbrochene leichte Rauschen in meinen Kopfhörern, das vertraute Gewicht meines Helms, das Zittern meines Flugzeuges, das leicht hin und her schaukelt, während es auf harten Reifen und ölgefüllten Streben über die Unebenheiten und Rillen der Rollbahn rollt. Wie ein Tier. Wie ein vertrautes und gehorsames, mit Jagdeifer erfülltes großes, schnelles Raubtier rollt das Flugzeug, das ich von seinem Erwachen bis zu seinem Schlaf lenke, zur drei Kilometer langen Startbahn, die im Rauschen des kalten Windes ruhig daliegt.

Die leicht verzerrte Stimme des Kontrollturmlotsen unterbricht das gleichmäßige Rauschen in den Kopfhörern. »Air-Force-Düsenjäger zwei neun vier null fünf, Freigabe erhalten. Fertig zum Mitschreiben?«

Mein Bleistift springt aus dem Ärmel meiner Flugjacke und wartet über dem gefalteten Flugplan, der von den Klammern des Schreibbrettes auf meinem linken Bein festgehalten wird. »Fertig zum Mitschreiben.«

»Flugsicherung gibt frei; Air-Force-Düsenjäger zwei neun vier null fünf zum Fliegerhorst Chaumont . . .« Ich kritzele die Worte in Kurzschrift. Ich habe die Freigabe für den von mir geplanten Kurs erhalten. ». . . auf dem Kurs direkt nach Abbeville, direkt nach Laon, direkt nach Spangdahlem, direkt nach Wiesbaden, direkt nach Straßburg, direkt nach Chaumont.« Eine Route, die schon vor ihrem Beginn umgeleitet worden ist; sie soll die Gewitterfronten und Schlechtwettergebiete umgehen, die der Meteorologe mit roten Vierecken über den direkten Kurs zu meinem Heimatflughafen eingezeichnet hat. »Steigen Sie mit Radarkontrolle auf Flughöhe drei drei null, nehmen Sie Verbindung mit Anglia Kontrolle auf . . .« Die Freigabe kommt durch die Kopfhörer herein und durch die scharfe Spitze des Bleistiftes wieder heraus; mit wem Verbindung aufzunehmen ist und wann und auf welcher Frequenz, eine Stunde und neunundzwanzig Minuten Flugzeit auf einem zehn Zentimeter großen, quadratischen, mit Bleistift geschriebenen Blatt Papier, das in gedämpftes rotes Licht getaucht ist. Ich lese dem Kontrollturmlotsen die Kurzschrift vor, trete leicht auf die Bremsen und komme kurz vor der Startbahn zum Stehen.

»Verstanden, null fünf, die Wiederholung ist richtig. Freigabe zum Start; kein gemeldeter Flugverkehr in der näheren Umgebung.«

Gashebel wieder nach vorn, und das Flugzeug schwenkt ein auf die Startposition auf der Startbahn zwei acht. Der

Beton ist breit und lang. Der aufgemalte weiße Mittelstreifen wird an einem Ende von meinem Bugrad gehalten, an dem unsichtbaren anderen Ende von den widerstandsfähigen Nylongurten der Startbahnverlängerungs-Fangvorrichtung. Eine Doppelreihe weißer Startbahnfeuer läuft in dem fernen Dunkel zusammen und weist den Weg. Der Gashebel bewegt sich jetzt unter meinem linken Handschuh ganz nach vorn; bis der mit Leuchtstoff überzogene Tachometerzeiger den Strich *100 Prozent* erreicht, bis die Temperatur des Abgasrohres bis zu dem kurzen roten Bogen auf der Skala gestiegen ist, der 642 Grad Celsius bedeutet, bis jeder Zeiger auf jeder Skala des in rotes Licht getauchten Instrumentenbrettes mit unserem Vorhaben übereinstimmt, bis ich vor mich hin sage, wie ich es jedesmal tue: Jetzt geht's los. Ich löse die Bremsen.

Es gibt keinen plötzlichen Ruck, der Kopf wird nicht gegen die Kopfstütze gepreßt. Ich spüre nur einen sanften Druck im Rücken. Der Streifen der Startbahn entrollt sich, zunächst noch langsam, unter meinem Bugrad. Rollender Donner rollt und faucht und grollt hinter mir, und ich sehe, wie die Startbahnfeuer neben dem Beton allmählich ineinander übergehen, und der Geschwindigkeitszeiger steigt auf hundert Stundenkilometer, auf hundertfünfzig Stundenkilometer, auf zweihundertzwanzig Stundenkilometer (die Beschleunigungsgeschwindigkeitsprüfungen sind okay), und zwischen den beiden weißen verschwommenen Reihen sehe ich die Fangvorrichtung in der Dunkelheit am Ende der Startbahn warten, und der Steuerknüppel wird leicht von meinem rechten Handschuh nach hinten gezogen, und der Geschwindigkeitszeiger steigt auf dreihundert Stundenkilometer, und das Bugrad hebt sich von dem Beton, und die Haupträder folgen eine halbe Sekunde später, und außer mir und meinem Flugzeug gibt es nichts auf der Welt, und wir leben und gehören zusammen, und der kalte Wind drückt uns an sich, und wir sind eins mit dem Wind und eins mit dem dunklen Himmel und den Sternen vor uns, und die Fangvorrichtung liegt als immer kleiner werdender Fleck vergessen hinter uns, und die Räder klappen nach oben und verschwinden in meiner nahtlosen Aluminiumhaut, und die Eigengeschwindigkeit ist auf dreihundertfünfzig Stundenkilometer gestiegen, und den Landeklappenhebel nach vorn und Eigengeschwindigkeit vierhundert Stundenkilometer, und ich bin in meinem Element, und ich fliege. Ich fliege.

Die Stimme, die ich in den weichen Kopfhörern höre, klingt nicht wie meine eigene. Es ist die Stimme eines Mannes, der sich ganz auf seine Arbeit konzentriert; ein Mann, der noch viel zu erledigen hat, während er spricht. Noch immer drückt mein Daumen auf den Mikrophonknopf, und meine Worte kommen verzerrt aus dem Lautsprecher im Kontrollturm. »Wethersfield Kontrollturm, Air-Force-Düsenjäger zwei neun vier null fünf beim Abflug auf Kurs, verlasse Ihre Station und Frequenz.«

Mein Flugzeug steigt leicht durch die eigenartig klare Luft über Südengland, und meine Handschuhe, die sich mit der Untätigkeit nicht zufriedengeben wollen, bewegen sich durch die Führerkabine und führen die kleinen, ihnen zugeteilten Handgriffe aus. Die Zeiger meines Höhenmessers steigen schnell über eintausendsiebenhundert Meter, und während meine Handschuhe damit beschäftigt sind, die Triebwerksschutzgitter einzuziehen, die Abwurftanks unter Druck zu setzen, die D-Ring-Abzugsleine von der Reißleine zu lösen, den pneumatischen Kompressor einzuschalten, stelle ich plötzlich fest, daß der Mond nicht scheint. Ich hatte gehofft, daß der Mond scheinen würde.

Meine Augen überprüfen noch einmal auf Befehl der Zuschauer hinter ihnen, ob alle Zeiger der kleinen Instrumentenskalen richtig hinter ihren Bögen stehen, die mit grüner Farbe auf das Glas gemalt sind. Der rechte Handschuh schiebt den Sauerstoffhebel sorgsam von *100 Prozent* auf *normal* und stellt die vier weißen Ziffern der Abflugskontrollfrequenz in den vier schwarzen Scheiben des Kommando-UHF-Senders ein.

Die fremde Stimme, die mir gehört, spricht mit der Flugsicherungszentrale, die meinen Abflug überwacht. Die Stimme ist in der Lage, das Notwendige zu sagen, die Handschuhe sind in der Lage, den Gashebel und den Steuerknüppel zu bewegen und mein Flugzeug bei dem steilen Steigflug in die Nacht zu lenken. Vor mir ist durch das dicke schräge Glas der Windschutzscheibe, durch eine immer kleiner werdende klare Luftschicht, die Wolkendecke zu erkennen. Ich sehe, wie sie anfangs noch niedrig und dünn den Erdboden verhüllt, als ob sie nicht sicher sei, ob sie sich über dem Land befindet, das sie bedecken soll. Die drei weißen Zeiger des Höhenmessers steigen über dreitausenddreihundert Meter und veranlassen meinen rechten Handschuh zu einer weiteren, kleineren Anzahl von Handgriffen in der Kabine. Er wählt jetzt die Ziffern drei acht sieben in dem unterteilten Fenster der Schalttafel des Radiokompasses. In den weichen Kopfhörern sind schwach die Morsebuchstaben A-B zu hören: das Funkfeuer von Abbeville.

Abbeville. Vor zwanzig Jahren waren die Jungs von Abbeville, die Maschinen vom Typ Messerschmitt 109 mit gelben Spiralen um ihre Propellernaben-Kanonen flogen, die besten Jagdpiloten der deutschen Luftwaffe.

Nach Abbeville mußte man fliegen, wenn man Lust zu einem Luftkampf hatte, und man mußte es vermeiden, wenn man Leinwandsäcke statt Maschinengewehrkugeln an Bord hatte. Abbeville lag auf der einen Seite des Kanals, Tangmere und Biggin Hill auf der anderen. Messerschmitts auf der einen Seite und Spitfires auf der anderen.

Und ein Gewirr von weißen Kondensstreifen und abstürzenden schwarzen Rauchfahnen in der kristallklaren Luft dazwischen.

Der einzige Abstand, der zwischen mir und einer Me 109 mit gelber Luftschraubennabe liegt, ist eine kleine Biegung des Flusses, den wir Zeit nennen. Die Brandung am Strand von Calais. Die Windstille über dem Schachbrett Europa. Die Umdrehung eines Stundenzeigers. Dieselbe Luft, dasselbe Meer, derselbe Stundenzeiger, derselbe Fluß der Zeit. Aber die Messerschmitts gibt es nicht mehr. Und die ausgezeichneten Spitfires. Wenn mich mein Flugzeug heute nacht nicht den Fluß entlang, sondern quer durch die Biegung bringen könnte, würde die Welt genauso aussehen, wie sie heute nacht aussieht. Und vor ihnen, in demselben Himmel, nur in einem anderen vergangenen Luftraum, fliegen die Breguets und die Latés und One Lonely Ryan aus Richtung Westen in die gleißenden Scheinwerfer über Le Bourget ein. Und weiter den Lauf des Flusses zurück, ein großer Schwarm von Nieuports und Pfalzes und Fokkers und Sopwiths, von Farmans und Bleriots, von Wright-Fliegern, von Santos-Dumont-Luftschiffen, von Heißluftballons, von Habichten, die kreisen und kreisen. Während der Mensch zum Himmel aufblickte. Zum Himmel, genau wie er heute nacht ist.

Der ewige Himmel, der träumende Mensch.

Der Strom fließt.

Der ewige Himmel, der strebende Mensch.

Der Strom fließt.

Der ewige Himmel, der erobernde Mensch.

Heute nacht sind Tangmere und Biggin Hill stille, erleuchtete Rechtecke aus Beton unter der Wolkendecke, die unter meinem Flugzeug dahinzieht, und der Flughafen bei Abbeville ist dunkel. Aber noch immer ist die Luft kristallklar, und sie rauscht über meinem Kabinendach und braust in den gähnenden ovalen Lufteinlaß, nur eine Gewehrlänge vor meinen Stiefeln.

Es ist traurig, plötzlich ein lebendiger Bestandteil dessen zu sein, was der Vergangenheit und verblaßten Filmen der MG-Kameras angehören sollte. Ich bin auf dieser Seite des Atlantiks, weil ich stets bereit sein möchte, neue Eindrücke vom Sieg unserer Seite über die des Gegners zu sammeln, weil ich auf den Auslöser drücken möchte, der ein paar weitere Meter von der Filmrolle der Geschichte ablaufen läßt. Ich bin hier, um an einem möglichen Krieg teilzunehmen, und allein auf diesen Platz gehöre ich, wenn er zu einem wirklichen Krieg werden sollte.

Aber statt das Hassen zu lernen oder auch nur dem Feind, der uns von der anderen Seite des geheimnisvollen Eisernen Vorhangs bedroht, weniger Beachtung zu schenken, habe ich entgegen meiner früheren Ansicht gelernt, daß er tatsächlich ein Mensch, ein menschliches Wesen, sein kann. Während meines kurzen Aufenthalts von einigen Monaten in Europa habe ich mit deutschen Piloten, mit französischen Piloten, mit norwegischen Piloten, mit Piloten aus Kanada und aus England zusammen gelebt. Ich war beinahe überrascht festzustellen, daß die Amerikaner nicht die einzigen Leute auf der Welt sind, die aus reiner Liebe zur Fliegerei Flugzeuge fliegen. Ich habe gelernt, daß Flugzeugpiloten dieselbe Sprache und dieselben unausgesprochenen Worte verstehen, aus welchem Land sie auch stammen mögen. Sie müssen denselben Gegenwind und dieselben Gewitterstürme überwinden. Und während die Tage vergehen, ohne daß ein Krieg ausbricht, ertappe ich mich bei der Frage, ob sich ein Pilot lediglich auf Grund der politischen Verhältnisse, unter denen er lebt, möglicherweise als Mensch völlig von all den Piloten unterscheidet, die unter den verschiedenen politischen Systemen der ganzen Erde leben.

Dieser geheimnisvolle Unbekannte, dieser russische Pilot, über dessen Leben und Gedanken ich so wenig weiß, wird in meiner Vorstellung zu einem Menschen, der mir nicht unähnlich ist, der ein mit Raketen und Bomben und Maschinengewehren bestücktes Flugzeug steuert, nicht weil er die Zerstörung liebt, sondern weil er sein Flugzeug liebt, und die Aufgabe, ein leistungsfähiges, temperamentvolles Flugzeug zu fliegen, ist in jeder Luftwaffe untrennbar verbunden mit der Aufgabe des Tötens, wenn ein Krieg ausgefochten werden muß.

Allmählich empfinde ich Sympathie für diesen angenommenen Piloten des Gegners, und das um so mehr, weil er ein Mann ist, den man nicht kennt und mit dem man nicht verkehren darf, für dessen gute Eigenschaften niemand eintreten will und dessen schlechte Eigenschaften von so vielen verdammt werden.

Wenn hier in Europa Krieg erklärt wird, werde ich niemals die Wahrheit über den Mann erfahren, der in die Kabine eines Flugzeuges mit rotem Stern steigt. Wenn Krieg erklärt wird, werden wir aufeinander losgelassen, um wie ausgehungerte Wölfe gegeneinander zu kämpfen. Einer meiner Freunde, ein treuer, zuverlässiger Freund, der nicht nur in meiner Vorstellung oder Phantasie existiert, wird in den Geschoßgarben eines russischen Piloten umkommen. Irgendwo wird ein Amerikaner durch seine Bomben sterben. In diesem Augenblick werde ich von einem der tausend Schrecken des Krieges verschlungen werden; ich werde die große Schar niemals gesehener Freunde verlieren, die die russischen Piloten bilden. Ich werde mich über ihren Tod freuen und stolz auf die Zerstörung ihrer schönen Flugzeuge durch meine Raketen und Maschinengewehre sein. Wenn mich der Haß überwältigt, werde ich unweigerlich und unvermeidlich selbst ein weniger wertvoller Mensch werden. Ich wäre weniger berechtigt, auf meinen Stolz stolz zu sein. Ich werde den Feind töten und damit meinen eigenen Tod herbeiführen. Und ich bin traurig.

Aber heute nacht ist noch kein Krieg erklärt worden. Während der ruhigen Tage scheint es fast, als ob es unsere Völker doch noch lernen würden, miteinander zu leben, und heute nacht fliegt der östliche Pilot meiner Phantasie, der realer ist als das Phantom, zu dem er in Kriegszeiten werden würde, sein eigenes einsames Flugzeug in seine eigene unberechenbare Wolkenwand.

Meine Handschuhe sind jetzt damit beschäftigt, das Flugzeug in einer Höhe von elftausend Metern zum Horizontalflug zu bringen. Der Gashebel bewegt sich unter dem linken Handschuh nach hinten, bis der Tachometer des Triebwerkes vierundneunzig Prozent Umdrehungen in der Minute anzeigt. Der Daumen des rechten Handschuhs schiebt den Trimmknopf am Steuerknüppel schnell nach vorn, einmal und noch einmal. Die Augen blicken rasch von einem Instrument zum anderen, es ist alles in Ordnung. Der Treibstoffverbrauch beträgt zweitausendfünfhundert Pfund in der Stunde. Der Machzeiger ruht auf 0,8, und meine wahre Eigengeschwindigkeit beträgt also gleichbleibend achthundertachtzig Kilometer in der Stunde. Der dünne Leuchtzeiger des Radiokompasses schlägt plötzlich über seiner Skala mit den vielen Zahlen aus, als das Funkfeuer von Abbeville unter meinem Flugzeug und unter der schwarzen Wolkendecke dahinzieht. Die Augen überprüfen schnell noch einmal die Sendefrequenz, die Stimme ist bereit für eine Standortmeldung an die Flugsicherung, der linke Daumen drückt um 22 Uhr auf den Mikrophonknopf, und die Zuschauer hinter den Augen sehen den ersten schwachen Blitz in der hohen und undurchsichtigen Dunkelheit vor uns.

– 2 –

»Frankreich Kontrolle, Air-Force-Düsenjäger zwei neun vier null fünf, Abbeville.« Einen Augenblick lang leeres Rauschen in den weichen Kopfhörern, und ich sehe sehr deutlich einen Mann vor mir in einem großen viereckigen Raum voll von Fernschreibern und Lautsprechern und Frequenzskalen und runden grauen Radarschirmen. Der Mann beugt sich in seinem gepolsterten Drehstuhl nach vorn ans Mikrophon und stellt ein Glas Rotwein zur Seite.

»Vier null fünf, Frankreich Kontrolle, beginnen Sie.« Der Akzent seiner englischen Aussprache ist kaum wahrnehmbar. Das ist ungewöhnlich. Er nimmt einen Bleistift aus einem Gefäß, das von Bleistiften überquillt.

Mein linker Daumen drückt wieder auf den Mikrophonknopf, und wieder höre ich das Nebengeräusch, das der Mann auf der Erde ebenfalls hört. Durch das Nebengeräusch hört sich das Dröhnen des Triebwerks ruhig und geschäftig an, wie das gleichmäßige Rauschen eines Wasserfalls, das die Geräuschkulisse für meine Meldung darstellt. Meine Worte werden durch die Röhren des Funkgeräts so verändert, daß sie unpersönlich und fremd klingen, wie die Stimme eines Menschen, den ich nur flüchtig kenne. »Frankreich Kontrolle, null fünf ist über Alpha Bravo um 22 Uhr, Flughöhe drei drei null, zugeteilte Instrumentenflugregeln, voraussichtliche Überflugzeit Lima Charlie um 22 Uhr 9, Spangdahlem.« Gutes altes Frankreich. Das einzige Land in Europa, wo man niemals den Namen eines Meldepunktes, sondern nur seine Anfangsbuchstaben nennt, wobei man ein wenig geheimnisvoll tut. Das bekannte Schema der Standortmeldung ist rhythmisch und poetisch; es ist ein rein zweckmäßiges Schema, das sich schön sprechen läßt. Zu jeder Stunde werden auf der ganzen Erde Tausende von Standortmeldungen durchgegeben und entgegengenommen; sie bilden genauso einen grundlegenden Bestandteil des Instrumentenfluges, wie das Einholen von Landeanweisungen ein grundlegender Bestandteil des Schönwetterfluges ist. Standortmeldungen sind ein fester Bestandteil unserer Lebensweise.

»Verstanden, null fünf, auf Ihrer Position. Melden Sie sich bei Lima Charlie.« Der Bleistift hört auf zu schreiben, das Weinglas wird hochgehoben.

Mit seinen letzten Worten hat der Flugsicherungslotse von Frankreich Kontrolle für mich aufgehört zu existieren. Ich bin wieder allein mit der Nacht und den Sternen und den Geräuschen meines Flugzeuges.

In jedem anderen Jagdflugzeug entsteht beim Reiseflug ein ruhiges und gleichmäßiges Geräusch. Der Pilot gleitet dahin auf seinem gebändigten Wasserfall von Geräuschen und weiß, daß mit seinem Triebwerk und seinem Flugzeug alles in Ordnung ist. Aber nicht bei diesem Flugzeug, nicht bei meiner F-84 F. Mein Flugzeug ist ein Clown. Sein Triebwerk klingt eher wie ein schlecht eingestellter, schlecht gedämpfter Achtzylinder als ein leise surrender Dynamo, der auf Öldruck-Kugellagern läuft. Als ich die *Thunderstreak* zum erstenmal flog, sagte man mir, daß ich Schwierigkeiten haben würde, falls das Vibrieren des Triebwerkes je aufhören sollte. Das stimmt. Eigenartige Geräusche entstehen aus dem Nichts, sind eine Weile im Flugzeugrumpf zu hören, verstummen schließlich.

Jetzt setzt hinter meiner linken Schulter ein leises Heulen ein. Fasziniert von dem neuen Ton, den mein zu Possen aufgelegtes Flugzeug entdeckt hat, höre ich aufmerksam zu. Das Heulen wird schriller und schriller, als ob eine kleine Turbine auf ungeheure Geschwindigkeit beschleunigt würde. Mein linker Handschuh nimmt den Gashebel einen Zentimeter zurück, und das Heulen wird etwas leiser; Gashebel nach vorn, und das surrende Geräusch steigt wieder an. In einem anderen Flugzeug wäre das Heulen Anlaß zu ernster Besorgnis; in meinem Flugzeug ruft es nur ein leises Lächeln unter der grünen Gummisauerstoffmaske hervor. Bis jetzt hatte ich geglaubt, alle Geräusche zu kennen, die dieses Flugzeug hervorzubringen vermag. Nach einer Weile hört das Heulen von selbst auf.

Ein dumpfer Schlag. Ein kaum spürbares Zittern des Gashebels und ein Geräusch, als ob ein harter Schneeball die Seite des Rumpfes getroffen hätte. In einer der neuen Maschinen F-100 oder F-104 wäre der Pilot bei dem dumpfen Schlag hochgefahren und hätte schnell die Triebwerksüberwachungsinstrumente überprüft. In einem anderen Flugzeug würde der dumpfe Schlag wahrscheinlich bedeuten, daß die Turbine eine Laufradschaufel verloren hat und daß zahlreiche unangenehme Folgen auftreten werden. In meiner F-84 F ist der dumpfe Schlag jedoch nur ein weiteres Geräusch in dem Lautkaleidoskop, das das Flugzeug für seinen Piloten bereithält, ein weiterer Beweis für eine in dem Metall verborgene eigenwillige Persönlichkeit.

Mein Flugzeug hat eine Vielzahl individueller Eigenheiten; sie sind so zahlreich, daß vor unserem Eintreffen in Frankreich eine kleine Konferenz mit den Kontrollturmlotsen abgehalten werden mußte, um sie über das Flugzeug zu unterrichten. Der Startknall des Triebwerkes konnte die Nichteingeweihten dazu bringen, zum Feuermelder zu stürzen. Wenn das Triebwerk auf dem Boden im Leerlauf mit bescheidenen sechsundvierzig Prozent der verfügbaren Drehzahl läuft, summt es. Es summt nicht ruhig vor sich hin, sondern mit einem lautstarken, durchdringenden, widerhallenden, zermürbenden »MMM«, bei dem die Ersten Warte schmerzverzerrt auf ihre Ohren zeigen, um die Piloten daran zu erinnern, mehr Gas zu geben und die Drehzahl über den Resonanzpunkt zu erhöhen. Es ist ein ganz bestimmtes und fast menschliches Summen, das es hervorbringt, und es besteht kein Zweifel im ganzen Flughafen, daß sich eine F-84 F für den Flug vorbereitet. Aus erträglicher Entfernung hört es sich so an, als ob das Flugzeug den Ton für das Lied seines lauten Donners angibt. Später, im Himmel, ist gewöhnlich nichts von seiner Resonanz zu spüren, obwohl die Führerkabine von den anderen Geräuschen seines Triebwerks erfüllt ist. Ab und zu allerdings fliege ich ein Flugzeug, das in der Luft summt, und die Führerkabine gleicht dann einer raffiniert konstruierten Folterkammer. Zurück mit dem Gashebel nach dem Aufsteigen, im Reiseflug über das Land, um am Flügel des Führungsflugzeuges zu bleiben. MMM . . . noch etwas mehr zurück mit dem Gas. MMM . . . das Dröhnen durchschüttelt mich, als ob ich ein Servomotor aus Metall wäre, der am Flugzeugrumpf befestigt ist. Ich schüttele schnell meinen Kopf. Es ist, als ob man versuchte, einen Schwarm blutgieriger Moskitos mit einem Kopfschütteln zu verscheuchen. Ich reiße meine Augen weit auf, kneife sie zusammen, schüttele nochmals meinen Kopf. Umsonst. Bald fällt es schwer, an den Formationsflug zu denken, an den Reiseflug, an die Navigation, an irgend etwas außer dem durchdringenden Dröhnen, das das Flugzeug durchschüttelt wie eine Fieberkrankheit. Geschwindigkeitsbremsen halb heraus. Gashebel auf bis zur Drehzahl von achtundneunzig Prozent. Das Dröhnen läßt bei stärkerem Gasgeben nach, wird ersetzt durch das Vibrieren der heftig gegen die Geschwindigkeitsbremsen blasenden Luft. Wenn ein Pilot zwei Stunden in einer laut dröhnenden Maschine fliegen müßte, würde er nur noch ein erschöpfter, mechanisch reagierender Mensch sein. Ich hätte nie geglaubt, daß etwas so Einfaches wie Lärm und Vibration einen Menschen so schnell aushöhlen könnte. Wenn ich bei einem Flugzeug schweres Dröhnen des Triebwerks angab, mußte ich feststellen, daß es sehr häufig durch ein loses Verbindungsstück zum Abgasrohr hervorgerufen wurde, so daß ein zweieinhalb Meter langes Rohr aus rostfreiem Stahl leicht das Flugwerk berührte wie eine Stimmgabel ein Wasserglas. Im Krieg würde das perfekte Werkzeug eines Saboteurs ein Schraubenschlüssel sein, mit dem er nur ganz leicht die Befestigungsschrauben der Abgasrohre feindlicher Maschinen zu lockern brauchte.

Es gibt auch noch andere Dinge. Das Flugzeug kann einem hunderterlei kleine Streiche spielen. Hundert Kleinigkeiten, die scheinbar darauf hindeuten, daß irgend etwas nicht stimmt, wenn alles in bester Ordnung ist. Unmittelbar vor dem Aufsteigen, während des Probelaufs des Triebwerks auf der Startbahn, dringt grauer Rauch in die Führerkabine und quillt aus den Entlüfterstutzen. Triebwerkschaden? Eine defekte Ölleitung im Triebwerksraum? Nein. Der Lufttemperaturregler in der Führerkabine ist zu kalt eingestellt, und die feuchte Außenluft wird von dem gehorsamen Kühlsystem sofort in Nebel verwandelt. Man braucht nur den Temperaturregler auf *heiß* zu stellen, und der Rauch verschwindet. Und das Flugzeug kichert vor sich hin.

Im selben Augenblick Probelauf. Rauch, richtiger Ölrauch, strömt aus dem Rumpf, entweicht mit kräftigem Druck aus einer verborgenen Öffnung auf die Startbahn, wirbelt hoch und hüllt das Flugzeug in einen grauen Schleier. Nichts Ungewöhnliches. Nur der normale Ölrauch von den Öldruck-Kugellagern, der wie vorgesehen aus dem Flugzeug strömt.

Während des Fliegens, nach einer Stunde Tiefflug. Plötzlich strömt Treibstoff aus dem Führungsflugzeug und weht nach hinten wie ein großes weißes Notsignal. Defekte Treibstoffleitungen? Ein Zeichen dafür, daß sich Turbinenschaufeln wirbelnd vom rotglühenden Laufrad lösen und sich ein Triebwerk in Einzelteile auflöst? Steht ein Brand und eine grellrote Explosion am Himmel unmittelbar bevor? Nein. Völlig normal, dieser Treibstoffstreifen. Während die Abwurftanks ihren letzten Treibstoff abgeben und während die Innentanks mit der Zuleitung ihres Treibstoffes beginnen, ist einen Augenblick lang zuviel Düsentreibstoff vier im Haupttank und strömt wie vorgesehen einfach über Bord. Das Flugzeug kichert über einen alten Scherz.

Start. Schwerbeladen bei niedriger Eigengeschwindigkeit, noch in Bodennähe, Abspringen nur im äußersten Notfall möglich bei noch nicht eingefahrenen Landeklappen, und auf dem Instrumentenbrett flammt ein grellgelbes Licht auf. Plötzlich. Ich sehe es aus den Augenwinkeln und bin wie gelähmt. Für den Bruchteil einer Sekunde. Und das gelbe Licht verlöscht ganz von selbst. Es war nicht das gelbe Heißlauf-Warnlicht, was ich in jenem kritischen Moment gesehen habe, in dem ein Brand verheerende Folgen haben könnte, sondern das Lämpchen für die Veränderung des mechanischen Wirkungsgrades, das mir anzeigt, sobald ich die Fassung wiedergefunden habe, daß die hydraulische Anlage des Stabilators wie vorgesehen zu arbeiten beginnt und die Reaktion der Steuerung verändert, sobald das Fahrgestell verriegelt ist. Und das Flugzeug kichert.

Aber einmal, nach langer Zeit, wenn sich die Laufradschaufeln wirklich lösen und rotglühend die Treibstoffleitungen zerschneiden, leuchtet die Feuerwarnlampe tatsächlich auf, während Flammen an ihren Nervenenden züngeln, und die Kabine füllt sich tatsächlich mit Rauch. Einmal nach langer Zeit. Und ein Flugzeug schreit auf vor Schmerzen.

Heute nacht fliege ich mit Reisefluggeschwindigkeit. Gleichmäßig wechseln sich das Kreischen und Klopfen und

Rattern und Quietschen ab, und die Leuchtzeiger geben fünfundneunzig Prozent Drehzahl an und 540 Grad Abgasrohrtemperatur und 490 Stundenkilometer angezeigte Eigengeschwindigkeit. Beim Reiseflug pendeln die langen Leuchtzeiger des Höhenmessers langsam über dem Elftausend-Meter-Strich hin und her, und andere kürzere Zeiger stehen unverrückbar hinter den grünen Farbbogen auf ihren Glasscheiben. Auf dem Armaturenbrett vor mir werden vierundzwanzig runde Skalen in rotes Licht getaucht. Diese Tatsache ist nichtssagend und nicht sehr eindrucksvoll, obwohl ich das unbestimmte Gefühl habe, daß sie aufregend sein sollte. Vielleicht, wenn ich die Schalter und Hebel und Wähler zählen würde . . .

Früher einmal wäre ich von den vierundzwanzig Skalen beeindruckt gewesen, aber heute nacht sind es wenig, und ich kenne sie gut. Auf dem Schreibbrett, das an mein Bein geschnallt ist, befindet sich eine runde Rechenscheibe, nach deren Angabe die angezeigte Eigengeschwindigkeit von 490 Stundenkilometern in Wirklichkeit mein Flugzeug mit einer Geschwindigkeit von 860 Stundenkilometern über das Land zwischen Abbeville und Laon fortbewegt. Was nicht gerade schnell ist, aber für ein altes Flugzeug der Air Guard ist es andererseits auch nicht gerade langsam.

Reiseflug. Die Stunden säuberlich in kurze Zeitabschnitte zerlegt, die man für den Flug von Stadt zu Stadt braucht, von Funkfeuer zu Funkfeuer, von einem Ausschlag der Radiokompaßnadel bis zum nächsten. Ich führe meine Welt mit mir, während ich fliege, und draußen ist die bekannte, indifferente Außenwelt mit 55 Grad unter Null und Sternen und schwarzen Wolken und tief darunter die Hügel.

Das leichte Rauschen in den Kopfhörern wird durch eine schnelle und hastige Stimme unterbrochen: »Evreux

Kontrollturm Sprechprobe des Wachkanals; eins-zwei-drei-vier-fünf-vier-drei-zwei-eins Evreux Kontrollturm Ende.«

In diesem Augenblick gibt es noch jemanden auf der Welt. Zehn Kilometer unter mir ist ein Kontrollturmlotse, der sich mit einer Geschwindigkeit von 860 Stundenkilometern entfernt, der in dieser Sekunde sein Mikrophon in den Halter zurücklegt, wobei er auf seine Startbahn blickt, über die sich ein Netz gedämpfter weißer Lampen spannt und die von blauen Rollbahnfeuern umgeben ist, die zu einer Parkrampe führen. Von seinem Turm aus kann er auf die geparkten Transportmaschinen seines Flughafens blicken, deren Kielflossen wie große regelmäßige Dreiecke aussehen. In diesem Augenblick beginnt für ihn ein einsamer Dienst; seine Sprechprobe sollte gleichermaßen die Stille unterbrechen als auch den Notsender überprüfen. Aber nun weiß er genau, daß das Funkgerät arbeitet, und er macht es sich bequem, um die Nacht hindurch zu warten. Er weiß nicht, daß ich über ihn hinweggeflogen bin. Um das zu wissen, müßte er auf den Laufsteg an seinem Turm hinausgehen und angespannt horchen und durch das letzte Wolkenloch zu den Sternen hinaufsehen. Wenn die Nacht still wäre, könnte er das ferne, undeutliche Dröhnen des Triebwerkes hören, das mich und mein Flugzeug durch den Himmel trägt. Wenn er sein Fernglas bei sich hätte und wenn er genau im richtigen Moment hinsehen würde, könnte er die roten und grünen und gelben Punkte meiner Navigationslichter und mein weißes Rumpflicht vorbeihuschen sehen. Und er würde nach den ersten Regentropfen in seinen Turm zurückgehen und auf die Morgendämmerung warten.

Ich entsinne mich, daß mich einst die Frage beschäftigte, wie man sich beim Fliegen eines Jagdflugszeuges fühlen würde. Und jetzt weiß ich es. Es ist genauso, als führe man mit einem Auto auf den Straßen Frankreichs dahin. Genauso. Man bringe eine kleine Limousine in eine Höhe von elftausend Metern. Man schließe die Wände um den Fahrersitz, schneide das Dach ab und ersetze es durch Plexiglas. Man steuere mit einem Steuerknüppel und Seitenruderhebeln anstatt mit einem Lenkrad. Man bringe vierundzwanzig Skalen am Armaturenbrett an. Man ziehe einen salbeigrünen Overall mit vielen Taschen an und einen enggeschnürten Druckausgleichsanzug mit Reißverschlüssen und einen weißen Sturzhelm mit einer dunklen Plexiglasscheibe und einer weichen grünen Sauerstoffmaske aus Gummi und ein Paar hohe schwarze Sprungschuhe mit weißen Fangleinen-Schnürsenkeln und eine Pistole in einem ledernen Schulterhalfter und eine schwere grüne Flugjacke mit einer Tasche für vier Bleistifte am linken Ärmel und nähe das Staffelemblem und den Namen an die Jacke und male den Namen auf den Helm und schlüpfe in einen Fallschirm und schließe das Lebensrettungsgerät an und den Sauerstoff und das Mikrophon und die automatische Fallschirmreißleine und schnalle sich mit Schulter- und Sicherheitsgurten an den Sitz mit gelben Armlehnen und einem Abzug und fliege mit einer Geschwindigkeit von dreizehn Kilometern in der Minute über die Hügel hinweg und blicke hinab auf die heraufziehende Wolkenwand zur Rechten und achte auf die Nadeln und Zeiger, die anzeigen, wo man sich befindet, wie hoch man ist und wie schnell man sich fortbewegt. Ein Jagdflugzeug zu fliegen ist genauso, als führe man mit einem Auto auf den Straßen Frankreichs dahin.

Mein Flugzeug und ich sind jetzt schon einunddreißig Minuten in der Luft, seit wir die Startbahn vom Fliegerhorst Wethersfield verlassen haben. Wir sind jetzt vierhundertfünfzehn Flugstunden zusammen, seit wir uns das erstemal in der Air National Guard getroffen haben. Jagdpiloten halten sich in ihren Flugzeugkabinen nicht den zehnten Teil der Zeit auf, die die Piloten der Transportmaschinen in ihren Führerkabinen zubringen müssen. Die Flüge in einmotorigen Maschinen dauern selten länger als zwei Stunden, und alte Modelle werden alle drei oder vier Jahre durch neue Flugzeuge ersetzt, selbst in der National Guard. Für einen Jagdpiloten und sein Flugzeug allerdings fliegen die F-84 F und ich schon eine verhältnismäßig lange Zeit zusammen. Wir haben uns gegenseitig kennengelernt. Meine Maschine erwacht unter der Berührung meines Handschuhs zum Leben, und als Gegenleistung für ihr Leben gibt sie mir die Reaktion und die Leistung, durch die ihre Liebe zum Ausdruck kommt.

Ich möchte hoch über den Wolken fliegen, und schon zieht sie bereitwillig einen schlauchförmigen, sich drehenden grauen Streifen hinter sich her. Vom Erdboden aus wirkt der graue Schlauch wie ein grellweißer Kondensstreifen, und jedermann kann an dem Strich quer über das Blau sehen, daß wir sehr hoch fliegen.

Ich möchte tief fliegen. Wie ein Donner, Blitz und pfeilförmiger Schatten rasen wir über die bewaldeten Täler. Die Baumwipfel rascheln unter dem Luftdruck unseres Vorbeifluges, und die Welt besteht nur aus einer verschwommenen Fläche in der Windschutzscheibe mit nur einem festen Punkt: genau vor uns, der Horizont.

Zusammen genießen wir das Leben.

Ab und zu, wenn ich in einer Mußestunde über das Leben nachdenke, das ich führe, frage ich mich, woher die Leidenschaft für Geschwindigkeit und Tiefflug kommt. Denn wie mir ein alter Fluglehrer sagte, kann man in einem Flugzeug alles mögliche ohne die geringste Gefahr tun, falls man es nicht in Bodennähe zu tun versucht. Es ist die Berührung mit dem Erdboden, mit jener deprimierend harten anderen Welt, durch die Piloten umkommen.

Warum fliegen wir also zuweilen tief und schnell, nur so zum Spaß? Warum die Rollen in Bodennähe nach einem Angriff auf die Panzer während der Kriegsspiele? Woher kommt die Anziehungskraft der Brücke, die stumme, beharrliche Herausforderung, die jede Brücke für jeden Piloten darstellt, unter ihr hindurchzufliegen und ungeschoren davonzukommen?

Ich genieße die Farbe und den Geschmack des Lebens in vollen Zügen. Obgleich der Tod ein interessantes Phänomen auf dem vor uns liegenden Weg ist, begnüge ich mich damit, daß er mich findet, wo er will, anstatt die Begegnung mit ihm schneller herbeizuführen oder sie absichtlich zu suchen. Daher frage ich mich, warum man tiefer als notwendig hindurchfliegt bei hoher Geschwindigkeit? Weil es Spaß macht, lautet die Antwort, einen Scheingrund vorschiebend, in der Hoffnung, daß er als ausreichend angesehen wird. Weil es Spaß macht. Darum. Kein Pilot wird das leugnen. Aber wie ein mit Worten spielendes Kind frage ich weiter, warum macht es Spaß? Weil du dich gerne zur Schau stellst. Aha. Da haben wir also die Antwort, die für den Bruchteil einer Sekunde zu spät in einer Haustür verschwindet, um meiner Aufmerksamkeit zu entgehen. Und warum stelle ich mich gern zur Schau? Die Antwort wird von einem Kreuzfeuer heller Scheinwerfer festgehalten. Weil ich frei bin. Weil mein Geist nicht an einen hundertachtzig Pfund schweren Körper gefesselt ist. Weil ich, wenn ich mit meinem Flugzeug zusammen bin, Kräfte besitze, die nur die Götter haben. Weil ich nicht über eine Geschwindigkeit von 925 Stundenkilometern nachzulesen oder sie in einem Film von einem ferngelenkten Flugzeug aus zu beobachten brauche oder mir vorstellen müßte, was für ein Gefühl man dabei hat. In meiner Freiheit kann ich 925 Stundenkilometer *erleben* – das Vorbeihuschen der Bäume, das kurze Aufblitzen des

Panzers unter mir, das Gefühl des Steuerknüppels in meiner rechten Hand und des Gashebels in meiner linken, den Geruch des grünen Gummis und des kalten Sauerstoffs, die verzerrte Stimme des vorgeschobenen Fliegerleitoffiziers: »Gute Arbeit, Checkmate!« Weil ich den Menschen auf der Erde jene Wahrheit sagen kann, die ich schon vor langer Zeit entdeckt habe: Der Mensch ist nicht nur dazu bestimmt, sich auf der Erde zu bewegen und ihren Gesetzen unterworfen zu sein. Der Mensch ist ein freies Wesen, das Herrschergewalt über seine Umwelt und über die stolze Erde besitzt, die so lange Zeit sein Meister war. Und diese Freiheit ist so intensiv, daß sie Ausdruck in einem Lächeln findet, das nicht einer abgeklärten, würdevollen Gleichgültigkeit Platz machen möchte. Denn, wie die Antwort zum Teil lautete, Freiheit ist Freude.

Sie gehorcht mir, meine Maschine. Es kümmert sie nicht, daß sie in niedriger Höhe Treibstoff schluckt, wie ein Wasserfall Wasser verschlingt. Es kümmert sie nicht, daß die Insekten des Waldes an ihrer Windschutzscheibe zu leblosen Flecken zerplatzen. Sie fliegt dicht über den Baumwipfeln, weil ich dort fliegen möchte, weil sie eine feinfühlige und gehorsame Maschine ist. Weil ich sie mit einem Handschuh berührt habe, um sie zum Leben zu erwecken. Weil ich ihr einen Namen auf den vorderen Rumpf male. Weil ich sie »sie« nenne. Weil ich sie liebe.

Meine Liebe zu dieser Maschine hat ihren Ursprung nicht in der Schönheit, denn eine *Thunderstreak* ist kein schönes Flugzeug. Meine Liebe entspringt dem Respekt für hervorragende Leistung. In ihrem von mir geschenkten Leben erwartet meine Maschine, daß ich sie sachkundig und gut fliege. Sie verzeiht mir die Augenblicke, in denen es notwendig ist, sie hart heranzunehmen, wo es behutsam nicht gehen würde, wenn es Gründe für diese Augenblicke gibt. Wenn ich sie jedoch fortwährend hart herannehme und sie so fliege, wie sie nicht geflogen werden soll, mit überhöhter Geschwindigkeit und überhöhter Temperatur, mit plötzlichen Gasstößen, mit harten schnellen Steuerausschlägen, wird sie mich eines Tages kaltblütig und leidenschaftslos umbringen.

Ich respektiere sie, und dafür respektiert sie mich. Doch habe ich niemals gesagt »Wir sind gelandet« oder »Wir haben das Ziel zerstört«; es heißt immer »Ich bin gelandet«, »Ich habe den Panzer erledigt«. Ohne mein Flugzeug bin ich nichts, und doch erhebe ich Anspruch auf das Verdienst. Was ich sage, ist dennoch keineswegs selbstgefällig.

Ich steige in die Kabine meines Flugzeuges. Mit den Schultergurten und dem breiten Sicherheitsgurt schnalle ich mich an mein Flugzeug (ich schnalle meine Flügel an und meine Geschwindigkeit und meine Kraft), ich lasse den Sauerstoffschlauch an meiner Maske einschnappen (ich kann in Höhen atmen, wo die Luft sehr dünn ist), ich verbinde das Radiokabel mit dem schwarzen Draht, der aus der Rückseite meines enganliegenden Helms kommt (ich kann Wellenlängen hören, die von anderen nicht wahrgenommen werden können; ich kann mit Dutzenden von Einzelpersonen mit Spezialaufgaben sprechen), ich drücke den MG-Schalter auf MGS (ich kann einen Lastwagen von sechs Tonnen mit einem Fingerdruck mitten durchschneiden, ich kann einen Panzer von dreißig Tonnen mit einem leichten Daumendruck auf den Raketenknopf auf den Rükken werfen), ich lege eine Hand auf den Gashebel, die andere auf den der Hand angepaßten, mit Knöpfen übersäten Griff des Steuerknüppels (ich kann fliegen).

Die pfeilförmigen Aluminiumflügel sind meine Flügel, die harten schwarzen Räder sind meine Räder, die ich unter mir fühle, der Treibstoff in den Tanks ist mein Treibstoff, den ich trinke und durch den ich lebe. Ich bin nicht mehr Mensch, ich bin Mensch-Maschine; meine Maschine ist nicht mehr nur eine Republic F-84 F *Thunderstreak*, sondern Maschine-Mensch. Die beiden bilden eine Einheit, die Einheit ist das »Ich«, das den Panzer daran hindert, die Infanterie in ihren Schützenlöchern festzuhalten, das die feindliche Mensch-Maschine aus dem dunklen Himmel herunterholt. Das Ich, das die Dokumente des Geschwaderkommodores von England nach Frankreich bringt.

Manchmal, wenn ich auf der Erde bin oder mich auf einer weichen Couch zurücklehne, frage ich mich, wie es mir möglich ist, hellwach und Teil eines Flugzeugs zu werden, in jene unheimlich komplizierte Kabine zu klettern und alle Startvorbereitungen durchzuführen und all die gespannte Aufmerksamkeit aufzubringen, die notwendig ist, um mit anderen Flugzeugen in Formation oder beim Übungsschießen zu fliegen oder um mit einem Bündel Raketen ins Ziel zu treffen. Dieser Gedanke beschäftigt mich lange Zeit, während ich die Reißverschlüsse an den Beinen meines Druckausgleichsanzuges zuziehe, während ich in meine Schwimmweste schlüpfe, während ich mich in meinen kleinen Führersitz schnalle. Es ist eine dumpfe Benommenheit in mir, die sagt »Wie kann ich das alles richtig machen?« und die sich nur auf sich selbst zurückziehen und nichts von der Verantwortung wissen möchte, ein hochleistungsfähiges Flugzeug durch eine genau festgelegte Flugfigur zu fliegen. Aber eine der seltsamen Eigenarten des Spiels ist, daß die Lethargie verfliegt, sobald mein Finger den Startschalter auf *Start* drückt. In diesem Augenblick bin ich auf alles vorbereitet, was der Einsatz erfordern wird. Ich bin hellwach und konzentriere mich darauf, was getan werden muß, und ich weiß genau, wie es getan werden muß, und ich gehe bei den Flugvorbereitungen Schritt für Schritt vor und erledige jeden Schritt sicher und korrekt und ohne Zögern. Das Gefühl, das Unmögliche zu versuchen, verschwindet, sobald mein Handschuh den Startschalter berührt, und taucht erst wieder auf, wenn meine Aufmerksamkeit und Wachsamkeit nachlassen und ich vor dem nächsten Flug eine Ruhepause habe. Ich frage mich, ob dieses Nachlassen der Spannkraft vor einem Flug eine allgemeine Erscheinung ist. Ich habe niemals einen anderen Piloten danach gefragt, ich habe niemals einen anderen Piloten davon sprechen hören. Aber solange die Berührung des Schalters ein schnell wirkendes Heilmittel ist, mache ich mir keine Sorgen.

Nachdem ich im Flugzeug den Schalter gedrückt habe, frage ich mich, wie ich jemals auf den Gedanken kam, das Fliegen einmotoriger Flugzeuge wäre kompliziert. Ich weiß keine Antwort darauf. Es schien einfach so, als ob es schwierig sein müßte, vor dem Start und lange Zeit vorher, ehe ich die vierundzwanzig Skalen kannte und die Schalter und die Hebel und die Wählschalter. Nachdem ich vierhundertfünfzehn Stunden in dem kleinen Kabinenraum zugebracht habe, bin ich ziemlich gut damit vertraut, und was ich nach dieser Zeit noch nicht weiß, ist nicht besonders wichtig. Wie kam ich nur auf den Gedanken, daß es kompliziert wäre?

Bei Luftfahrtausstellungen steigen Freunde, die selbst keine Flieger sind, die gelbe Leiter zu meinem Flugzeug hinauf und sagen: »Wie kompliziert das alles ist!« Meinen sie wirklich, was sie sagen? Eine berechtigte Frage. Ich denke zurück an die Zeit, in der ich noch nicht ein Querruder von einem Stabilator unterscheiden konnte. Habe ich jemals Flugzeuge für kompliziert gehalten? Ich versuche mich zu erinnern. Die Antwort ist niederschmetternd, furchtbar kompliziert. Selbst nachdem ich mit dem Fliegen begonnen hatte, erschien mir jedes neue Flugzeug, jedes größere Flugzeug komplizierter als das, was ich zuvor geflogen hatte. Aber eine einfache Tatsache, wie sie das Wissen um die Funktion jedes Dinges in einer Kabine darstellt, läßt das Wort »kompliziert« sinnlos erscheinen und unpassend klingen, wenn es jemand gebraucht, um mein Flugzeug zu beschreiben.

Dieses schwach erleuchtete rote Armaturenbrett, das ich jetzt vor mir habe, was ist daran kompliziert? Oder an den Instrumentenbänken links und rechts? Oder an den Knöpfen am Steuerknüppel? Kinderspiel.

Der Tag, an dem ich nach meinem Flug mit der F-84 F landete, war eine furchtbare Enttäuschung. Damals galt die *Thunderstreak* als das beste Flugzeug der Air Force für den Erdkampf. Sie konnte mehr Sprengstoff ins Ziel befördern als irgendein anderes einsatzfähiges taktisches Jagdflugzeug. Ich war verärgert und enttäuscht, weil ich gerade fünfzehn Monate damit verbracht hatte zu marschieren und zu studieren und zu fliegen und Beeilung, mein Herr, um mich auf ein Flugzeug vorzubereiten, in das meine Frau nur einzusteigen brauchte und das sie jederzeit fliegen könnte. Ich könnte sie in den Führersitz setzen, ihr die Schultergurte und den Sitzgurt festschnallen und ihr sagen, daß der Gashebel für schnell und langsam ist, der Steuerknüppel für oben und unten und links und rechts, und das ist der Handgriff, durch den das Fahrgestell ein- und ausgefahren wird. Oh, und eh ich's vergesse, Liebling, dreihundert Stundenkilometer beim Endanflug.

Dahin ist die Hoffnung, daß ich eines schönen Tages aufwachen und ein Superman sein würde. Meine Frau, die in den letzten fünfzehn Monaten nur Briefe nach Stenogramm geschrieben hatte, könnte in jene kleine Führerkabine steigen und mit Schallgeschwindigkeit fliegen; sie könnte eine Atombombe abwerfen, wenn sie wollte.

Ohne mein Flugzeug bin ich ein normaler und nutzloser Mensch – ein Trainer ohne Pferd, ein Bildhauer ohne Marmor, ein Priester ohne Gott. Ohne ein Flugzeug bin ich ein einzelner Konsument von belegten Brötchen, der Mann in einer Schlange vor der Ladenkasse, mit einem Einkaufswagen voll Orangen und Cornflakes und Milchflaschen. Ein braunhaariger junger Mann, der sich allen Schwierigkeiten zum Trotz große Mühe gibt, Gitarre spielen zu lernen.

Aber so wie »Der Apfelschimmel« von einem beharrlichen Willen gemeistert wird, der sich mit Akkorden in e- und a-Moll und dem verminderten Septakkord abmüht, so wachse ich über den Durchschnittsmenschen hinaus, wenn sich der beharrliche Wille mit der geliebten Materie abmüht, die für mich eine Flügelspanne von 12,45 Metern und eine Höhe von 4,47 Metern hat. Der Trainer, der Bildhauer, der Priester und ich. Wir alle haben eine Vorliebe für grüne Bohnen und eine Abneigung gegen Cornflakes mit Milch. Aber in jedem von uns lebt der Geist, für den nur der innere Wert seiner Arbeit zählt.

Ich bin kein Superman, aber die Fliegerei ist immerhin eine interessante Möglichkeit, seinen Lebensunterhalt zu verdienen, und ich löse mich von dem Gedanken, mich in einen stählernen Schmetterling zu verwandeln, und bleibe derselbe Sterbliche, der ich immer gewesen bin.

Es besteht kein Zweifel, daß die im Film dargestellten Piloten Supermen sind. Die Kamera macht sie dazu. Mit dem Auge der Kamera sieht man auf der Leinwand von außen in das Flugzeug, sieht in die Kabine durch die MG-Löcher im Bug. Dort hallt das Rattern der MGS im Kino wider, und die züngelnden orangefarbigen Stichflammen aus den MGS sind einen Meter lang, und der Pilot hat ein furchtloses und angespanntes Gesicht mit hübschen, ein wenig zusammengekniffenen Augen. Er fliegt mit hochgeklappter Schutzscheibe, so daß man seine Augen im Sonnenlicht sehen kann.

Das verleiht ihm das Aussehen eines Superman, eines mutigen Aeronauten, eines Helden, eines furchtlosen Verteidigers der Nation. Aus entgegengesetzter Sicht, aus der Einsamkeit der Kabine, bietet sich ein anderes Bild. Niemand schaut zu, niemand hört zu, und ein Pilot fliegt in der Sonne mit heruntergeklappter Schutzscheibe.

Ich sehe keine MG-Löcher oder orangefarbigen Stichflammen. Ich drücke auf den roten Knopf am Griff des Steuerknüppels und halte den weißen Punkt des Visiers auf das Ziel, und ich höre ein fernes Tak-tak-tak und rieche Pulver in meiner Sauerstoffmaske. Ich fühle mich gewiß nicht wie ein sehr mutiger Aeronaut, denn das ist mein Beruf, und ich übe ihn nach besten Kräften aus, so wie es tagtäglich Hunderte anderer taktischer Jagdpiloten ebenfalls tun. Mein Flugzeug rast nicht wie ein donnernder Silberblitz quer über die Kinoleinwand, um mich herum ist Stille und Bewegungslosigkeit, während der Erdboden verschwimmt und das Dröhnen des Triebwerks ein gleichbleibendes Vibrieren hinter meinem Sitz darstellt.

Ich tue nichts Außergewöhnliches. Jeder im Zuschauerraum weiß Bescheid, daß dieses Instrument anzeigt, wieviel hydraulischen Druck für das Versorgungssystem die vom Triebwerk angetriebenen Pumpen hervorbringen; sie wissen sehr genau, daß dieser Knopf die Nummer der Rakete auswählt, die abgefeuert wird, wenn ich den Knopf oben am Steuerknüppel drücke; daß der zweite Knopf am Griff ein Radarantwortknopf ist und daß er nicht eingeschaltet ist, weil er nie gebraucht wird; daß der Knopf, durch den die äußeren Treibstofftanks abgeworfen werden, einen großen Sicherheitsring hat, weil zu viele Piloten ihn aus Versehen gedrückt haben. Das Publikum weiß das alles. Und doch ist es interessant, die Flugzeuge im Kino zu betrachten.

Die Leichtigkeit des Fliegens ist eine Tatsache, die niemals im Film oder auf den Plakaten zur Rekrutenwerbung erwähnt wird. Ein hochleistungsfähiges Militärflugzeug zu fliegen ist anstrengend und schwierig, meine Herren, aber wenn Sie unsere Ausbildung wählen, werden Sie wahrscheinlich ein neuer Mensch werden und übernatürliche Kräfte erlangen, um das Ungetüm aus Metall in der Luft zu lenken. Wie wäre es mit einem Versuch, meine Herren, unser Land braucht hochqualifizierte Männer aus Stahl.

Vielleicht ist das der beste Weg. Wenn zum Beispiel auf den Rekrutierungsplakaten stünde, »Jeder einzelne, der hier die Straße entlanggeht, angefangen bei dem zehnjährigen Jungen mit seinen Schulbüchern bis zu der kleinen alten Oma in dem schwarzen Baumwollkleid, kann einen F-84 F-Düsenjäger fliegen«, würde nicht gerade jene Art von Rekruten angelockt, die auf einem Werbeplakat am attraktivsten aussieht. Aber die Air Force sollte, nur so zum Spaß, einen Zehnjährigen und eine Oma dazu ausbilden, bei Flugschauen schnelle gesteuerte Rollen zu fliegen, zum Beweis dafür, daß der taktische Jagdpilot nicht unbedingt der technisch versierte Mann sein muß, als der er so oft dargestellt wird.

Es gibt wenig zu tun. Ich habe noch sechs Minuten Zeit, bevor der breite TACAN-Zeiger auf seiner Skala ausschlagen wird, zum Zeichen dafür, daß die kleine französische Stadt Laon unter mir vorbeigezogen ist. Ich ziehe meinen kleinen Kegel aus Donner hinter mir her, für die Hügel und die Kühe und vielleicht für einen einsamen Bauern auf einem einsamen Spaziergang durch die wolkenverhangene Nacht.

Flüge wie der heute nacht sind selten. Wenn ich mich in die Kabine meines Flugzeuges setze, gibt es normalerweise viel zu tun, denn es ist meine Aufgabe, ständig kampfbereit zu sein. An jedem Tag in der Woche, ohne Rücksicht auf Witterung oder Feiertage oder Flugplan, erwacht eine kleine Gruppe von Piloten früher als alle anderen. Es sind die Bereitschaftspiloten. Sie stehen auf und melden sich lange vor Sonnenaufgang startklar. Und an jedem Tag in der Woche wartet eine kleine ausgewählte Gruppe von Flugzeugen auf dem Alarmabstellplatz, die Hilfstriebwerke neben den Flügeln in Bereitschaft. Die Flugzeuge sind selbstverständlich für den Kriegsfall ausgerüstet.

Nach der harmlosen Fliegerei in der Air National Guard ist es am Anfang deprimierend, in der Morgendämmerung die Befestigung von Tonnen olivgrüner Sprengbomben unter meinen Flügeln zu überprüfen. Die Alarmbereitschaft erscheint einem zuweilen wie ein unwirkliches Spiel. Aber die Sprengstoffbomben sind Wirklichkeit.

Die Zeit vergeht. Wir verbringen eine Stunde mit dem Studium des Ziels, das wir bereits sehr gut kennen. Die Wahrzeichen in der Umgebung, der kegelförmige Hügel, der Stollen im Abhang, die Kreuzung zwischen Landstraße und Eisenbahn, sind uns ebenso vertraut wie der Viadukt mit hundert Bögen, der nach Chaumont führt. Die Zeiten und Entfernungen und Kurse zum Ziel und unsere Flughöhen haben wir im Kopf, genauso wie auf den Karten mit dem Stempel GEHEIM. Wir wissen, daß unser Ziel genauso gut verteidigt sein wird wie jedes andere, daß wir durch einen dichten Sperrfeuergürtel der Flak fliegen und den Todesfingern der Raketen ausweichen müssen. Merkwürdigerweise machen wir uns um die Flak keine ernstlichen Gedanken. Es spielt nicht die geringste Rolle, ob das Ziel von jedem Häuserdach aus oder überhaupt nicht verteidigt wird . . . wenn es getroffen werden muß, werden wir den auswendig gelernten Kurs fliegen und das Ziel treffen. Wenn wir von der Flakabwehr erfaßt werden, wird es eines jener tragischen Ereignisse des Krieges sein.

Die Sirene heult und reißt uns mit rauher Hand aus dem

Schlaf. Mein Zimmer ist dunkel. Etwas länger als eine Sekunde, während die Müdigkeit schnell verfliegt, weiß ich nur, daß ich mich beeilen muß, aber mir fällt nicht ein, wohin ich gehen muß. Dann ist die Sekunde vorüber, und mein Kopf ist klar.

Die Alarmsirene.

Schnell.

Hinein in den Fluganzug, in die schwarzen Sprungschuhe mit Reißverschlüssen. In die Winterflugjacke. Schnell den Schal um den Hals werfen, die hin und her pendelnde Tür zu meinem unaufgeräumten Zimmer offenlassen und zusammen mit den anderen Bereitschaftspiloten die Holztreppe hinunterstürmen und in den wartenden Bereitschaftswagen stürzen. Die viereckigen Holzgebäude des Fliegerhorstes von Chaumont heben sich noch nicht einmal gegen den Morgenhimmel ab.

Mit heiserer Stimme macht jemand in das Dunkel des ratternden Wagens hinein eine Bemerkung: »Schlaf gut, Amerika, deine National Guard wacht heute nacht.«

Der Wagen bringt uns zu den Flugzeugen, die in der Dunkelheit warten. Das Bereitschaftsbodenpersonal ist noch vor uns bei den Maschinen, und die Hilfstriebwerke erwachen zu stählernem Leben. Ich klettere die Leiter hinauf, die bei Tageslicht zitronengelb und in der Nacht unsichtbar ist, mehr eine Andeutung von Aluminiumsprossen als eine wirkliche Leiter. »Strom!« Die Lampen in der Kabine leuchten hell auf, nicht von den kleinen Abblendschirmen verdunkelt, die ihr Licht beim Flug in der Dunkelheit abschirmen. Ihr Licht zeigt mir die Fallschirmgurte und die Enden des Sicherheitsgurtes und die Reißleine und den Druckausgleichsanzug und die Sauerstoffschläuche und die Mikrophonkabel. Helm auf, Sauerstoffmaske auf (wie kann Gummi nur so eiskalt werden?), Funkgerät an. Abblendschirme über die Warnlichter, eine Drehung der

Reglerwiderstände, die die Kabine in blutrotes Licht tauchen. »Hawk Able zwei«, spreche ich ins Mikrophon, und wenn mein Schwarmführer vor mir mit dem Anschnallen fertig ist, weiß er, daß ich startbereit bin.

»Verstanden, zwei.« Er ist schnell, mein Schwarmführer.

Ich weiß nicht, ob dies eine Alarmbereitschaft für den Ernstfall oder wieder nur eine Übung ist. Ich nehme an, es ist wieder nur eine Übung. Jetzt wende ich mich den weiteren Startvorbereitungen zu; Stromunterbrecher einschalten, Bombenschalter auf die Stellung *gesichert*, Zielgerät genau für die Art des Einsatzes einstellen, den wir durchführen werden.

»Hawk Able vier.«

»Verstanden, vier.«

Kampftrefferschalter ganz hinunter in ihre vorgesehene Stellung. Navigationslichter einstellen auf *helles Blinken*. Wir werden sie auf *abgeblendet* einstellen, wenn wir uns dem Ziel nähern.

»Hawk Able drei.« Drei ist gestern abend zu lange aufgeblieben.

»Verstanden, drei. Parsnip, Schwarm Hawk Able fertig zum Abflug mit vier Maschinen.«

In der Gefechtskommandozentrale wird die Zeit registriert, in der wir uns melden. Wir haben uns lange vor der zulässigen Maximalzeit gemeldet, und das ist gut.

»Hawk Able, hier Parsnip. Es handelt sich um eine Bereitschaftsübung. Bleiben Sie in Sitzbereitschaft, bis weitere Anweisungen folgen.«

»Verstanden.«

So viel kann in ein einziges Wort hineingelegt werden. Der Schwarmführer von Hawk Able hat damit nicht nur die Meldung bestätigt, sondern gleichzeitig der Gefechtskommandozentrale zu verstehen gegeben, daß sich erwachsene Männer doch nicht mit so einem lächerlichen dummen stupiden Spiel abgeben sollten, und, großer Gott, meine Herren, es ist DREI UHR MORGENS, und hoffentlich habt ihr Befehl von oben, so etwas um diese Zeit anzusetzen, oder ihr werdet morgen nacht nicht viel zum Schlafen kommen.

»Tut mir leid«, sagt Parsnip in die Stille hinein. Die Befehle müssen von höherer Stelle gekommen sein.

So schließe ich das Kabinendach und sperre den ewigen kalten Wind aus und mache es mir bei dem roten Licht bequem, um zu warten.

Ich warte in der Kabine eine Viertelstunde darauf, daß die Alarmbereitschaft aufgehoben wird. Ich warte drei Stunden darauf. Nach dem dreistündigen Warten klettere ich völlig steif aus der Kabine mit den perfekten Folterinstrumenten für widerspenstige Kriegsgefangene. Man braucht sie nur mit einem Sicherheitsgurt und mit Schultergurten an einen weichen bequemen Sessel zu schnallen. Dann braucht man nur wegzugehen und sie allein zu lassen. Den unverbesserlichen Gefangenen, den wirklichen Rädelsführern, braucht man nur die Füße in Gänge zu stecken, die den Ruderpedalgängen in einem einmotorigen Flugzeug ähneln, und einen Steuerknüppel anzubringen, so daß sie keinen Platz haben, die Füße in eine andere Lage zu bringen. Schon in wenigen Stunden werden die Gefangenen nachgiebig werden, umgänglich, eifrig bemüht, ihr Verhalten zu bessern.

Die Sonne ist noch nicht aufgegangen. Wir warten in unseren Kabinen. Ich lasse mich träge in dem großen dunklen Strom der langsam dahinfließenden Zeit treiben. Nichts geschieht. Der Sekundenzeiger an meiner Armbanduhr dreht sich. Ich fange an, meine Aufmerksamkeit auf verschiedene Dinge zu lenken; um überhaupt etwas zu tun. Ich höre ein leises Tik . . . Tik . . . Tik . . . sehr regelmäßig, langsam, wie ein Metronom. Tik . . . Tik . . . Tik . . . Und die Antwort findet sich. Meine Navigationslichter. Wenn das Triebwerk nicht läuft und die Kabine geschlossen ist, um das Rauschen des Windes nicht hereinzulassen, kann ich das Öffnen und Schließen der Relais hören, die das Blinken der Lichter an den Flügelspitzen und am Schwanz verursachen. Interessant. Ich hätte nie gedacht, daß ich hören würde, wie die Lichter an- und ausgehen.

Draußen ist das geschäftige schnelle Taktaktak des Hilfstriebwerks zu hören. Was für ein außerordentlich leistungsfähiges Ding so ein Hilfstriebwerk ist. Es steht dort die ganze Nacht hindurch und wenn es sein muß den ganzen morgigen Tag und liefert einen gleichbleibenden elektrischen Strom, um das Funkgerät zu speisen und die Kabine in scharlachrotes Licht zu tauchen.

Mein Flugzeug schaukelt leicht. Mir kommt es so vor, als ob jemand auf den Flügel geklettert ist und mit mir sprechen möchte, aber es ist niemand da. Der Wind, jener sanfte kalte Wind, schaukelt dieses schwere harte Flugzeug. Ab und zu bewegt der Wind das Flugzeug leicht auf seinen Fahrwerkstreben. Zehn Meter weiter rechts wartet das Flugzeug des Schwarmführers von Hawk Able mit eingeschalteten Lichtern und tickt ruhig vor sich hin. Das blutrote Licht in der Kabine wird von dem schaumweißen emaillierten Helm des Piloten genauso reflektiert, wie es der Fall wäre, wenn wir jetzt in einer Höhe von zehntausend Metern fliegen würden. Das Kabinendach ist geschlossen und verriegelt, die Luft in der Kabine ist ruhig und kalt, und ich wünschte, es würde jemand eine Möglichkeit erfinden, Warmluft in die Kabine eines Flugzeuges zu leiten, das an einem sehr frühen Morgen in der Kälte wartet. Ich spüre, wie meine Körperwärme von dem kalten Metall des Armaturenbrettes und dem Schleudersitz und den Kabinendachschienen und den Ruderpedalgängen absorbiert wird. Wenn ich nur warm werden und mich etwas bewegen und mit jemand sprechen könnte, ließe sich die Sitzbereitschaft noch ertragen.

Ich habe eine Entdeckung gemacht. Das also ist die Einsamkeit. Wenn man eingesperrt ist, so daß niemand hereinkommen und mit einem sprechen oder Karten oder Schach spielen kann oder dem man einen Witz erzählen kann, wie Nummer drei einmal über Stuttgart die Mosel für den Rhein gehalten hat . . . Von der Außenwelt isoliert. Ein Lastwagen, von dem ich weiß, daß es ein lauter Lastwagen des Einsatzdienstes ist, der knattert und quietscht und einen neuen Auspufftopf braucht, gleitet lautlos auf der Straße vor meiner Abstellbox vorüber. Das geschlossene Kabinendach läßt kein Geräusch von dem vorbeifahrenden Lastwagen herein. Es schließt mich mit meinen Gedanken ein. Nichts zu lesen, nichts zu sehen, was sich bewegt, nur eine ruhige Kabine und das Ticken der Navigationslichter und das Tacken des Hilfstriebwerks und meine eigenen Gedanken.

Ich sitze in einem Flugzeug, das mir gehört. Die Kommandeure des Geschwaders und der Staffel haben es mir ohne viel Fragen übergeben, in vollem Vertrauen auf meine Fähigkeit, es so zu steuern und zu lenken, wie sie es gelenkt haben wollen. Sie verlassen sich darauf, daß ich das Ziel treffe. Mir fällt eine Zeile aus der Zeitung des Fliegerhorstes ein, die ich vor einigen Wochen während eines großangelegten Manövers gelesen habe: »Gestern nahm das Geschwader an Kampfhandlungen teil, indem es der Armee Erdunterstützung gab . . .« Das Geschwader nahm an keinen derartigen Kampfhandlungen teil. Ich war es, der an jenen Kampfhandlungen teilnahm, indem ich in rasendem Tiefflug die Soldaten auf den Panzern mit vorgetäuschtem MG-Feuer beharkte und so tief zu fliegen versuchte, daß die Soldaten von den Panzern in den Schlamm sprangen, aber wiederum nicht so tief, um die Stabantennen von den Panzern abzureißen.

Nicht das Geschwader brachte sie zum Abspringen.

Ich war es.

Egoistisch? Ja. Aber andererseits ging das Geschwader auch nicht das Risiko ein, sich zu verkalkulieren und seine zwölf Tonnen Flugzeug in die Flanke eines Fünfzig-Tonnen-Panzers zu rammen. Ich bin es auch, der in meinem Flugzeug in Alarmbereitschaft sitzt, und wenn es sich um einen Alarm für den Ernstfall handelte, wäre ich es, der aus dem Flakfeuer und den Raketen über dem Ziel zurückkommen oder nicht zurückkommen würde. Sie vertrauen mir. Es mag eigenartig anmuten, daß irgend jemand einem anderen so viel anvertraut. Sie geben mir ein Flugzeug, ohne zu fragen und ohne sich viel Gedanken darüber zu machen. Die Nummer des Flugzeuges steht neben meinem Namen auf dem Einsatzbrett, und ich gehe hinaus und fliege es oder sitze in seiner Kabine und bin bereit, es zu fliegen. Es ist nur eine Nummer auf dem Brett. Aber wenn ich in ihm sitze, habe ich die Möglichkeit zu sehen, was für ein ungewöhnlich kompliziertes, was für ein sinnreich konstruiertes Ding es ist und welche Macht mir die Kommandeure gegeben haben, als sie jene Nummer neben meinen Namen setzten.

Der Erste Wart erscheint plötzlich mit dicker Jacke und Stahlhelm auf der Aluminiumleiter und klopft höflich an das Plexiglas. Obwohl es mir leid tut, die mich umhüllende, wenn auch nur wenig erwärmte ruhige Luft an den kalten Wind zu verlieren, öffne ich die Kabine und schiebe eine Seite meines Helms vom Ohr weg, damit ich ihn hören kann. Sein Gesicht wird von dem roten Licht erhellt. »Macht es Ihnen was aus, wenn wir in den Lastwagen klettern und warten . . . dort ist es dann etwas windstiller, wenn Sie damit einverstanden sind. Blinken Sie mit dem Rollscheinwerfer, wenn Sie uns brauchen . . .«

»Okay.« Und ich beschließe, meine Gedanken zu konzentrieren, und gehe noch einmal die Kurse durch und die Zeiten und die Entfernungen und die Höhen zu meinem Ziel. Und der große dunkle Strom der Zeit fließt langsam weiter.

Wie ich manchmal auf dem Erdboden lange Minuten Zeit zum Nachdenken habe, so gibt es ab und zu einen langen Überlandflug, der es mir erlaubt, einen Augenblick lang nachzudenken und mit dem Himmel und meinem Flugzeug allein zu sein. Und ich lächle. Allein mit dem Flugzeug, das man die »unnachsichtige F-84 F« genannt hat.

Ich habe darauf gewartet, das Flugzeug zu fliegen, das unnachsichtig ist. Es muß irgendwo ein solches Flugzeug geben, das so hochempfindlich ist, daß es genau nach Vorschrift geflogen werden muß, wenn es nicht abstürzen soll, denn das Wort »unnachsichtig« erscheint oft in den Zeitschriften, die in den Aufenthaltsräumen der Piloten ausliegen. Aber gerade wenn ich glaube, daß das nächste Flugzeugmodell, das ich fliegen muß, einen so hohen Leistungsgrad hat, daß es unnachsichtig ist, lerne ich es zu beherrschen. Ich lerne seine Eigenheiten und seine Persönlichkeit kennen, und plötzlich ist es wie alle anderen kein unnachsichtiges Flugzeug mehr. Es mag sich zwar etwas kritischer bei den Eigengeschwindigkeiten verhalten, wenn ich bei der Landung zum Endflug übergehe, aber bei näherer Bekanntschaft entdecke ich, daß es nach oben oder unten Abweichungen zur besten Eigengeschwindigkeit gibt und daß es nicht trudelnd abstürzen wird, wenn ich beim Einkurven auf die Landebahn zwei Stundenkilometer zu langsam bin.

Es gibt immer ein Warnzeichen, und nur wenn ein Pilot die Warnung seines Flugzeuges nicht beachtet, wird es ihn unweigerlich umbringen.

Die rote Feuerwarnlampe leuchtet nach dem Aufsteigen auf. Es kann vieles bedeuten: ein Kurzschluß in der Feuerwarnanlage; ein zu steiler Steigflug bei zu niedriger Eigengeschwindigkeit; ein Loch in einer Brennkammerwand; ein brennendes Triebwerk. Einige Flugzeuge haben so viele Schwierigkeiten mit falschen Feuerwarnungen, daß ihre Piloten sie praktisch außer acht lassen, in der Annahme, daß die Warnanlage wieder nicht funktioniert. Aber die F-84 F gehört nicht zu diesen Flugzeugen; wenn die Lampe aufleuchtet, ist im Flugzeug gewöhnlich ein Brand entstanden. Aber ich habe noch Zeit, ihn einzudämmen – den Gashebel zurückzunehmen, auf die Mindestabsprunghöhe zu steigen, die Außentanks abzuwerfen, die Temperatur des Abgasrohres und den Tachometer und die Treibstoffzufuhr zu überprüfen, meinen Flügelmann zu bitten, er solle einmal nachsehen, ob Rauch aus meinem Rumpf kommt. Wenn ich brenne, habe ich ein paar Sekunden Zeit, das Flugzeug von den Häusern wegzubringen und auszusteigen. Ich habe noch nie von einem Flugzeug gehört, das ohne Warnung explodierte.

Düsenflugzeuge sind alle in einer Hinsicht unnachsichtig: Sie verbrennen große Mengen an Treibstoff, und wenn der Treibstoff zu Ende ist, hören die Triebwerke auf zu arbeiten. Mit vollen Tanks kann sich eine viermotorige propellergetriebene Transportmaschine achtzehn Stunden ohne Unterbrechung in der Luft halten. Zweimotorige Frachtflugzeuge haben meist für acht Flugstunden ausreichend Brennstoff an Bord, wenn sie zu einem zweistündigen Flug starten. Aber wenn ich zu einem Einsatz starte, der eine Stunde und vierzig Minuten dauert, habe ich in den Tanks meiner F-84 F nur für zwei Flugstunden ausreichend Treibstoff. Ich brauche mir keine Gedanken darüber zu machen, nach dem Einsatz minutenlang in der Luft kreisen zu müssen, während andere Flugzeuge starten und landen.

Manchmal fliege ich mit dreihundert Pfund Düsentreibstoff vier in den Tanks in die Platzrunde, was bei voller Leistung sechs Flugminuten ausreicht. Wäre ich mit dreihundert Pfund Treibstoff noch sieben Minuten von der Landebahn entfernt, würde ich es nicht mit laufendem Triebwerk bis nach Hause schaffen. Wäre ich noch zehn Minuten von der Landebahn entfernt, würden meine Räder niemals mehr auf ihrem Beton rollen. Wenn ein Flugzeug die Landebahn blockiert, nachdem ich mit sechs Minuten Treibstoff in die Platzrunde einfliege, muß unbedingt ein schneller Abschleppwagen bereitstehen, um es wegzubringen, oder es muß eine zweite Landebahn zur Verfügung stehen. Ich werde unvermeidlich in den nächsten paar Minuten herunterkommen, in einem Flugzeug oder an einem Fallschirm.

Wenn das Triebwerk abgestellt ist, sinkt mein Flugzeug nicht wie ein stromlinienförmiger Ziegel oder wie ein Stein oder wie ein Bleiklumpen. Es gleitet sanft und ruhig nach unten, wie ein Flugzeug gleiten sollte. Ich berechne die Landung mit abgestelltem Triebwerk so, daß meine Räder auf halber Strecke der Landebahn aufsetzen würden, und ich fahre das Fahrgestell nicht aus, bevor ich sicher bin, daß ich die Bahn im Gleitflug erreichen kann. Wenn dann beim Endanflug die Landebahn lang und weiß in der Windschutzscheibe vor mir liegt, heißt es Fahrgestell raus und Landeklappen raus und Geschwindigkeitsbremsen raus und hydraulische Notpumpe an.

Obwohl es der heimliche Stolz der taktischen Jagdpiloten ist, nach einem Flug das Triebwerk mit zweihundert Pfund Treibstoff im Tank abzustellen, geben sie selten die vorgeschriebene Meldung über Treibstoffknappheit an den Kontrollturm durch, auch wenn sie weniger als achthundert Pfund im Tank haben. Das rote Niedrigstand-Warnlicht mag ruhig auf dem Armaturenbrett neben einem Treibstoffanzeiger aufleuchten, dessen Nadel unter vierhundert Pfund sinkt, aber wenn es nicht danach aussieht, als müsse der Pilot mit seiner Landung warten, gibt er keine Meldung über Treibstoffknappheit durch. Er ist stolz darauf, sein Flugzeug fliegen zu können, und etwas so Unwichtiges, wie nur noch für acht Minuten Treibstoff im Tank zu haben, ist nicht seiner Beachtung wert.

Der Pilot einer Transportmaschine verdrängte mich einmal aus der Platzrunde, weil er Treibstoffknappheit angab und eine Dringlichkeitsfreigabe zur sofortigen Landung erhielt. Ich hatte noch für volle zehn Minuten Treibstoff in meinem Haupttank, so daß ich nichts dagegen hatte, dem großen Flugzeug Platz zu machen, das so schnell landen mußte. Eine Woche später erfuhr ich, daß die für diese Transportmaschine festgesetzte Mindesttreibstoffmenge für dreißig Minuten Flugzeit ausreichte; mein Triebwerk hätte dreimal aussetzen können in der Zeit, in der sein Treibstoff tatsächlich den kritischen Punkt erreicht haben würde.

Die Fliegerei ist fast wie Urlaub vom Alltag. Ich fliege über die Städte Frankreichs und Deutschlands um zehn Uhr vormittags und denke an all die Menschen dort unten, die für ihren Lebensunterhalt arbeiten, während ich frei und leicht meinen Kondensstreifen über ihnen ziehe. Ich bekomme ein schlechtes Gewissen. Ich fliege in einer Höhe von zehntausend Metern und tue das, was mir mehr als alles andere in der Welt Spaß macht, und sie müssen dort unten die Hitze ertragen und fühlen sich wahrscheinlich überhaupt nicht gottähnlich. Das ist ihr Los. Sie hätten alle Jagdpiloten werden können, wenn sie gewollt hätten.

Meine Nachbarn zu Hause in den Vereinigten Staaten haben mich immer etwas herablassend angesehen und darauf gewartet, daß ich die Lust am Fliegen verlieren würde, daß ich es endlich einsehen und zur Vernunft kommen und praktisch denken und seßhaft werden und die Air Guard verlassen und meine Wochenenden zu Hause verbringen würde. Es fiel ihnen schwer zu glauben, daß ich so lange fliegen werde, wie die Guard Männer in ihren Flugzeugen braucht, solange jenseits des Ozeans eine Air Force existiert, die für den Krieg ausgebildet wird. Solange ich glaube, daß mein Land ein recht guter Platz zum Leben ist und die Möglichkeit haben sollte, auch weiterhin ein recht guter Platz zu sein.

In den Kabinen der kleinen silbernen Punkte vor den langen weißen Kondensstreifen sitzen nicht nur die Jungen und Unpraktischen. Es gibt auch noch viele alte Jagdpiloten darunter; Piloten, die die Jugs und Mustangs und Spitfires und Messerschmitts eines lange zurückliegenden Krieges geflogen haben. Sogar die Piloten der Sabres und Hogs von Korea haben ausreichend Erfahrung, um »alte Piloten« genannt zu werden, und sie sind heute in Europa die Geschwader- und Staffelkommandeure der einsatzfähigen amerikanischen Staffeln. Aber der Prozentsatz ändert sich jeden Tag ein wenig, und meist haben die Einsatzpiloten der NATO-Jagdstaffeln nicht persönlich an einem heißen Krieg teilgenommen.

Manche Leute sind der Meinung, daß das nicht gut ist; daß die Einsatzpiloten nicht die nötigen Erfahrungen besitzen. Aber der einzige Unterschied besteht darin, daß die Piloten seit Korea keine Kampfauszeichnungen mehr auf ihren Ausgehuniformen tragen. Anstatt auf Lastwagenkonvois zu schießen, die mit Truppen beladen sind, schießen sie auf Scheinkonvois oder unternehmen Scheinzielanflüge auf NATO-Konvois bei Kriegsspielen, die einige Kilometer vom Stacheldraht zwischen Ost und West entfernt durchgeführt werden. Und sie verbringen viele Stunden auf den Schießplätzen.

Unser Schießplatz ist eine kleine Ansammlung von Bäumen und Gras und Sand im Norden Frankreichs, und auf diesem Gelände stehen acht Zielscheiben aus Leinwand, jede mit einem großen schwarzen Kreis bemalt und auf einem viereckigen Rahmen aufgestellt. Die Zielscheiben stehen in der Sonne und warten.

Ich bin eines von den vier Jagdflugzeugen, die den Schwarm Ricochet (Querschläger) bilden, und wir überfliegen den Schießplatz in einem Staffelungsflug in geschlossener Formation, Reihe links. Wir fliegen in dreißig Meter Höhe über der ausgedörrten Erde, und jeder Pilot des Ricochet-Schwarms fliegt konzentriert. Der Führer des Ricochet-Schwarms konzentriert sich darauf, diese letzte Kurve glatt zu fliegen, seine Eigengeschwindigkeit auf 675 Stundenkilometer zu halten, etwas zu steigen, damit Ricochet vier nicht den nächsten Hügel streift, den Punkt zu berechnen, wo er nach oben von den anderen Flugzeugen abdrehen wird, um eine Runde um den Schießplatz zu fliegen, der sie folgen können.

Ricochet zwei konzentriert sich darauf, so ruhig wie möglich zu fliegen, um drei und vier möglichst wenig Schwierigkeiten bei ihrem Formationsflug zu bereiten.

Ricochet drei beobachtet beim Fliegen nur den Schwarmführer und zwei, völlig darauf konzentriert, ganz ruhig zu fliegen, so daß vier eng aufschließen und seine Position gut einhalten kann.

Und als Ricochet vier denke ich daran, in der Formation zu bleiben, und an nichts anderes, so daß der Schwarm für den Schießoffizier im Beobachtungsturm einen guten Anblick bieten wird. Ich bin mir deutlich bewußt, daß jedes andere Flugzeug im Schwarm sein Bestes hergibt, um mir den Flug zu erleichtern, und um ihnen für ihre Rücksichtnahme zu danken, muß ich so ruhig fliegen, daß ihnen die Anerkennung zufällt. Jedes Flugzeug fliegt niedriger als der Ricochet-Führer, und vier fliegt dichter am Boden als alle anderen. Aber auch nur für den Bruchteil einer Sekunde nach unten zu sehen, hieße ein schlechter Flügelmann sein. Ein Flügelmann hat völliges unbeschränktes unerschütterliches bedingungsloses Vertrauen zu seinem Schwarmführer. Wenn der Ricochet-Führer jetzt zu niedrig fliegt, wenn er nicht die Formation ein wenig nach oben führt, um den Hügel zu überfliegen, wird mein Flugzeug plötzlich zu einer wirbelnden Wolke aus Erdbrocken und Metallteilen und orangefarbenen züngelnden Stichflammen werden. Aber ich vertraue dem Mann, der als Ricochet-Führer fliegt, und er läßt die Formation ein wenig nach oben steigen, um den Hügel zu überfliegen, und mein Flugzeug überfliegt ihn, als handele es sich um ein Tal; ich fliege in der Position, die mir zugewiesen ist, und ich vertraue dem Schwarmführer.

Als Ricochet vier fliege ich nach links hinten und unten gestaffelt, so daß ich die Formation nach oben überblicken kann und die weißen Helme der anderen drei Piloten in einer Linie sehe. Das ist alles, was ich sehen soll, und alles, was ich sehen möchte: drei Helme in drei Flugzeugen in einer geraden Linie. Gleichgültig, was die Formation tut, ich werde bei ihr in meiner Position bleiben, die drei weißen Helme in einer Linie aneinander aufgereiht. Die Formation steigt, sie sinkt, sie geht in eine Querneigung nach rechts, sie geht in eine Querneigung nach links; mein Leben besteht allein darin, mit dem Gashebel und dem Steuerknüppel und den Seitenruderpedalen und dem Trimmknopf alles Nötige zu tun, um in der Position zu bleiben und die Helme in einer Linie zu halten.

Wir sind über den Zielscheiben, und das Funkgerät erwacht zum Leben.

»Ricochet-Führer dreht nach rechts ab.« Die vertraute Stimme, die ich gut kenne – die Stimme, die Worte, den

Menschen, seine Familie, seine Probleme, seine Ambitionen –, besteht in diesem Augenblick aus dem plötzlichen Aufblitzen eines pfeilförmigen Silberflügels, der nach oben und außen schwenkt, um in die Schleife zum Übungsschießen überzugehen, um die Fertigkeit in einer besonderen Form der Zerstörung zu entwickeln. Und ich habe nur noch zwei Helme in eine Linie zu bringen.

Wenn das Führungsflugzeug abdreht, wird Ricochet zwei zum Formationsführer. Sein Helm bewegt sich ruckartig nach vorn, und statt das Führungsflugzeug zu beobachten, blickt er jetzt genau geradeaus, und er beginnt zu zählen. Ein-tausend-eins, ein-tausend-zwei, ein-tausend-*abdrehen*! Mit einem plötzlichen Aufblitzen des glatten Metallflügels verschwindet Ricochet zwei ebenfalls, und ich habe die wohltuend einfache Aufgabe, nur mit einem Flugzeug in Formation zu fliegen, dessen Pilot nun genau geradeaus blickt. Ein-tausend-eins, ein-tausend-zwei, ein-tausend-*abdrehen!* Der Flügel von drei blitzt auf, nur wenige Meter von meinem eigenen Flügel entfernt, und ich fliege allein.

Mein Kopf ruckt nach vorn, während drei abdreht, und ich zähle. Ein-tausend-eins, ist es nicht ein herrlicher Tag heute, zur Abwechslung gibt es nur ein paar Wolken, und das Ziel wird leicht zu erkennen sein. Es tut gut, nach diesem Formationsflug auszuruhen. Habe gute Arbeit geleistet, zwei und drei sind eng aufgeschlossen geflogen, ein-tausend-zwei, es ist gut, daß heute vormittag die Luft ruhig ist. Ich brauche mir keine Gedanken darüber zu machen, allzusehr durcheinandergeschüttelt zu werden, wenn ich den Pipper, den zentralen Lichtpunkt des optischen Visiers, auf das Ziel richte. Heute wird ein guter Tag sein, um hohe Trefferzahlen zu erzielen. Wir wollen mal sehen; das Visier ist eingestellt und eingerastet, ich werde den MG-Schalter später mit den anderen Schaltern überprüfen, was für eine einsame Gegend für jemand, der hier aussteigen muß. Wetten, daß es hier im Umkreis von sechzehn Kilometern kein Dorf gibt, ein-tausend-*abdrehen*!

In meinem rechten Handschuh schlägt der Steuerknüppel hart nach rechts und hinten, und der Horizont verschwindet aus dem Blickfeld. Mein Druckausgleichsanzug bläht sich mit harter Luft auf, die fest auf meine Beine und meinen Magen drückt. Mein Helm ist schwer, aber es ist eine vertraute Schwere, die nicht unangenehm ist. Die grünen Hügel drehen sich unter mir, und ich suche den hellblauen Himmel zu meiner Rechten nach den anderen Flugzeugen der Formation ab.

Dort sind sie ja. Ricochet-Führer befindet sich als kleiner pfeilförmiger Punkt in drei Kilometer Entfernung beim Queranflug, fast am Ausgangspunkt seines ersten Zielanflugs. Zwei ist ein größerer Punkt und folgt im Horizontalflug dem Führungsflugzeug mit einem Abstand von achthundert Metern. Drei geht jetzt gerade in die Kurve, um zwei zu folgen; er befindet sich im Steigflug und ist etwa dreihundert Meter über mir. Und ganz da unten liegen das freie Gelände des Schießplatzes und die winzigen Punkte, die die Zielscheiben in der Sonne bilden. Ich habe mehr als genug Zeit.

Mein linker Handschuh schiebt den MG-Schalter unter seiner roten Schutzvorrichtung aus Plastik nach vorn auf MGS, das Visier ist entsichert und auf den Senkungswinkel Null eingestellt. Der Stromunterbrecher für MG-Feuer wird von meinem rechten Zeigefinger nach unten gedrückt. Ich drehe den dicken schwarzen Gashebel mit meinem linken Handschuh, um die berechnete Schußweite für das MG-Visier auf dreihundert Meter zu verringern. Und mein Griff um den Steuerknüppel ändert sich.

Nachdem der MG-Schalter eingeschaltet und der Stromunterbrecher für MG-Feuer ausgeschaltet ist, fliege ich Formation, indem ich den Griff des Steuerknüppels locker halte und der rechte Zeigefinger leicht auf dem roten Abzug an der Vorderseite des der Hand angepaßten Kunststoffes ruht. Nachdem die MGS schußbereit sind, zeigt der Finger jetzt genau nach vorn auf das Armaturenbrett in einer unbequemen, aber notwendigen Stellung, so daß der Handschuh daran gehindert wird, den Abzug zu berühren. Der Handschuh wird den Abzug nicht berühren, bis ich mit meinem Flugzeug im Sturzflug in eine Kurve gehe, die den weißen Punkt auf dem Visierreflektorglas über den schwarzen Punkt bringt, der auf die Schießattrappe gemalt ist.

Es ist Zeit, letzte Korrekturen meiner Flugposition vorzunehmen. Ich erkläre den Zuschauern hinter meinen Augen, daß ich heute besser schießen werde als alle anderen in diesem Schwarm, daß ich mit mindestens siebzig Prozent meiner Kugeln ins Schwarze des Ziels treffen werde, während die übrigen dreißig Prozent das weiße Tuch durchlöchern werden. Ich lasse vor meinem geistigen Auge das Bild eines guten Tiefangriffs abrollen; ich sehe den schwarzen Punkt unter dem weißen Punkt des Visiers immer größer werden, ich sehe den Visierpunkt unverrückbar auf dem schwarzen ruhen, ich fühle, wie der rechte Zeigefinger auf den roten Abzug zu drücken beginnt, ich sehe den weißen nun ganz innerhalb des schwarzen, ich höre das gedämpfte, harmlose Geräusch der MGS, die ihre kupferverkleidete Munition vom Kaliber 50 verschießen, und ich sehe den pulverisierten Staub hinter dem viereckigen Ziel hochwirbeln. Ein guter Tiefangriff.

Aber Vorsicht. Vorsichtig in den letzten Sekunden des Zielanflugs; konzentriere dich nicht zu sehr darauf, eine lange Schußserie in das Tuch abzufeuern. Wie immer vor dem ersten Zielanflug des Tages denke ich einen Moment an den Zimmerkameraden aus meiner Offiziersanwärterzeit, dessen Begeisterung mit ihm durchging, so daß er sein Flugzeug eine Sekunde zu lange flog, bis sein Flugzeug und sein Ziel auf dem Boden zusammenprallten. Das ist kein schöner Tod.

Drehzahl beim Queranflug auf sechsundneunzig Prozent, Eigengeschwindigkeit auf 555 Stundenkilometer, drei beim Zielanflug beobachten.

»Ricochet drei im Anflug, weiß und heiß«, und runter geht er, eine sich drehende Silhouette einer F-84 F.

Es ist interessant, einen Zielanflug aus der Luft zu beobachten. Nichts ist von dem angreifenden Flugzeug zu hören, während es schnell auf sein Ziel zugleitet. Dann kommt plötzlich grauer Rauch lautlos aus den MG-Löchern am Bug seines Flugzeuges und strömt nach hinten, um den Winkel seines Sturzfluges mit einer dünnen Rauchlinie zu kennzeichnen. Der Staub vom Erdboden wird in die Luft gewirbelt, während das Flugzeug abdreht, und eine dicke braune Staubwolke quillt aus dem Zentrum des Ziels, wenn er sich schon weit weg im Steigflug befindet.

Jetzt ist das einzige unversehrte Ziel das Ziel Nummer vier.

Die Warntafel am Boden neben dem Beobachtungsturm zeigt mit der roten Seite nach unten, mit der weißen nach oben; der Schießplatz ist leer und frei für meinen Anflug. Ich nehme das zur Kenntnis und fliege den Queranflug, im rechten Winkel zu meinem Ziel. Es liegt rechts von mir in einer Entfernung von 1,6 Kilometern auf der Erde. Es entfernt sich langsam nach hinten. Es ist auf 1 Uhr unten. Es ist auf 1 Uhr 30 unten. Ich überprüfe nochmals, ob der MG-Schalter auf MGS steht. Es ist auf 2 Uhr unten, und ruckartig schlägt der Steuerknüppel unter meiner Hand nach rechts, und mein Flugzeug dreht sich wie ein aufgeschrecktes Tier, und der Himmel wird grau von der Schwerkraft der Kurve, und der Druckausgleichsanzug bläht sich auf, und die eingeschlossene Luft zwängt mich wie in einem harten Schraubstock ein. Unter der Kabine dreht sich die dahinrasende verwischte Erde. Es ist der Anfang eines guten Zielanflugs. Mein linker Daumen drückt auf den Mikrophonknopf. »Ricochet vier im Anflug, weiß und heiß.«

Weiß und heiß. Das Ziel ist frei zum Anflug, und die MGS sind schußbereit. Die Eigengeschwindigkeit hat sich beim Sturzflug auf 670 Stundenkilometer erhöht, und meine Flügel gehen wieder in die horizontale Lage. In der Windschutzscheibe ist ein winziges Rechteck aus weißem Tuch mit einem daraufgemalten schwarzen Punkt zu sehen. Ich warte. Der weiße Fleck, der Pipper genannt wird und auf der Windschutzscheibe den Punkt anzeigt, wo meine Kugeln zusammenlaufen werden, hüpft in trägen langsamen Sprüngen hin und her, während er sich von der scharfen Kurve erholt, mit der der Anflug begann. Er beruhigt sich, und ich ziehe den Steuerknüppel während des Sturzfluges sehr behutsam nach hinten, so daß der Pipper sich allmählich nach oben schiebt und das Quadrat des Ziels bedeckt. Und während ich warte, verändert sich das Ziel rasch, um alles mögliche zu werden. Es ist ein feindlicher Panzer, der im Hinterhalt auf die Infanterie wartet; es ist ein Flakgeschütz, dessen Tarnung sich verschoben hat; es ist eine schwarze dampfende Lokomotive, die auf einem Schmalspurgleis feindlichen Nachschub befördert. Es ist ein Munitionsdepot, ein befestigter Bunker, ein Lastauto mit einer angehängten Kanone, ein Lastkahn auf dem Fluß, ein Panzerspähwagen, und es ist ein weißes Viereck aus Stoff mit einem daraufgemalten schwarzen Punkt. Es wartet, ich warte, und mit einem Male wird es größer. Der Punkt wird zu einem Kreis, und darauf hat der weiße Pipper gewartet. Mein Finger drückt den roten Abzug langsam nach unten. Eine MG-Kamera fängt an zu laufen, sobald der Abzug halb gedrückt ist. Die MGS beginnen zu feuern, wenn der Abzug ganz durchgedrückt ist.

Wie ein Niethammer, der in letzter Sekunde ein Stahlblech am Bug des Flugzeuges festnietet, hören sich die MGS an; es entsteht kein ohrenbetäubender Krach und Donner und Lärm in der Kabine. Nur ein fernes Rattattat, während unter meinen Schuhen heiße Messingpatronenhülsen in Stahlbehälter rieseln. Ich rieche in meiner Sauerstoffmaske Pulverrauch und frage mich vergeblich, wie er in eine Kabine gelangen kann, die angeblich dicht verschlossen und druckfest sein soll.

Im Zeitlupentempo beobachte ich das Ziel auf dem Erdboden; es liegt friedlich und ruhig da, denn die Kugeln haben es noch nicht erreicht. Die Kugeln sind unterwegs, irgendwo in der Luft zwischen den schwarz werdenden MG-Löchern am Bug meines Flugzeuges und dem pulverisierten Staub auf dem Schießplatz. Früher habe ich geglaubt, daß Kugeln ungeheuer schnell sind, und jetzt warte ich ungeduldig darauf, daß sie den Boden berühren und die Genauigkeit meines Visiers bestätigen. Der Finger hat den Abzug losgelassen; ein Feuerstoß von einer Sekunde ist ein langer Feuerstoß. Und da ist der Staub.

Die Erde wird in Stücke zerrissen und in die Luft geschleudert. Ein paar Meter kurz vor dem Ziel wirbelt der Staub auf, was allerdings bedeutet, daß viele Kugeln ihren Weg zum Treffpunkt gefunden haben, der durch den weißen Punkt im Zentrum des Visiers angezeigt wird. Der Staub wird noch immer in die Luft gewirbelt, als mein rechter Handschuh den mit Knöpfen übersäten Steuerknüppel nach hinten zieht und mein Flugzeug in den Steigflug der Schleife übergeht. Während mein Flugzeug und sein Schatten über die viereckige Leinwand huschen, peitschen die Kugeln, die eine Betonstraße zu unpassierbaren Steintrümmern zerhämmern können, noch immer durch die Luft und hageln auf den Erdboden. »Ricochet vier im Abflug.«

Ich gehe in die Rechtskurve der Schleife und blicke über meine Schulter nach dem Ziel. Es liegt jetzt ruhig da, und die Staubwolke wird vom Wind zerteilt und nach links getrieben und verhüllt das Ziel von drei mit einer dünnen braunen Wolke.

»Ricochet-Führer im Anflug.«

Ich habe diesmal zu tief gehalten, kurz vor das Ziel. Vorbei ist es mit meiner hundertprozentigen Trefferzahl. Das nächste Mal muß ich den Pipper etwas höher halten; oberhalb des schwarzen Kreises. Ich lächle bei diesem Gedanken. Es ist nicht sehr oft der Fall, daß die Luft so ruhig ist, daß ich daran denken kann, den Pipper ein paar Zentimeter höher oder tiefer auf dem schwarzen Punkt zu placieren. Normalerweise muß ich schon damit zufrieden sein, wenn ich den Pipper irgendwo auf das Rechteck der Zielscheibe halten kann. Aber heute ist ein guter Tag zum Übungsschießen. Die Panzer sollten sich vor den ruhigen Tagen hüten.

»Ricochet zwei im Anflug.«

»Ricochet-Führer im Abflug.«

Ich beobachte zwei, und in dem geschwungenen Plexiglas der Kabine sehe ich mein Spiegelbild, während ich beobachte; ein Marsmensch, wie er im Buche steht. Harter weißer Helm, sanft geschwungene heruntergeklappte Blendschutzscheibe, die wie ein Requisit für einen Raumfahrerfilm aussieht, grüne Sauerstoffmaske, die den übrigen, von der Blendschutzscheibe freigelassenen Teil des Gesichtes bedeckt, nach unten aus dem Blickfeld führender Sauerstoffschlauch. Kein Anzeichen dafür, daß sich ein lebendes denkendes Wesen hinter der Ausrüstung verbirgt. Das Spiegelbild beobachtet Ricochet zwei.

Da sind sie ja, die grauen Rauchwölkchen aus den MG-

Löchern im Bug. Das Ziel liegt ruhig und abwartend da, als ob es ein Jahr lang so dastehen würde, bevor es aus seiner Ruhe aufgeschreckt werden könnte. Dann plötzlich die dicke Staubfontäne. Links neben der Zielscheibe erwacht ein auf dem Erdboden liegender Zweig plötzlich zum Leben und schnellt in die Luft. Er dreht sich langsam der Länge nach um sich selbst und verfällt unmittelbar darauf in die vertraute langsame Bewegung der Dinge, die in den dichten Hagel von Maschinengewehrgarben geraten. Er dreht sich über der Fontäne zweimal ganz um sich selbst und sinkt gravitätisch in die dichte Staubwolke zurück. Die Betonstraße ist zu Steintrümmern zermalmt worden, und der Zweig überlebt. Darin könnte vielleicht eine Lehre enthalten sein.

»Zwei im Abflug.« Der Rauch verschwindet an den MG-Löchern. Das Flugzeug richtet seinen ovalen Bug gen Himmel und rast von dem Ziel weg.

»Drei im Anflug.« Was lehrt uns der Zweig? Ich denke darüber nach, und ich gehe scharf in die Kurve zum Queranflug, überprüfe das MG-Visier, richte den rechten Zeigefinger nach vorn auf den Höhenmesser. Was lehrt uns der Zweig?

Die Rauchwölkchen kommen aus den MG-Löchern von Ricochet drei, und ich beobachte seinen Anflug.

Es gibt keine Lehre. Wenn das Ziel aus einem Haufen von Zweigen bestünde, würde der Hagel aus Kupfer und Blei ihn in eine weitverstreute Schicht aus Holzsplittern verwandeln. Dieser Zweig hatte Glück. Wenn man ein glücklicher Zweig ist, kann man alles überstehen.

»Drei im Abflug.«

Die Sicherheitstafel ist weiß, der MG-Schalter steht auf MGS, und ruckartig schlägt der Steuerknüppel unter meinem Handschuh nach rechts, und mein Flugzeug dreht sich wie ein aufgescheuchtes Tier nach rechts, und der

Himmel wird grau von der Schwerkraft der Kurve, und der Druckausgleichsanzug bläht sich auf, und die eingeschlossene Luft zwängt mich wie in einen harten Schraubstock ein.

Wenn ich in meinem Flugzeug fliege, bin ich nie so gehetzt, daß ich nicht zum Nachdenken käme. Selbst in der Schleife zum Übungsschießen, wenn der Geschwindigkeitsmesser 685 Stundenkilometer anzeigt und das Flugzeug nur ein paar Meter über dem Erdboden ist, gehen die Gedanken weiter. Wenn sich die Ereignisse in Bruchteilen von Sekunden abspielen, ist es nicht das Denken, das sich verändert, sondern das Geschehen. Die Ereignisse gehen gehorsam in einen langsameren Rhythmus über, wenn die Notwendigkeit zu längerem Nachdenken besteht.

Auf meinem Flug heute nacht, bei dem das TACAN-Gerät fest auf das Funkfeuer Laon eingestellt ist, habe ich mehr als genug Zeit zum Nachdenken, und gehorsam rücken die Ereignisse näher zusammen, so daß sieben Minuten vergehen in dem Augenblick zwischen dem Erinnerungen heraufbeschwörenden Land von Abbeville und dem TACAN-Funkfeuer von Laon in Frankreich. Ich bringe die Zeit nicht hinter mich, während ich fliege, die Zeit geht an mir vorüber.

Die Hügel verschwinden. Eine dichte schwarze Wolkendecke erstreckt sich vom Erdboden bis etwa dreihundert Meter unter mein Flugzeug. Von der Erde ist nichts zu sehen, aber mein Triumphwagen aus Stahl und Aluminium und Plexiglas trägt mich darüber hinweg, und die Sterne strahlen hell.

In dem roten Licht sind auf der unterteilten Skala des Radiokompasses vier Wählschalter, ein Schalter und eine Abstimmkurbel zu erkennen. Ich drehe die Kurbel. Sie wirkt in der Kabine eines Jagdflugzeuges genauso vorsintflutlich wie ein Telefonapparat mit Handkurbel in einem Atomforschungszentrum. Wenn es viel ruhiger wäre und wenn ich keinen Helm aufhätte, könnte ich vielleicht hören, wie die Kurbel beim Drehen quietscht. Ich drehe die Kurbel und stelle mir das Quietschen vor, bis der Frequenzzeiger auf der Zahl dreihundertvierundvierzig stehenbleibt, der Frequenz des Funkfeuers von Laon.

Lautstärke aufdrehen. Horchen. Die Kurbel ein wenig nach links, ein wenig nach rechts drehen. Rauschen, Rauschen, Kurbeln, dih-dih. Pause. Rauschen. Horchen auf L-C. Dah-dih-dah-dih . . . Dih-dah-dih-dih . . . Das ist es. Mein rechter Handschuh dreht den Wähler von *Antenne* auf *Kompaß*, während der linke die ungewohnte Aufgabe hat, den Steuerknüppel zu halten. Der schlanke grüne Leuchtzeiger des Radiokompasses schlägt majestätisch vom unteren Teil der Skala bis nach oben aus – ein vergleichender Blick auf das TACAN-Gerät – das Funkfeuer von Laon liegt vor uns. Eine kleine Korrektur mit der Kurbel, zwei Millimeter, und der Radiokompaß ist genau auf Laon eingestellt. Lautstärke verringern.

Das Funkfeuer von Laon ist ein einsamer Ort. Es liegt verlassen zwischen den Bäumen und den kalten Hügeln am Vormittag und den Bäumen und den warmen Hügeln am Nachmittag und sendet sein L-C in die Luft hinaus, unabhängig davon, ob ein Pilot am Himmel ist, der es hört, oder ob weiter nichts am Himmel ist als ein einsamer Rabe. Aber es ist zuverlässig und immer da. Wenn der Rabe einen Radiokompaß hätte, könnte er unfehlbar den Weg zu dem Turm finden, der das L-C sendet. In langen, regelmäßigen Abständen erscheint ein Wartungstrupp bei dem Funkfeuer und seinem Turm und überprüft seine Spannung und wechselt routinemäßig einige Röhren aus. Dann bleibt der Turm wieder allein zurück, und der Wartungstrupp fährt denselben holprigen Weg zurück, den er gekommen ist.

In diesem Moment steht der Stahl des Turmes kalt in der Nacht, und der Rabe schläft in seiner Steinhöhle an einem Berghang. Die Kodebuchstaben aber sind wach und voller Bewegung und Leben, und ich bin froh darüber, denn die Navigation ist in Ordnung.

Der breite TACAN-Zeiger hat die gleiche Skala wie der Radiokompaß, und sie arbeiten jetzt zusammen, und sie zeigen mir jetzt gemeinsam an, daß Laon unter meinem Flugzeug dahinzieht. Der Radiokompaßzeiger ist der aktivere von beiden. Er zuckt und zittert vor elektrischer Spannung wie ein Lebewesen aus der Tiefsee, das heraufgeholt und unter ein Mikroskop gelegt wurde. Er schlägt nach links und rechts aus; er zittert am oberen Teil der Skala und schlägt in immer größeren Bögen aus. In einem entscheidenden Augenblick schwingt er dann im Uhrzeigersinn ganz herum und zeigt auf dem Zifferblatt nach unten. Wir haben das Funkfeuer von Laon hinter uns gelassen. Der TACAN-Zeiger dreht sich langsam fünf- oder sechsmal um die Skala und stimmt schließlich seinem nervöseren Kollegen zu. Ich habe unzweifelhaft Laon passiert.

Jener Teil meines Denkens, das dem Navigationsunterricht ernsthafte Beachtung geschenkt hat, veranlaßt meinen Handschuh dazu, den Steuerknüppel nach links zu legen, und die Gruppe von Instrumenten auf dem Mittelteil des Armaturenbrettes wird sich der Bedeutung meines Handelns bewußt. Der Kursanzeiger bewegt sich auf winzigen Drucköl-Kugellagern nach links, die Nadel des Wendezeigers legt sich den Bruchteil eines Zentimeters nach links. Das Miniaturflugzeug auf dem Fluglageanzeiger senkt sich gegenüber seiner leuchtenden Horizontlinie nach links. Der Geschwindigkeitszeiger geht einen Knoten zurück, die Zeiger des Höhenmessers und des Variometers fallen sekundenlang, bis ich ihre Verschwörung durchschaue und den Steuerknüppel mit dem rechten Handschuh eine Idee anziehe. Die beiden Ausreißer ordnen sich wieder ein.

Und wieder einmal die Routinearbeit. Fertig zur Standortmeldung, den Daumen auf den Mikrophonknopf.

Obwohl die Wolkendecke fast bis zu meiner Flughöhe heraufreicht und sehr dunkel wirkt, sieht es so aus, als ob der Wetterbericht wieder einmal irrt, denn ich habe keinen einzigen Blitz gesehen, seitdem ich den Kanal überflogen habe. Was für schlechtes Wetter uns heute nacht auch über Frankreich erwarten mag, noch hält es sich gut verborgen. Ich mache mir keine Sorgen. In fünfzig Minuten werde ich mit meinem wertvollen Dokumentensack in Chaumont landen.

– 3 –

»Frankreich Kontrolle, Air-Force-Düsenjäger zwei neun vier null fünf, Laon.« In den weichen Kopfhörern ist nur gleichmäßiges Rauschen zu hören. Ich warte. Vielleicht ist meine Meldung nicht gehört worden.

»Frankreich Kontrolle. Frankreich Kontrolle. Düsenjäger zwei neun vier null fünf, wie empfangen Sie auf Frequenz drei eins sieben Komma acht.« Keine Antwort.

Es ist durchaus nichts Ungewöhnliches, daß ein Funkgerät während des Fluges ausfällt, denn Funkgeräte sind eigenwillige Wesen. Aber es ist niemals ein angenehmes Gefühl, nachts über einer Schlechtwetterfront zu fliegen, ohne eine Möglichkeit zu haben, mit den Leuten auf dem Erdboden zu sprechen. Mein Handschuh bewegt sich nach rechts, zum Frequenzwähler des UHF-Gerätes. Ich mache mir nicht die Mühe, dabei hinzusehen, denn es kommt nur darauf an, einen viereckigen Knopf von *Handbedienung* auf *Automatik* einzurasten. Eine Anzeigevorrichtung auf dem Armaturenbrett spielt mit Zahlen hinter kleinen Fenstern und entschließt sich endlich, die Zahl achtzehn in kleinen rot erleuchteten Ziffern anzuzeigen. Allein durch dieses Einrasten bin ich mit einer anderen Gruppe von Personen verbunden, weit weg von der geschäftigen Zentrale von Frankreich Kontrolle zu der ruhigen und ländlichen Umgebung von Calva Radar. Ich weiß, daß dieses Bild nicht ganz zutrifft, denn Radarstationen sind nur räumlich beschränkter als Flugsicherungszentralen, und bei ihnen herrscht oft viel mehr Andrang und Hochbetrieb. Aber immer, wenn ich Verbindung mit einer Radarstation aufnehme, fühle ich mich etwas ungezwungener und stelle mir ein kleines Gebäude aus roten Ziegeln vor, das inmitten einer Wiese mit hellgrünem Gras steht, auf der, nicht weit davon entfernt, eine Kuh weidet.

»Calva Radar, Calva Radar, Air-Force-Düsenjäger zwei neun vier null fünf, wie empfangen Sie mich auf Kanal eins acht.« Es besteht vielleicht nur eine Chance von eins zu drei, daß das UHF-Gerät auf dieser Frequenz arbeitet, wenn es nicht auf der Frequenz von Frankreich Kontrolle gearbeitet hat. Die Kuh neben dem Backsteingebäude schläft, ein unförmiger Felsblock im dunklen Gras. Das Fenster des Gebäudes ist erleuchtet, und der Schatten eines Mannes gleitet über das Glas, als er nach seinem Mikrophon greift.

» . . .ull fünf . . . re Sie . . . eutlich . . . Calva?«

Das UHF-Gerät scheint endgültig den Dienst zu versagen. Aber selbst wenn es völlig ausfällt, habe ich noch immer die Freigabe der Flugsicherung, auf dem gesamten Weg bis zur Warteschleife von Chaumont TACAN eine Flughöhe von elftausend Metern beizubehalten. In solchen Augenblicken wünsche ich mir manchmal, daß in dem Flugzeug zumindest ein zweites Sprechfunkgerät eingebaut wäre. Aber die F-84 F ist zum Kämpfen gebaut, nicht zum Sprechen, und ich muß mich mit dem behelfen, was ich habe.

»Calva Radar, vier null fünf bekommt keine Verbindung mit Frankreich Kontrolle, war über Laon um eins null, Flughöhe drei drei null, angewiesene Instrumentenflugregeln, Spangdahlem voraussichtlich um zwei acht, Wiesbaden.« Ein Versuch auf gut Glück. Ein Schuß ins Dunkel. Aber ich habe wenigstens die Information durchgegeben und die erforderliche Meldung gemacht. Ich höre, wie der Mikrophonknopf von Calva gedrückt wird.

». . . ben . . . richt . . . undeut . . . gehen Sie . . . Komma null . . .«

Calva schlägt eine andere Frequenz vor, aber bis ich seine ganze Meldung verstehen kann, werde ich so weit weg sein, daß es keine Rolle mehr spielt. Der Versuch, mit einem derartigen Funkgerät eine Standortmeldung durchzugeben, gleicht dem Versuch, eine Nachricht über einen tiefen und stürmischen Abgrund hinweg zu schreien; schwierig und unbefriedigend. Ich gebe meine Meldung noch einmal durch, um der Vorschrift zu genügen, schalte zurück auf *Handbedienung* und vergesse das Ganze. Zu dumm. Es wäre gut gewesen, den neuesten Wetterbericht für meine Route zu hören, aber allein der Versuch, mich mit meiner Bitte verständlich zu machen, wäre ein großes Problem gewesen, ganz zu schweigen vom Empfang einer Antwort. Das Wetter ist sowieso nur von theoretischem Interesse, denn es müßte schon eine Pilotenmeldung über eine Schlechtwetterfront mit schweren Gewitterstürmen und starker Vereisungsgefahr bis zu dreizehntausend Metern vorliegen, bevor ich ans Umkehren denken würde.

Ich blicke über meine linke Schulter nach hinten, während ich auf den Kurs einschwenke, der mich nach Spangdahlem bringen wird.

Ich ziehe einen Kondensstreifen hinter mir her.

Wie das schmale Kielwasser eines mit hoher Geschwindigkeit dahinrasenden Rennbootes folgt mir in einem großen Bogen eine sich windende Schlange aus hellgrauem Nebel im Sternenlicht und zeigt den Weg an, den ich zurückgelegt habe. In den Lehrbüchern über Wetterkunde werden Kondensstreifen klar und präzise von Männern erklärt, die ihre Zeit mit Radiosonden und Tabellen der oberen Luftschichten verbringen.

Kondensstreifen sind wie Glühwürmchen. Wenn ich will, kann ich in Büchern und Fachzeitschriften seitenlange Erklärungen darüber finden. Aber wenn ich einen aus nächster Nähe sehe, dann lebt er und ist geheimnisvoll und leuchtend grau. Ich beobachte den Kondensstreifen in der Kurve und kann ihn ansteigen und fallen sehen, wo ich kleine Kursveränderungen vorgenommen habe, um mein Flugzeug in der Flughöhe von elftausend Metern zu halten. Es sieht aus wie eine sanft ansteigende Bahnlinie durch eine an Naturschönheiten reiche Landschaft, für Leute, die keine Aufregungen lieben. Dort bin ich gewesen. Keine Luft außer der sich windenden Nebelschlange kann sagen, daß sie etwas von meinem Flug gespürt hätte. Wenn ich wollte, könnte ich jetzt umkehren und durch genau dieselbe Luft fliegen, durch die ich vorher geflogen bin. Und ich bin allein. So weit ich sehen kann, und das ist ein weiter Umkreis, gibt es keinen anderen Kondensstreifen am Himmel. Ich bin der einzige Mensch auf der ganzen Welt, der über den Wolken in den Hunderten von Kubikkilometern fliegt, aus der heute abend die Welt hoch oben zwischen Abbeville und Spangdahlem besteht. Es ist ein Gefühl der Einsamkeit.

Aber es gibt Arbeit, die getan werden muß. Zurück zur Kurbel des TACAN-Gerätes. Quiek quiek auf Frequenz 428. Lautstärke aufdrehen. Rauschen. Und diesmal brauche ich nicht lange zu überlegen, ist kein Irrtum möglich. Ein S und ein P und ein A. Eine Stadt mit ihren Tausenden von Einwohnern, mit den gleichen Sorgen und den Freuden, wie ich sie habe. Ich bin allein und zehn Kilometer über ihrer Erde, und ihre Stadt ruft nicht einmal einen hellgrauen Schein in der dunklen Wolkendecke hervor. Ihre Stadt ist ein S und ein P und ein A in den weichen Kopfhörern. Ihre Stadt ist die Nadelspitze oben auf der Skala.

Der Frequenzwähler des TACAN-Gerätes rastet unter meinem rechten Handschuh auf Kanal 100, und nach einem Moment des Zögerns dreht sich der moderne, gleichmäßig arbeitende Entfernungsmesser, um hundertsechsundsiebzig Kilometer bis zum Funkfeuer von Spangdahlem anzuzeigen. Wenn man von dem Ausfall des UHF-Gerätes absieht, ist mein Flug sehr glatt verlaufen. In den sich auftürmenden Wolken weit voraus zu meiner Rechten ist ein schwaches Flackern zu erkennen, als ob jemand vergeblich mit einem riesigen Schweißbrenner einen Lichtbogen zu erzeugen versuchte. Aber in der Nacht täuschen die Entfernungen, und der Blitz hätte über irgendeinem von vier verschiedenen Ländern aufleuchten können.

Ich habe Millionen von Quadratkilometern Land und Wolken über dem Land als Pilot überflogen und gesehen. Als wieder einberufener Pilot der National Guard in Europa bin ich mit meinen Rädern Hunderte von Kilometern auf Asphalt- oder Betonlandebahnen in sieben Ländern gerollt. Ich kann behaupten, daß ich mehr vom Kontinent gesehen habe als viele andere Menschen, und doch sehe ich Europa mit völlig anderen Augen als sie. Es ist ein in kleine Flächen geteiltes Land, ausgedehnt und weit im hellen Licht der Sonne, im Süden von den Pyrenäen zerfurcht und im Osten von den Alpen. Es ist ein Land, über das jemand einen großen Sack voller Flugplätze ausgeschüttet hat, und diese suche ich auf.

Frankreich ist nicht das Frankreich der Reiseprospekte. Frankreich ist der Flughafen von Etain und der Flughafen von Chateauroux und Chaumont und Marville. Es ist das Mosaik von Paris um seinen geliebten Fluß, ein Mosaik, das sich wie erstarrte Lava um die kreuz und quer laufenden Landebahnen von Orly und Le Bourget ergießt. Frankreich, das ist der ständig wiederkehrende Gang über den Beton zum Flughafen-Befehlsgebäude und auf dem Wege dahin die unbewußte Wahrnehmung von kleinen Dörfern außerhalb der Rollfeld-Umzäunung und den umliegenden Hügeln.

Europa ist ein mitleiderregend kleiner Platz. Aus einer Höhe von zwölftausend Metern über den Pyrenäen kann ich den kalten Atlantik bei Bordeaux und die Küste der französischen Riviera am Mittelmeer sehen. Ich kann Barcelona und im Dunst Madrid erkennen. In dreißig Minuten kann ich England, Holland, Luxemburg, Belgien, Frankreich und Deutschland überfliegen. Meine Staffel fliegt ohne Zwischenlandung in zweieinhalb Stunden nach Nordafrika; sie fliegt die Grenze zwischen West- und Ostdeutschland ab; sie kann zum Wochenende nach Kopenhagen fliegen. Das war also die Schule der Menschheit. Ein kleiner Schulhof.

Aber ich erhalte selten einen unmittelbaren optischen Eindruck von der Briefmarke, die Europa ist, denn größtenteils liegen über dem Land ungeheure Wolkenschichten, weiße und graue Flächen, die sich ohne eine Lücke von Horizont zu Horizont erstrecken. In Europa wie in den Vereinigten Staaten ist es das Wetter, das mich ab und zu daran erinnert, daß ich nicht immer so gottähnlich bin, wie ich mich fühle, wenn ich auch mit einem einzigen Sprung Kontinente überwinden kann. Im Sommer überragen manche Wolken mein Flugzeug bis in eine Höhe von siebzehntausend Metern, und manche brauen sich zusammen und türmen sich schneller auf, als mein Flugzeug steigen kann. Für den größten Teil der Zeit trifft es zu, daß ich mit meinem Flugzeug über den Wolken fliege, aber Wolken sind wachsam gegenüber arroganten Menschen, sie erinnern mich nur zu oft an meine wirkliche Größe.

An manchen Tagen verbergen sich in den hochgetürmten weißen Kumuluswolken auf meinem Weg nur ganz leichte Stürme. An anderen Tagen wieder kann es vorkommen, daß ich durch die gleiche Wolkenart fliege und beim Herauskommen dem Mann dankbar bin, der den Sturzhelm erfunden hat. So fest der Sicherheitsgurt und die Schultergurte auch sitzen mögen, noch immer bringen es manche Wolken fertig, meinen Helm heftig an das Kabinendach zu schlagen und die Stahlholmflügel zu verbiegen, von denen ich einst fest geglaubt hätte, daß sie keinen Zentimeter nachgeben würden.

Früher war ich stets mißtrauisch gegenüber den am bedrohlichsten aussehenden Wolken, aber ich habe die Erfahrung gemacht, daß ihre Böen – obwohl sie den Helm an das Kabinendach schlagen – selten stark genug sind, um tatsächlich ein Jagdflugzeug zu beschädigen. Ab und zu lese ich von einem mehrmotorigen Flugzeug, das seine Windschutzscheibe oder seine Radarkuppel im Hagel verloren hat oder das ein- oder zweimal vom Blitz getroffen worden ist, denn über diese Ereignisse erscheinen selbstverständlich in den Magazinen für die Piloten ausführliche Berichte und Fotos. Es ist vorgekommen, daß Flugzeuge bei schlechtem Wetter aufgestiegen und in Gewitter geraten und Tage oder Wochen später in einer verlassenen Gegend zerschellt aufgefunden worden sind. Die Ursachen sind unbekannt. Vielleicht ist das Gewitter ungewöhnlich heftig gewesen; vielleicht hat der Pilot die Gewalt über die Steuerung verloren; vielleicht hat er einen Anfall von Höhenkrankheit bekommen und ist aus dem Gewitter im

Sturzflug auf die Erde hinuntergerast. Obwohl mein Flugzeug eine kugelsichere Windschutzscheibe aus sechs Schichten hat, die für Schlimmeres als Hagel vorgesehen ist, und ein Flugwerk besitzt, das im Probestadium die doppelte Belastung ausgehalten hat, die von größeren Flugzeugen die Flügel wegreißen würde, habe ich Hochachtung vor Gewittern. Ich weiche ihnen aus, wenn ich kann; ich beiße die Zähne zusammen und umklammere den Steuerknüppel, wenn ich es nicht kann. Ich bin zwar schon von ein paar kleinen Gewittern durcheinandergeschüttelt worden, aber die schlimmsten habe ich noch nicht mitgemacht.

Es gibt natürlich Sicherheitsvorkehrungen. Den Sicherheitsgurt und die Schultergurte festziehen, Staudruckheizung und Enteisungsanlage an, Kabinenbeleuchtung auf volle Helligkeit, Eigengeschwindigkeit auf fünfhundert Stundenkilometer verringern und das Flugzeug im Horizontalflug zu halten versuchen. In den vertikalen Luftströmungen eines Gewitters sind Höhenmesser und Variometer und selbst Geschwindigkeitsmesser praktisch wertlos. Sie bleiben zurück, und sie eilen voraus, und sie flattern hilflos. Obwohl die F-84 F dazu neigt, in Böen etwas zu schlingern und zu rollen, muß ich mich bemühen, nach dem kleinen Flugzeug auf dem fünf Zentimeter großen kreiselstabilisierten künstlichen Horizont vor mir auf dem Armaturenbrett zu steuern: dem Fluglageanzeiger. Beim Flug durch das Gewitter behalte ich eine horizontale und waagerechte Fluglage bei. So bin ich vorbereitet. Ich bin es immer gewesen.

In der Finsternis der französischen Nacht fliegt mein Flugzeug mühelos und ohne zu landen zwischen Laon und Spangdahlem, durch eine Luft, die so glatt ist wie geschliffenes Kristall. Ich lehne meinen weißen Helm nach hinten an die rote Kopfstütze des Schleudersitzes und blicke von der dicken Schicht dunkler Wolken hinauf zu der höheren Schicht strahlender Sterne über mir, die den Menschen so lange auf seinem Erdenweg geleitet haben. Die beständigen, ewigen Sterne. Die beruhigenden Sterne. Die nutzlosen Sterne. Bei einem so durchkonstruierten Flugzeug wie meinem, das seine besten Leistungen durch die Augen und die Anweisungen eines Piloten vollbringt, sind die Sterne nur interessante Lichtpunkte geworden, auf die man hinausschaut, wenn alles seinen Gang geht. Von Bedeutung sind nur die Sterne, die von den Leuchtzeigern des Radiokompasses und des TACAN-Gerätes gebildet werden. Sterne sind schön, aber ich richte mich bei meiner Navigation nach dem S und dem P und dem A.

Taktische Jagdpiloten haben sich von jeher nur sehr schwer an den Gedanken des Schlechtwetterfluges gewöhnen können, und nur nach übermenschlichen Anstrengungen ist es der Air Force gelungen, sie zu der Ansicht zu bekehren, daß heutzutage auch Jagdflugzeuge bei schlechtem Wetter fliegen müssen. Von offizieller Seite wird daher großer Nachdruck gelegt auf Lehrfilme und theoretischen Unterricht und Instrumentenflugausbildung und eine obligatorische Mindestzahl von Flugstunden nach Instrumenten und unter der Blindflug-Kabinenhaube in halbjährlichem Turnus. Jedes neue Jagdflugzeug ist besser imstande, bei Allwetterbedingungen zu operieren, und heute können Abfangjägerpiloten mit ihren großen Deltaflügelmaschinen ein Feindflugzeug abfangen und angreifen, ohne es jemals zu sehen, es sei denn als Lichtfleck auf ihrem Angriffsradarschirm.

Selbst der Jagdbomber, der lange Zeit bei niedrigen Wolken nicht einsatzfähig war, kann heute bei schlechtem Wetter einen Tiefflugangriff fliegen und mit Hilfe komplizierter Radarsysteme die harten Berge vermeiden und das Ziel ausmachen. Abgesehen von dem offiziellen Nachdruck und dem Zwang der Vorschriften, müssen sich die taktischen Jagdpiloten der modernen Flugzeuge alles notwendige Wissen über den Wetterflug aneignen, einfach um ihrer Maschine gewachsen zu sein, um sie ihrer Bestimmung entsprechend benutzen zu können. Aber das Wetter ist nach wie vor ihr Feind. Die Wolkendecke beraubt mich des Horizontes, und ich kann außerhalb der Kabine nichts erkennen. Ich bin gezwungen, mich völlig auf die sieben ausdruckslosen Zifferblätter hinter Glas zu verlassen, die meine Fluginstrumente darstellen. In den Wolken gibt es kein absolutes Oben oder Unten. Es gibt nur eine Reihe von Instrumenten, aus denen hervorgeht, *das ist oben, das ist unten, das ist der Horizont.* Da ein so großer Teil meiner Einsätze aus Bordwaffenangriffen auf Erdziele bei klarer Sicht besteht, ist es nicht leicht, mein Leben nach den Angaben eines fünf Zentimeter großen Kreises aus Glas und Leuchtfarbe aufs Spiel zu setzen, und doch ist dies der einzige Weg zu überleben, sobald mein Flugzeug in die Wolken taucht. Das Gefühl und die Sinne, die mich sonst ruhig mit dem Pipper auf den Panzer zielen lassen, geraten leicht durcheinander, wenn die Außenwelt eine graue Waschküche ist.

Nach einer Kurve oder nach einer so harmlosen Bewegung wie dem Neigen des Kopfes, um beim Frequenzwechsel zum Sprechfunkgerät hinzusehen, können diese Sinne in Angst und Schrecken versetzt werden, können schreien, *du kippst nach links ab!* obwohl der Kreiselhorizont auf dem Armaturenbrett ein ruhiger und zuverlässiger Führer ist. Zwischen den beiden widersprüchlichen Stimmen hin- und hergerissen, muß ich mich entscheiden: soll ich der einen oder der anderen folgen. Soll ich dem Gefühl folgen, das mich zum Experten für Angriffe mit Bordwaffen und Raketen und für Bombenangriffe im Sturzflug macht, oder soll ich dem kleinen Ding aus

Blech und Glas folgen, von dem mir jemand gesagt hat, daß man ihm vertrauen kann.

Ich folge dem Blech, und sofort ist die Hölle los. Die Höhenkrankheit ist so stark geworden, daß ich meinen Helm fast auf die Schulter stützen muß, um das Auf und Ab auszugleichen. Aber noch immer fliege ich nach Instrumenten. Halt das kleine Blechflugzeug hinter seinem Glas horizontal, *du gehst in eine scharfe Rechtskurve,* halt die Zeiger des Höhenmessers und des Variometers ruhig, *Vorsicht, du gehst in den Sturzflug . . .* halt die Nadel des Wendezeigers genau nach oben und die Kugel im Mittelpunkt ihrer Libelle, *du rollst! Du fliegst auf dem Rücken, und du rollst!* Überprüfe ständig die Instrumente. Eins nach dem anderen nach dem anderen nach dem anderen.

Die einzige Gemeinsamkeit zwischen Kampfflug und Instrumentenflug ist die Disziplin. Ich entferne mich nicht von meinem Führer, um mir selbst ein Ziel zu suchen; ich unterbreche nicht die ständige, im Uhrzeigersinn vorgenommene Überprüfung der sieben Instrumente auf dem schwarzen Armaturenbrett vor mir. Die Disziplin während des Kampfes fällt gewöhnlich leichter. Dort bin ich nicht allein, ich kann hinausschauen und meinen Führer sehen, und ich kann nach oben und nach hinten blicken, um die zweite Rotte meines Schwarmes zu sehen, die darauf wartet, den Angriff zu beginnen und auf den Feind zu schießen.

Wenn der Feind aus weichem, grauem Nebel besteht, muß ich mich auf die Instrumente verlassen und mir einreden, daß es sich nur um einen weiteren Übungsflug unter der Blindflug-Leinwandhaube über dem hinteren Führersitz eines T-33 Düsenschulflugzeuges handelt, daß es mir jederzeit möglich wäre, die Haube hochzuheben und in jeder Richtung Hunderte von Kilometern klare Luft zu sehen. Ich habe nur kein Interesse daran, die Haube hochzuheben. Trotz der theoretischen Kenntnisse, die durch die Ausbildung am Boden vermittelt und durch die Praxis untermauert werden, ist das Wetter noch immer mein größter Feind. Es läßt sich nicht genau vorhersagen, und was noch schlimmer ist, die hineinfliegenden Menschen und die Maschinen sind ihm völlig gleichgültig. Es kümmert sich nicht darum.

»Air-Force-Düsenjäger zwei neun vier null fünf, hier ist Frankreich Kontrolle mit einer Mitteilung.«

Wie das Schrillen eines Telefons. Mein Radio. Es arbeitet völlig störungsfrei. Wie ist das möglich, wenn erst vor einer Minute . . . Aber jetzt arbeitet es, und das ist das einzige, worauf es ankommt. Mikrophonknopf drücken. Sachliche Stimme.

»Verstanden, Frankreich; vier null fünf, beginnen Sie.«

»Vier null fünf, Flugdienst erhielt Wettermeldungen von mehrmotorigen Maschinen über schwere Böen, Hagel und schwere Vereisung in der Umgebung von Pfalzburg. Auch T-33 meldete mittlere Böen in Flughöhe drei null null, leichte klare Vereisung.«

Ein Druck auf den Knopf. Was soll denn das heißen. Das klingt ja so, als ob in den Schichtwolken vor uns Gewitter sein könnten. Das stand auch im Lehrbuch. Und doch ist es selten, daß in Frankreich sehr große Gewitter vorkommen. »Verstanden, Frankreich, vielen Dank für die Nachricht. Wie ist augenblicklich das Wetter in Chaumont?«

»Bleiben Sie auf Empfang.«

Ich bleibe auf Empfang und warte, während ein anderer Mann in Hemdsärmeln und mit gelockertem Binder seine über Fernschreiber eingegangenen Wettermeldungen durchblättert und aus den Hunderten diejenige heraussucht, die die Kennbuchstaben LFQU trägt. Mit einer Hand hält und durchblättert er die Wettermeldungen vom ganzen Kontinent; er blättert durch Regen und Dunst und Nebel und hohe Wolken und Wind und Eis und Sandstürme. In diesem Augenblick berührt er das Blatt aus gelbem Papier, aus dem er erfahren könnte – wenn er es lesen wollte –, daß der Flughafen Wheelus in Libyen einen wolkenlosen Himmel mit einer Sicht bis zu zweiunddreißig Kilometern und einen Wind von zehn Knoten aus südwestlicher Richtung hat. Wenn er wollte, könnte er aus einer Zeile auf dem Papier erfahren, daß Nouasseur in Marokko hohe Federwolken meldet, Sichtweite vierundzwanzig Kilometer, Wind von fünfzehn Knoten aus Westsüdwest. Er durchblättert Wettermeldungen aus Hamburg (gemessene Bewölkung vierhundert Meter, Sicht fünf Kilometer in Regenschauern, Wind von zehn Knoten aus Nordwest), vom Fliegerhorst Wiesbaden (Wolkendecke in dreihundert Meter Höhe, Sicht drei Kilometer, Wind von sieben Knoten aus Süd), vom Fliegerhorst Chaumont.

»Düsenjäger zwei neun vier null fünf, Chaumont meldet gemessene Bewölkung in dreihundert Meter Höhe, Sicht 6,4 Kilometer im Regen, Wind aus Südwest von eins null auf eins sieben aufböend.« Das Wetter in Chaumont ist weder gut noch schlecht.

»Vielen Dank, Frankreich.« Der Mann läßt zur Antwort seinen Mikrophonknopf klicken. Er läßt den dicken Stapel gelben Papiers wieder zurücksinken, in dessen Gewicht das Wetter von Hunderten von Flughäfen über dem Kontinent enthalten ist. Und der den Wetterbericht vom Fliegerhorst Pfalzburg enthält (untere Wolkendecke siebzig Meter, Sicht achthundert Meter in schweren Regenschauern, Wind aus West von fünfundzwanzig auf fünfunddreißig Knoten aufböend, Wolkenblitze, Erdblitze in allen Quadranten, dreizehn Millimeter Hagel).

Ich treibe über der schräg abfallenden Wolkendecke dahin,

als ob die gesamte Wirklichkeit ein Traum mit verschwommenen weichen Umrissen wäre. Das Sternenlicht fällt auf die obere Nebelschicht und wird von ihr verschluckt, und ich sitze entspannt in einem tiefen Raum roten Lichtes und blicke hinaus auf die kalte idyllische Welt, die ich Himmel nannte, als ich ein kleiner Junge war.

Ich kann deutlich fühlen, daß ich mich bewege. Das braucht mir nicht erst mein Verstand zu sagen, wenn die Nadel des Radiokompasses von einem Funkfeuer zum nächsten schwingt und sich der Entfernungsmesser weiterdreht. Ich sehe, wie weiche wogende Wolken dunkel und schweigend einige hundert Meter unter meinem Flugzeug dahinziehen. Eine herrliche Nacht zum Fliegen.

Was war das? Was habe ich gesagt? Herrlich? Das ist ein Wort für die Schwachen und die Sentimentalen und die Träumer. Das ist kein Wort für die Piloten von dreiundzwanzigtausend Pfund nach Maß gearbeiteter Zerstörung. Das ist kein Wort für Leute, die den Erdboden auseinanderbersten sehen, wenn sie den Finger bewegen, oder die dazu ausgebildet werden, Menschen anderer Länder zu töten, deren Himmel derselbe ist wie der ihre. Herrlich. Liebe. Sanft. Zart. Friede. Stille. Keine Worte oder Gedanken für Jagdpiloten, die zur Unempfindlichkeit und Kaltblütigkeit in gefährlichen Situationen und zu Tiefangriffen auf marschierende Soldaten ausgebildet worden sind. Der Vorwurf der Sentimentalität ist ein schwerer Vorwurf. Aber der Sinn dieser Worte ist mir stets gegenwärtig, denn ich bin noch nicht zu einer perfekten Maschine geworden.

In der Welt der Mensch-Maschine lebe ich in einer Atmosphäre der Untertreibung. Der Kettenflieger, der einen rot leuchtenden Kondensstreifen im Sonnenuntergang hinter sich herzieht, ist ganz schön. Jagdflugzeuge zu fliegen, ist ein ganz angenehmer Job. Es war zu schade, daß mein Zimmerkamerad in sein Ziel geflogen ist.

Man lernt die Sprache, was man sagen darf und was nicht. Vor ein paar Jahren entdeckte ich, daß ich mich von keinem der anderen Piloten unterschied, als ich mich bei dem Gedanken ertappte, daß ein Kettenflieger und sein Kondensstreifen in den letzten Sonnenstrahlen nicht nur einzigartig, sondern herrlich sind oder daß ich mein Flugzeug liebe oder daß mein Land ein Land ist, für das ich mit Freuden mein Leben hingeben würde. Ich unterscheide mich nicht von den anderen.

Ich lerne sagen, »einmotorige Maschinen zu fliegen ist ganz schön, finde ich«, und jeder andere Pilot in der Air Force weiß genau, daß ich genauso stolz darauf bin, ein Düsenjägerpilot zu sein, wie irgendein anderer – ganz gleich, wo – auf irgendeinen Beruf stolz sein könnte. Doch ist vielleicht nichts verpönter als der Ausdruck »Düsenjägerpilot«. *Düsenjäger.* Ein Wort für Kinoplakate und Nichtpiloten. *Düsenjäger* bedeutet Glanz und Ruhm und das affektierte Geschwätz eines Mannes, der gern etwas von Jagdflugzeugen verstehen möchte. *Düsenjäger* ist ein lästiges Wort. Deshalb sage ich *einmotoriges Flugzeug,* denn die Leute, mit denen ich spreche, wissen, was ich meine: daß ich die Möglichkeit habe, ab und zu aufzusteigen und allein mit den Wolken zu sein, und wenn ich will, kann ich schneller als der Schall fliegen oder einen Panzer aus seinen Raupenketten schießen oder einen Lokomotivschuppen in einen Trümmerhaufen aus Stein und glühendem Stahl unter einer schwarzen Rauchwolke verwandeln. Düsenjäger zu fliegen ist eine Aufgabe für Supermen und Superhelden, draufgängerische, gutaussehende Filmstars. Einmotorige Flugzeuge zu fliegen ist nur ein ganz angenehmer Job.

Die weißen gezackten Gipfel der Alpen waren kein Hindernis für eine F-84 F, und wir haben sie in großer Höhe überflogen, beinahe ebenso sorglos wie die Möwe, die hoch über den Raubtieren des Meeres kreist. Beinahe. Selbst unter ihrer gewaltigen Schneedecke wirkten die Berge spitz wie große Glassplitter in einer Schneewüste. Durchaus kein Platz für Motorschaden. Wie seit uralten Zeiten ragten ihre steilen Gipfel aus dem Wolkenmeer, was einen Piloten dazu veranlaßte, sie »Inseln des Himmels« zu nennen. Harte Felsinseln in einem weichen grauen Meer aus Watte. Stille im Sprechfunkgerät. Ich flog schweigend im Schwarm und beobachtete, wie die Inseln unter uns vorbeizogen. Drei Worte vom Schwarmführer. »Zerklüftet, nicht wahr?«

Wir hatten die Inseln gemeinsam betrachtet. Es sind die am meisten zerschundenen Massen aus Granit und hängenden Lawinen in der ganzen Welt. Roher Aufbruch der Welt. Ein jungfräuliches, heimtückisches Land aus wandernden Gletschern und herabstürzendem Tod. Eine Abenteuerwelt für die Tapferen und Übermenschen, die die Berge besteigen, weil sie da sind. Durchaus kein Platz für ein so beängstigend menschliches Wesen wie einen Flugzeugpiloten, der darauf angewiesen ist, daß eine Vielzahl rotierender Stahlteile weiterrotiert, damit er sich in der Luft halten kann. Das liebt er.

»Verstanden«, sage ich. Was hätte man sonst noch sagen sollen? Die Berge waren wirklich zerklüftet.

Es ist immer interessant. Der Boden zieht unten dahin, die Sterne ziehen oben dahin, das Wetter wechselt, und selten, sehr selten, arbeitet eines der zehntausend Teile, aus denen der Körper eines Flugzeuges besteht, nicht vorschriftsmäßig. Für einen Piloten ist Fliegen nie gefährlich, denn ein Mensch muß nicht ganz zurechnungsfähig sein oder unter dem Zwang der Pflicht stehen, wenn er freiwillig in einem Beruf bleibt, den er in Wirklichkeit für gefährlich hält. Flugzeuge stürzen zuweilen ab, Piloten kommen zuweilen um, aber Fliegen ist nicht gefährlich, es ist interessant.

Es wäre schön, eines Tages zu erfahren, welche Gedanken nur von mir und welche von allen Menschen gedacht werden, die Jagdflugzeuge fliegen.

Manche Piloten sind es gewohnt, ihren Gedanken Ausdruck zu verleihen, manche sprechen überhaupt nicht darüber. Manche tragen Masken aus Konvention und Gleichmut, die ganz offensichtlich Masken sind, manche tragen so überzeugende Masken, daß ich mich frage, ob diese Männer nicht wirklich gleichmütig sind.

Die einzigen Gedanken, die ich beim Fliegen kenne, sind meine eigenen. Ich kann voraussagen, wie ich meine eigene Maske in jeder auftretenden Situation beherrschen werde. In gefährlichen Situationen wird sie zu einer ruhigen Gelassenheit gezwungen, die im Inneren eines jeden Bewunderung erregen soll, der meine unbewegte Stimme über Sprechfunk hört. Auf diesen Einfall bin nicht nur ich allein gekommen. In einer Unterhaltung mit einem Testpiloten verriet er mir einmal seine Methode, wie er in gefährlichen Situationen die Ruhe bewahrt. Er zählt in seiner Sauerstoffmaske laut bis zehn, bevor er auf den Mikrophonknopf drückt um mit jemand zu sprechen. Wenn die Situation so gefährlich ist, daß ihm keine zehn Sekunden Zeit mehr zur Verfügung stehen, legt er keinen Wert darauf, noch mit jemandem zu sprechen; dann ist er mit dem Aussteigen beschäftigt. Aber wenn er in weniger kritischen Situationen bis zehn gezählt hat, ist seiner Stimme nichts mehr von der eingetretenen Gefahr anzumerken, und sie kommt so ruhig über Sprechfunk, als ob er eine Pilotenmeldung über die Obergrenze einiger Schönwetter-Kumuluswolken durchgäbe.

Es gibt noch andere Gedanken, über die ich nicht spreche. Die Zerstörung, die ich auf der Erde anrichte. Es entspricht nicht streng der goldenen Regel, einen feindlichen Konvoi anzufliegen und seine Lastwagen mit sechs schweren Schnellfeuer-MGS zu zerfetzen oder Napalm auf Menschen abzuwerfen oder vierundzwanzig hochexplosive Raketen in ihre Panzer zu schießen oder eine Atombombe auf eine ihrer Städte abzuwerfen. Darüber spreche ich nicht. Ich mache mir selbst meine Gedanken darüber, bis ich einen einleuchtenden Grund finde, der es mir erlaubt, dies alles ohne Gewissensbisse zu tun. Vor langer Zeit fand ich eine Lösung, die logisch und zutreffend und überzeugend ist.

Der Feind ist böse. Er möchte mich unterjochen, und er möchte mein Land erobern, das ich sehr liebe. Er will mir meine Freiheit nehmen und mir vorschreiben, was ich denken und was ich tun und wann ich es denken und wann ich es tun soll. Wenn er das mit seinen eigenen Menschen machen möchte, die sich diese Behandlung gefallen lassen, dann habe ich nichts dagegen. Aber er darf es nicht mit mir oder mit meiner Frau oder mit meiner Tochter oder mit meinem Land machen. Ich werde ihn töten, bevor er es tut.

Deshalb sind jene Punkte mit Beinen, die von dem gestoppten Konvoi unter meinen MG-Garben weglaufen, nicht Menschen mit Gedanken und Gefühlen und Neigungen, wie ich sie habe; sie sind böse, und sie wollen mir meine Lebensweise nehmen. Im Panzer sitzen nicht fünf angsterfüllte menschliche Wesen, die die ihnen vertrauten Gebete sprechen, während ich zum Sturzflug ansetze und den weißen Punkt des Visiers auf das schwarze Rechteck setze, das ihr Panzer darstellt; sie sind böse, und sie wollen die Menschen töten, die ich liebe.

Ein leichter Daumendruck auf den Raketenknopf, weißer Punkt auf schwarzem Rechteck, ein fester Daumendruck. Ein leises, kaum vernehmbares Sch-Sch unter meinen Flügeln, und vier schwarze Rauchfahnen laufen nach unten, um sich auf dem Panzer zu treffen. Hochziehen. Ein leichtes Zittern, als die Schallwellen der Raketenexplosionen meine Maschine erreichen. Sie sind böse.

Ich bin zu jedem Einsatz bereit, der mir zugeteilt wird. Aber das Fliegen besteht nicht nur aus dem grausamen Geschäft des Krieges und der Zerstörung und des vorsätzlichen Mordens. In der Geschichte der Mensch-Maschine verlaufen die Ereignisse nicht immer nach Plan, und in den Flugbaracken und Bereitschaftsräumen liegen Zeitschriften über die Fliegerei aus, in denen ausführlich von Beispielen berichtet wird, wo die Mensch-Maschine nicht wie vorgesehen funktionierte.

Letzte Woche habe ich auf einem weichen roten Kunstledersessel im Aufenthaltsraum für Piloten gesessen und eine jener zerlesenen Zeitschriften von vorn bis hinten durchgelesen. Und daraus habe ich gelernt.

Ich habe gelesen, wie ein paar erfahrene Piloten in einem zweisitzigen Lockheed-T-33-Düsenschulflugzeug von Frankreich nach Spanien geflogen sind. Eine halbe Stunde von ihrem Bestimmungsort entfernt, griff der Pilot auf dem hinteren Führersitz nach unten zu dem Schalter, der das Verstellen seiner Sitzhöhe ermöglicht, und drückte aus Versehen auf den Auslöser, der einen Strahl Preßluft-Kohlendioxyd auslöst und das im Kissen seines Schleudersitzes verpackte Einmann-Schlauchboot aufbläst. Das Boot blähte sich auf und füllte die hintere Kabine aus und drückte den unglücklichen Piloten fest gegen seinen Sitzgürtel und Schultergurt.

Das war bei Schlauchbooten schon früher vorgekommen, und in den Kabinen der damit ausgerüsteten Flugzeuge befindet sich ein kleines scharfes Messer, das speziell für diese Notfälle vorgesehen ist. Der Pilot auf dem hinteren Führersitz griff nach dem Messer, und eine Sekunde später platzte das Boot und verbreitete eine dichte Wolke aus Kohlendioxyd und Talkumpuder.

Der Pilot auf dem vorderen Führersitz, der sich ganz dem Steuern des Flugzeuges widmete und nichts von der kritischen Situation hinter sich ahnte, hörte den Knall des explodierenden Bootes, und im selben Augenblick füllte sich seine Kabine mit Talkumpuder, den er für Rauch hielt.

Wenn man eine Explosion hört und die Kabine sich mit Rauch füllt, überlegt man nicht lange, sondern unterbricht sofort die Treibstoffzufuhr zum Triebwerk. So riß der Pilot auf dem vorderen Führersitz den Gashebel auf *aus*, und das Triebwerk setzte aus. In dem Durcheinander hatte der hintere Pilot sein Mikrophonkabel herausgerissen und nahm an, daß die Sprechverbindung unterbrochen wäre. Als er sah, daß das Triebwerk ausgesetzt hatte, zog er die Armlehnen seines Schleudersitzes hoch, drückte auf den Stahlauslöser und wurde aus dem Flugzeug geschleudert, um sicher mit dem Fallschirm auf einem sumpfigen Gelände niederzugehen. Der andere Pilot blieb in dem Schulflugzeug und führte mit ihm auf freiem Feld eine erfolgreiche Bauchlandung durch.

Es war eine erstaunliche Folge von Fehlleistungen, und mein Lachen rief eine Frage aus dem Raum hervor. Aber während ich erzählte, was ich gelesen hatte, nahm ich mir vor, es mir zu merken, falls ich wieder einmal auf einem der beiden Führersitze der T-33 der Staffel fliegen sollte.

Als sich mein Jahrgang von Offiziersanwärtern in der Flugausbildung befand und wir gerade unsere ersten Flüge in der T-33 durchführten, waren unsere Köpfe so voll von eingepaukten Verhaltensmaßregeln für den Normal- und Notfall, daß es uns nicht mehr leichtfiel, sie alle auseinanderzuhalten. Irgendeinem mußte es passieren, und es passierte Sam Wood. Gleich am ersten Morgen rief Sam in seiner neuen Maschine »Kabinendach klar?«, um den auf dem hinteren Führersitz festgeschnallten Fluglehrer zu warnen, daß nur anderthalb Zentimeter von seinen Schultern entfernt ein Kabinendach von zweihundert Pfund hydraulisch auf die Schienen gepreßt würde.

»Kabinendach klar«, sagte der Fluglehrer. Sam zog den Hebel zum Abwurf des Kabinendaches. Es gab einen heftigen lauten Knall, eine blaue Rauchwolke, und zweihundert Pfund abgerundetes und blankgeputztes Plexiglas schossen dreizehn Meter hoch in die Luft und krachten auf die Betonparkrampe. Sams Flug wurde für diesen Tag gestrichen.

Probleme dieser Art bereiten der Air Force Kopfzerbrechen. Dem menschlichen Teil der Mensch-Maschine unterlaufen ebenso viele Fehler wie dem Metallteil, und sie sind schwieriger zu eliminieren. Ein Pilot hat eintausendfünfhundert Flugstunden in vielen Flugzeugtypen hinter sich und gilt als erfahrener Pilot. Nach seiner eintausendfünfhundertsten Flugstunde vergißt er bei der Landung, das Fahrgestell auszufahren, und sein Flugzeug rutscht funkensprühend auf der Landebahn entlang. Um Landungen mit nicht ausgefahrenem Fahrgestell zu verhindern, sind schon viele Erfindungen gemacht und viele Tausende von Worten und Warnungen geschrieben worden.

Wenn ein Gashebel auf weniger als die Mindestleistung zur Aufrechterhaltung des Fluges zurückgenommen wird, ertönt ein Warnsignal in der Kabine, und im Fahrgestell-Ausfahrgriff flammt ein rotes Licht auf. Das bedeutet »Fahrgestell ausfahren!« Aber die Macht der Gewohnheit ist stark. Man gewöhnt sich daran, das Signal nach jedem Flug einen Augenblick lang vor dem Ausfahren des Fahrgestells zu hören, und allmählich ist es wie bei einem Wasserfall, den der Mann nicht mehr hört, der in seinem Tosen lebt. Es ist Vorschrift, dem Kontrollturm eine Meldung zu machen, sobald der Pilot mit seinem Flugzeug zum Queranflugteil der Landung übergeht: »Chaumont Turm, null fünf geht zum Queranflugteil über, Fahrgestell ausgefahren, Druck auf, Bremsen geprüft.« Aber auch diese Meldung wird zur Gewohnheit. Zuweilen kommt es vor, daß ein Pilot gerade in dem Moment abgelenkt wird, in dem er normalerweise den Fahrgestellhebel auf die Position *ausfahren* stellt. Wenn seine Aufmerksamkeit wieder ganz auf die Aufgabe der Landung seines Flugzeuges gerichtet ist, müßte sein Fahrgestell ausgefahren sein, und er nimmt an, daß es der Fall ist. Er blickt auf die drei Lämpchen, die die Position des Fahrgestells anzeigen, und obwohl keines in dem vertrauten Grün leuchtet, obwohl das Lämpchen im Handgriff rot leuchtet und das Warnsignal ertönt, meldet er, »Chaumont Turm, null fünf geht zum Queranflug über, Fahrgestell ausgefahren, Druck auf, Bremsen geprüft.«

Die Konstrukteure nahmen sich der Sache an und versuchten ihre Flugzeuge so zu konstruieren, daß keine Fehlerquellen für menschliches Versagen bleiben. Manche Fahrtmesser haben Scheiben, die während des Landeanfluges die Skala verdecken, wenn das Fahrgestell nicht ausgefahren ist, in der Annahme, daß der Pilot zu schnellem Handeln gezwungen werden wird, wenn er seine Eigengeschwindigkeit nicht ablesen kann, was in diesem Falle das Ausfahren des Fahrgestells bedeutet. In dem gefährlichsten, kompliziertesten heute einsatzfähigen Abfangjäger, der mit Atomraketen ausgerüstet ist und einen feindlichen Bomber unter ungünstigen Wetterbedingungen bis in eine Höhe von dreiundzwanzigtausend Metern abschießen kann, ist ein Warnhorn für das Fahrgestell installiert, das sich wie die mit schneller Geschwindigkeit abgespielte Tonbandaufnahme eines ausgedehnten Pikkoloduetts anhört. Die Erfinder glaubten, wenn nicht einmal dieser Höllenlärm den Piloten an das Ausfahren seines Fahrgestells erinnern würde, brauchten sie sich nicht mit Warnlämpchen oder mit dem Verdecken des Fahrtmessers oder irgendwelchen anderen Tricks abzugeben; das würde bei ihm alles nichts nützen. Wenn ich einen der großen grauen Deltaflügel-Abfangjäger in der Platzrunde sehe, muß ich über das schrille Tuten lächeln, das der Pilot sicherlich aus seinem Warnhorn für das Fahrgestell hört.

In meiner dunklen Kabine schlägt der dünne Leuchtzeiger des Radiokompasses plötzlich heftig von seiner Einstellung auf das Funkfeuer Spangdahlem aus und reißt mich aus meinen müßigen Gedanken, um mich an das Geschäft des Fliegens zu erinnern.

Der Zeiger dürfte sich eigentlich nicht bewegen. Wenn er über Spangdahlem auszuschlagen beginnt, wird er zunächst auf seiner Skala sehr kleine Ausschläge nach links und rechts machen, um mich zu warnen. Die Ausschläge werden immer größer werden, und schließlich wird sich der Zeiger drehen und auf der Skala nach unten zeigen, wie er es beim Überfliegen von Laon getan hat.

Aber der Entfernungsmesser zeigt an, daß ich noch vierundsechzig Kilometer von meinem ersten deutschen Kontrollpunkt entfernt bin. Der Radiokompaß hat mich nur daran erinnert, daß er ein Radiokompaß wie alle anderen ist. Er ist so konstruiert, daß er in die Richtung von Zentren niederfrequenter Funktätigkeit zeigt, und es gibt kein stärkeres Zentrum niederfrequenter Funktätigkeit als ein voll ausgebildetes Gewitter. Seit Jahren habe ich von der Faustregel gehört und mich danach gerichtet: Schichtwolken bedeuten ruhige Luft und glatten Flug. Die Ausnahme der Regel lautet: außer wenn in der Schichtwolke Gewitter verborgen sind.

Wie ein Boxer, der vor einem Kampf die Handschuhe anzieht, greife ich jetzt nach links und drücke auf den

Schalter mit der Aufschrift *Staudruckheizung*. Auf der rechten Instrumentenbank befindet sich ein Schalter mit der Aufschrift *Windschutzscheibe auftauen*, und mein rechter Handschuh schaltet ihn auf die Position ein, die durch unsichtbare Glühbirnen rot erleuchtet wird. Ich prüfe nach, ob der Sicherheitsgurt so fest wie möglich sitzt, und ich ziehe die Schultergurte einen halben Zentimeter fester an. Ich habe nicht die Absicht, heute nacht in ein Gewitter zu fliegen, wenn es sich vermeiden läßt, aber der verschlossene Leinwandsack in dem MG-Raum vor meinen Schuhen erinnert mich daran, daß mein Auftrag wichtig und ein wohlüberlegtes Risiko in bezug auf das Wetter wert ist.

Die Radiokompaßnadel schlägt noch einmal heftig aus. Ich halte Ausschau nach dem flackernden Blitz, aber die Wolken sind ruhig und dunkel. In meinen bisherigen Flugstunden bin ich schon manchem Sturm begegnet, warum sollte mir also die versteckte Warnung durch den Radiokompaß so ungewöhnlich und so unheilvoll und so unabwendbar vorkommen? Ich stelle fest, daß mein Kurskompaß unveränderlich auf meinen Kurs von 084 Grad zeigt, und vergleiche ihn automatisch mit dem Ersatzmagnetkompaß. Die kreiselgesteuerte Nadel stimmt fast bis auf den Grad genau mit dem unbestechlichen Magnetkompaß überein. In wenigen Minuten wird die Wolkendecke zu mir heraufreichen und mein Flugzeug verschlucken, und ich werde nach Instrumenten fliegen müssen und allein sein.

Es ist ein eigenartiges Gefühl, allein zu fliegen. Da ich so oft in Formationen von zwei oder vier Flugzeugen fliege, dauert es einige Zeit, bis ich mich an die Einsamkeit des Alleinfluges gewöhne, aber die Minuten zwischen den Fliegerhorsten Wethersfield und Chaumont reichen dafür nicht aus. Ich bin es nicht gewöhnt, während eines ganzen

Fluges in jede beliebige Richtung sehen zu können. Die einzig bequeme Haltung, die einzig natürliche Haltung besteht für mich darin, 45 Grad nach links oder 45 Grad nach rechts zu blicken und dort den glatten stromlinienförmigen Körper des Führungsflugzeuges zu sehen, den Piloten des Führungsflugzeuges mit seinem weißen Helm und seiner dunklen Blendschutzscheibe zu beobachten, wie er nach links und nach rechts und nach oben und nach hinten blickt, mit dem Schwarm gebührenden Abstand von den anderen Flugzeugen am Himmel hält und gelegentlich einen langen Augenblick nach hinten auf mein eigenes Flugzeug blickt. Ich beobachte meinen Führer aufmerksamer, als die erste Geige den Dirigenten beobachtet, ich steige, wenn er steigt, gehe in die Kurve, wenn er in die Kurve geht, und achte auf seine Handzeichen.

Beim Formationsflug wird nicht viel gesprochen. Es ist nicht professionell, bei der Durchführung eines Auftrages viele Anweisungen über Sprechfunk in den Äther zu schikken, und im engen Verbandsflug gibt es für jeden Befehl oder jede Bitte ein Handzeichen vom Führer und ein Antwortzeichen von seinem Flügelmann.

Es wäre natürlich leichter für den Führer, auf seinen Mikrophonknopf zu drücken und zu sagen, »Alligator-Schwarm: Geschwindigkeitsbremsen ... jetzt«, anstatt seinen rechten Handschuh vom Steuerknüppel zu nehmen, eine Sekunde lang mit der Linken zu fliegen, während er mit Daumen und Fingern das Zeichen für die Geschwindigkeitsbremsen gibt, den rechten Handschuh auf den Knüppel zurücklegt, während Alligator drei das Zeichen an vier weitergibt, seinen linken Handschuh auf den Gashebel legt, mit dem Daumen über dem Kippschalter für die Geschwindigkeitsbremsen oberhalb des Mikrophonknopfes, dann plötzlich und heftig mit seinem Helm nickt, während er den Schalter unter seinem Daumen auf *aus-*

fahren stellt. Es ist komplizierter, aber es ist professioneller, und professionell zu sein ist das Ziel eines jeden Mannes, der die Silberschwingen auf seiner linken Brusttasche trägt.

Es ist professionell, Funkstille zu halten, alles zu wissen, was es über ein Flugzeug zu wissen gibt, in jeder Formation eisern in der Position zu bleiben, in Notfällen die Ruhe zu bewahren. Alles, was beim Fliegen von Flugzeugen erstrebenswert ist, ist »professionell«. Ich mache zwar mit den anderen Piloten Witze über die übertriebene Verwendung dieses Wortes, aber in Wirklichkeit kann es selbst durch allzu häufigen Gebrauch nicht abgenutzt werden, und in meinem Inneren halte ich es in Ehren.

Ich gebe mir so große Mühe, der Bezeichnung eines professionellen Piloten gerecht zu werden, daß ich nach jedem Flug in enger Formation schweißgebadet lande; selbst meine Handschuhe sind nach solch einem Flug durchgefeuchtet und sind bis zum Einsatz des nächsten Tages beim Trocknen eingeschrumpft und steif wie ein Brett. Ich habe noch keinen Piloten getroffen, der einen guten Formationsflug fliegen kann, ohne danach aus seiner Kabine zu klettern, als sei sie ein Swimmingpool. Und doch ist es für einen glatten, leichten Flug nur erforderlich, in aufgelokkerter Formation zu fliegen. Das ist jedoch nicht professionell, und ich bin bis heute davon überzeugt, daß der Pilot, der nach einem Formationsflug in einem trockenen Fluganzug landet, kein guter Flügelmann ist. Ich hab' diesen Piloten noch nicht getroffen, und ich werde ihn wahrscheinlich niemals treffen, denn wenn es etwas gibt, wobei alle Piloten einmotoriger Maschinen ihren Professionalismus offen zur Schau tragen, dann ist es der Formationsflug.

Zum Schluß eines jeden Einsatzes erfolgt ein fünf Kilometer langer Anfangsanflug zur Platzrunde in enger Staffelformation. In den fünfunddreißig Sekunden, in denen diese fünf Kilometer zurückgelegt werden, von dem Augenblick an, in dem der Schwarmführer auf seinen Mikrophonknopf drückt und sagt: »Alligator-Führer geht auf Anfangsanflug Landebahn eins neun drei aus mit vier«, wird jeder Pilot auf dem Flugplatz und Dutzende anderer Leute auf dem Fliegerhorst die Formation beobachten. Der Schwarm wird einen Augenblick lang im Fenster des Büros des Flughafenkommandanten zu sehen sein, er wird deutlich vom Parkplatz des Flughafens zu sehen sein, Gäste werden ihn beobachten, alte erfahrene Piloten werden ihn beobachten. Fünf Kilometer lang befindet er sich gleichsam auf dem Präsentierteller. Fünfunddreißig Sekunden lang ist er das Ausstellungsstück des ganzen Flughafens.

Ich sage mir, daß es mir gleichgültig ist, ob sämtliche Generäle der United States Air Force in Europa mein Flugzeug beobachten oder ob nur eine Wachtel aus dem hohen Gras zu mir hochäugt. Das einzige, worauf es ankommt, ist der Schwarm, die Formation. Das ist es, worauf ich alle meine Anstrengungen richte. Jede von mir vorgenommene Korrektur wird an dem grauen Rauch meines Auspuffs zu erkennen sein und einen Minuspunkt bedeuten für den idealen Flug von vier geraden grauen Pfeilen mit unbeirrbaren silbernen geschwungenen Pfeilspitzen. Die kleinste Kursänderung erfordert eine sofortige Korrektur, um den Pfeil geradezuhalten.

Ich bin einen Zentimeter zu weit vom Schwarmführer weg; ich nehme den Steuerknüppel eine Idee nach links und hole den Zentimeter auf. Ich werde in der grauen Nachmittagsluft durcheinandergeschüttelt; ich verringere den Abstand zum Schwarmführer, so daß ich in derselben Luft durcheinandergeschüttelt werde wie er. Diese fünfunddreißig Sekunden erfordern mehr angespannte Aufmerksamkeit als der ganze übrige Flug. Bei der Einweisung vor dem Flug mag der Schwarmführer zwar sagen:

». . . und beim Anfangsanflug wollen wir eine ordentliche Formation einhalten; fliegen Sie nicht so dicht auf, daß Sie ein unbehagliches Gefühl haben . . .«, aber jeder Pilot des Schwarms lächelt bei diesen Worten vor sich hin und weiß, wenn diese halbe Minute kommt, wird er sich ebenso unbehaglich fühlen wie die anderen Flügelmänner, weil er in der Formation so eng aufgeschlossen und so ruhig wie nur möglich fliegen wird.

In jenen Sekunden steigt die Spannung so sehr, bis ich glaube, daß ich mein Flugzeug keine Sekunde länger so dicht aufgeschlossen halten kann. Aber die Sekunde geht vorüber und die nächste ebenfalls, während das grüne Glas des rechten Navigationslichtes meines Schwarmführers nur ein paar Zentimeter von meinem Kabinendach entfernt ist.

Schließlich dreht er mit einem Aufblitzen glänzenden Aluminiums zur Platzrunde ab, und ich beginne, bis drei zu zählen. Ich folge ihm in der Platzrunde, und ich warte. Meine Räder schleudern die langen blauen Rauchwölkchen auf der harten Landebahn nach hinten, und ich warte, Wir rollen in Formation zum Abstellplatz des Schwarms zurück, und wir stellen unsere Triebwerke ab, und wir füllen die Formulare aus, und wir warten. Wir gehen zusammen zur Flugbaracke zurück, die Fallschirmschnallen klirren wie kleine Stahlglöckchen, wir warten. Zuweilen kommt es vor, daß jemand zum Führungspiloten sagt: »Ihr habt heute beim Anfangsanflug ganz gut ausgesehen, Alligator.«

»Danke«, sagt er.

In einem unbedachten Augenblick frage ich mich, ob es die Sache wert ist. Lohnt sich die Arbeit und der Schweiß und manchmal die Gefahr des extrem eng aufgeschlossenen Formationsfluges, nur um beim Anflug gut auszusehen? Ich wäge das Risiko gegen das Ergebnis ab und weiß die Antwort, bevor die Frage zu Ende gedacht und formuliert ist. Es ist die Sache wert. Den ganzen Tag, sieben Tage in der Woche, fliegen Schwärme von vier Flugzeugen diese Landebahn an. Einen Anflug so gut zu fliegen, daß er einem Mann auffällt, der Hunderte von ihnen beobachtet, heißt, einen außerordentlich guten Formationsanflug zu fliegen. Eine professionelle Formation. Es ist die Sache wert.

Wenn Tagesformation Arbeit bedeutet, dann bedeutet Nachtformation reine Schinderei. Aber in keiner Luftwaffe kann es einen schöneren Einsatz geben.

Das Führungsflugzeug verschmilzt mit dem schwarzen Himmel, und ich fliege meine Position als Nummer drei nach seinem gleichmäßig schimmernden grünen Navigationslicht und dem schwachen roten Schein, der seine Kabine ausfüllt und schwach von seinem Kabinendach reflektiert wird. Wenn weder Mond noch Sterne scheinen, kann ich außer seinen Lichtern nicht das geringste erkennen und nehme es mit gemischten Gefühlen hin, daß sich zehn Tonnen Jagdflugzeug ein paar Meter entfernt von meiner Kabine befinden. Aber gewöhnlich scheinen die Sterne. Ich gleite neben dem Flügel des Schwarmführers dahin, während mein Triebwerk hinter mir einen Achtzylinder-Motor mit Fehlzündungen nachahmt, und ich beobachte das gleichmäßige grüne Licht und den schwachen roten Schein und die kaum wahrnehmbare Silhouette seines Flugzeuges unter den Sternen. Bei Nacht ist die Luft ruhig. Wenn wir uns in großer Höhe befinden und der Schwarmführer geradeaus fliegt, ist es möglich, ein wenig zu entspannen und die fernen Lichter einer Stadt mit den näheren Lichtern der Sterne um mich herum zu vergleichen. Sie gleichen sich erstaunlich.

Entfernung und Nacht löschen die kleinsten Lichter der Stadt aus, und große Höhe und dünne klare Luft erwecken die kleinsten Sterne zu gleichmäßig strahlendem Glanz. Wenn sich keine Wolkendecke unter mir befindet, läßt sich sehr schwer erkennen, wo der Himmel aufhört und die Erde beginnt, und es ist schon manch ein Pilot umgekommen, weil die Nacht vollkommen klar war. Es gibt keinen Horizont außer dem stets zuverlässigen künstlichen Horizont von fünf Zentimeter Länge, der sich hinter seiner Glasscheibe zusammen mit den dreiundzwanzig anderen Instrumenten auf dem Armaturenbrett befindet.

Bei Nacht, aus einer Höhe von zwölftausend Metern betrachtet, hat die Welt keine Fehler. Es gibt keine schmutzigen Flüsse, keine schwarzen Wälder, nichts als silbergraue Perfektion, die in sanftes warmes Sternenlicht getaucht ist. Ich weiß, daß sich auf dem weißen Stern am Rumpf des Schwarmführers schmutzige Streifen befinden, die davon herrühren, daß Öl mit Putzlappen verrieben wurde, aber wenn ich ganz genau hinsehe, kann ich nur einen fleckenlosen fünfzackigen Stern im Licht der ungezackten Sterne erkennen, durch das wir fliegen.

Bei Nacht sieht die *Thunderstreak* ganz genauso aus, wie sie in der Vorstellung ihres Konstrukteurs ausgesehen haben muß, bevor er sich an die nüchterne Aufgabe machte, Linien und Zahlen aufs Papier zu bringen. Ein kleines Kunstwerk, nicht verunziert durch aufgemalte schwarze Buchstaben, die bei Tage lauten: *Feuerzugangstür* und *Wiegenrampe* und *Vorsicht – Schleudersitz.* Sie sieht aus wie eines der blanken kleinen Modelle der Luftfahrtgesellschaften aus grauem Kunststoff, nahtlos und makellos.

Der Schwarmführer neigt seinen Flügel scharf nach rechts und blendet das grüne Navigationslicht ab, ein Zeichen dafür, daß zwei hinüberwechseln und die Position einnehmen soll, in der ich jetzt am rechten Flügel des Führungsflugzeuges fliege. Während vier langsam in der Dunkelheit neben meinem rechten Flügel nach oben und unten schwebt, nehme ich meinen Gashebel einen Zentimeter zurück und gleite behutsam nach außen, um für zwei mit seiner F-84 F Platz zu machen. Seine Navigationslichter wechseln vom *hellen Blinken* zum *abgeblendeten Dauerlicht,* bevor er mit dem Hinüberwechseln beginnt, denn es ist einfacher für mich, nach einem Dauerlicht als nach einem Blinklicht zu fliegen. Obgleich diese Maßnahme darauf zurückgeht, daß Piloten den Tod gefunden haben, die Nachtformation nach Blinklichtern geflogen sind, und sie für zwei Vorschrift ist, bevor er in die Position hinübergleitet, weiß ich es doch als wohlüberlegte Handlungsweise und kluge Vorschrift zu schätzen.

Zwei bewegt sich langsam drei Meter nach hinten und beginnt hinter dem Führungsflugzeug hinüberzuwechseln. Auf halbem Wege zu seiner neuen Position verharrt sein Flugzeug. Beim Hinüberwechseln wird ein Flugzeug gelegentlich von dem Düsenstrom des Führungsflugzeuges erfaßt und braucht einen kleinen Anstoß mit dem Steuerknüppel und dem Seitenruder, um wieder in ruhige Luft zu gelangen, aber zwei macht absichtlich eine Pause. Er blickt direkt nach vorn in das Abgasrohr des Führungsflugzeuges.

Es glüht.

Von einem dunklen Weinrot am äußeren Ende bis zu einem zarten leuchtenden Rosa, heller als die hellsten Kabinenlampen, lebt und sprüht das Abgasrohr vor Licht und Hitze. Tief im Innern des Triebwerks verborgen befindet sich das rotglühende Turbinenrad, und zwei beobachtet, wie es sich dreht.

Es rotiert wie die Speichen eines sich schnell drehenden Wagenrades, und während er es beobachtet, blitzt es alle paar Sekunden auf und scheint sich rückwärts zu drehen. Und wieder denkt zwei im stillen: ›So also arbeitet es.‹ Er denkt nicht mehr ans Fliegen oder ans Hinüberwechseln oder an die elf Kilometer kalter schwarzer Luft zwischen seinem Flugzeug und den Hügeln. Er beobachtet eine wunderbare Maschine bei ihrer Arbeit, und er macht im Düsenstrom des Führungsflugzeuges eine Pause. Ich sehe, wie die rote Glut in seiner Windschutzscheibe und von seinem weißen Helm reflektiert wird.

Die Stimme des Schwarmführers ertönt leise in der tiefen Stille der Nacht. »Nun wechseln Sie schon hinüber, zwei.« Zwei dreht den Helm plötzlich zur Seite, und einen Augenblick lang sehe ich deutlich sein Gesicht in dem roten Schein des Abgasrohres. Dann gleitet sein Flugzeug schnell hinüber auf den Platz, den ich für ihn frei gemacht habe. Der Schein verschwindet von seiner Windschutzscheibe.

Nur wenn ich als zwei fliege, habe ich bei allen Nachtformationseinsätzen die Möglichkeit, ein Triebwerk zu sehen, das in sein eigenes magisches Licht getaucht ist. Die einzige andere Gelegenheit, bei der ich das Feuer in den Turbinenmotoren sehen kann, ist der Augenblick des Anlassens der Triebwerke, wenn ich mich zufällig in einem Flugzeug befinde, das hinter einem anderen geparkt ist, dessen Pilot seinen Startschalter nach oben drückt. Dann ist es eine schwache züngelnde gelbe Flamme, die sich zehn oder fünfzehn Sekunden lang zwischen den Laufradschaufeln schlängelt, bevor sie verschwindet und das Abgasrohr wieder dunkel ist.

Die moderneren Maschinen mit Nachbrennern protzen bei jedem Start mit ihren Flammen und ziehen eine Reihe von rautenförmigen harten Druckwellen in ihrer Stichflamme hinter sich her, die selbst in der Mittagssonne zu sehen sind. Aber der verborgene rotierende Schmelzofen eines *Thunderstreak*-Triebwerks bei Nacht ist ein Anblick, den nicht viele Menschen zu sehen bekommen, ein nahezu heiliger Anblick. Ich bewahre ihn in meinem Gedächtnis und denke auf der Erde in den anderen Nächten daran zurück, wenn der Himmel nicht so voller Schönheit ist.

Immer wieder kommt der Zeitpunkt, wo wir zur Landebahn zurückkehren müssen, die wir im Dunkel zurückgelassen haben, und bei der Durchführung des Sinkfluges nach einer Nachtformation bietet sich wenig Gelegenheit, um über die Anmut und die schlichte Schönheit meines Flugzeuges nachzudenken. Ich fliege nach dem gleichmäßigen Navigationslicht und bemühe mich, es vier an meinem Flügel so leicht wie möglich zu machen, und konzentriere mich darauf, mein Flugzeug in seiner vorgeschriebenen Position zu halten. Aber selbst bei der schwereren und anstrengenderen Beschäftigung, mit einem Jagdflugzeug von zwanzigtausend Pfund nur ein paar Meter entfernt von einem genau gleichen zu fliegen, ist ein Teil meiner Gedanken weiterhin damit beschäftigt, an die ausgefallensten Dinge zu denken und eifrig die unwahrscheinlichsten Überlegungen anzustellen.

Ich bringe mein Flugzeug ein wenig näher an zwei heran und nehme das Gas eine Idee zurück, weil er auf mich zukommt, und ziehe den Steuerknüppel eine Kleinigkeit nach hinten, um mein Flugzeug in der niedrigeren Eigengeschwindigkeit zu halten, und überlege, ob ich es meiner Tochter vielleicht doch erlauben sollte, ein Paar siamesischer Katzen zu halten. Vor meinen Augen ist das gleichmäßige Leuchten des grünen Navigationslichtes, und ich schiebe meinen linken Daumen nach vorn, um mich zu vergewissern, daß sich der Schalter für die Geschwindigkeitsbremsen ganz vorn befindet, und ich gebe jetzt eine Sekunde lang mehr Gas, nur ein halbes Prozent, und nehme es sofort wieder zurück, und klettern sie wirklich an den Gardinen hoch, wie man es mir sagte? Katzen kommen mir nicht ins Haus, wenn sie an Gardinen hochklettern.

Den Steuerknüppel ein wenig nach vorn, eine kleine Rechtskurve, um die Maschine dreißig Zentimeter nach außen zu bringen, obgleich es gewiß schöne Katzen sind. Blaue Augen. Wie mir ein rascher Blick sagt, beträgt der Treibstoff eintausenddreihundert Pfund, kein Problem; wie mag vier dort draußen an meinem Flügel zurechtkommen, heute nacht dürfte es für ihn nicht allzu schwierig sein, nachts ist es sowieso manchmal besser, als vier zu fliegen, man hat mehr Orientierungspunkte, nach denen man sich richten kann. Ob Gene Ivan wohl dieses Wochenende mit der Bahn nach Zürich fährt? Fünf Monate bin ich nun schon in Europa, und ich habe mir noch nicht einmal Zürich angesehen. Vorsicht, Vorsicht, nicht zu dicht aufschließen, nimm's nicht so genau, lieber einen halben Meter mehr Abstand halten. Wo ist die Landebahn? Wir müßten jetzt eigentlich jeden Augenblick über den Landebahnfeuern sein. Richte dich nach dem Flügel von zwei, während er die Maschine abfängt. Kein Problem. Du brauchst dich nur in einer Höhe mit seinen Flügeln zu halten. Etwas mehr Gas geben ... Den Gashebel auf diesem Punkt halten. Diese Geschwindigkeit beibehalten. Wenn er sich einen Zentimeter entfernt, sofort korrigieren. Jetzt kommt der Anfangsanflug. Eng aufschließen. Wahrscheinlich beobachtet uns zu dieser Nachtzeit keine Menschenseele. Macht nichts. Wir sind weiter nichts als ein paar Navigationslichter am Himmel; schieb dich näher an den Flügel von zwei heran. Ganz ruhig jetzt für vier. Entschuldige das Luftloch, vier.

»Checkmate-Führer beim Abdrehen.« Die Navigationslichter des Führungsflugzeuges drehen zur Platzrunde ab. Mir kommt es so vor, als ob ich die ganze Nacht hindurch nach dieser kleinen Glühbirne geflogen bin. Noch etwas näher an zwei heran. In dieser Position bleiben, nur noch drei Sekunden.

»Checkmate zwei beim Abdrehen.« Jetzt geht's los. Die Anspannung ist vorüber. Nur noch bis drei zählen. Es ist gleich vorbei, vier. Nur noch ein paar Minuten, und wir kommen aus den nassen Sachen heraus. Mikrophonknopf runter.

»Checkmate drei beim Abdrehen.« Es ist mir ganz gleich, was für Augen sie haben, sie kommen mir nicht ins Haus, wenn sie an Gardinen hochklettern. Fahrgestell raus. Landeklappen raus. Das Führungsflugzeug ist über der Rollfeldumzäunung. Manchmal kann man sich beinahe selbst einreden, daß dies ein schönes Flugzeug ist. Knopf runter. »Checkmate drei geht zum Queranflug über, drei grün, Druck und Bremsen.« Überprüfe die Bremsen, nur, um ganz sicherzugehen. Ja. Bremsen sind in Ordnung. Dieses Flugzeug hat gute Bremsen. Achte bei dieser ruhigen Luft auf den Düsenstrom. Lieber sechs Stundenkilometer mehr Fahrt beim Endanflug, falls es böig ist. Da ist die Rollfeldumzäunung. Halt die Nase hoch, und laß das Flugzeug landen. Ich frage mich, ob alle Rollfelder am Ende Umzäunungen haben. Ich wüßte keines, bei dem es nicht so wäre. Ein wenig Düsenstrom. Wir sind unten, kleines Flugzeug. Gute Arbeit hast du heute nacht geleistet. Bremsfallschirmgriff raus. Ein leichter Druck auf die Bremsen. Ausrollen beendet, ein leichter Bremsdruck, um von der Landebahn wegzudrehen. Bremsfallschirm abwerfen. Führungsflugzeug und zwei einholen. Vielen Dank fürs Warten, Schwarmführer. Recht guter Flug. Recht gut. Wenn ich schon in der Air Force sein muß, möchte ich diesen Job gegen keinen anderen eintauschen, den man anzubieten hätte. Kabinendach auf. Die Luft ist warm. Schön, wieder unten zu sein. Ich bin naß zum Auswringen.

Ich bin jetzt über Luxemburg, und die Trommel des Entfernungsmessers dreht sich gleichmäßig, als ob sie direkt mit dem Sekundenzeiger der Borduhr verbunden wäre. Noch fünfundvierzig Kilometer bis Spangdahlem. Mein Flugzeug fliegt dicht über den Wolken, und ich bereite mich auf den Übergang zum Instrumentenflug vor. Es wird vielleicht noch ein paar Minuten dauern, bevor ich völlig in den Wolken verschwunden sein werde, aber es ist besser, die routinemäßige Überprüfung der Instrumente durchzuführen, bevor es tatsächlich nötig ist. Die angezeigte Eigengeschwindigkeit beträgt 490 Stundenkilometer, die Höhe beträgt elftausendzwanzig Meter, die Nadel des Wendezeigers steht genau auf Mitte, die Steiggeschwindigkeit beträgt dreißig Meter in der Minute, das kleine Flugzeug auf dem Fluglageanzeiger zeigt mit der Nase etwas über seinen Horizont, der Kurskompaß zeigt 086 Grad. Die Sterne scheinen noch immer strahlend und unbeteiligt über mir. Es ist etwas Schönes, ein Stern zu sein, weil man sich dann niemals über Gewitter Sorgen zu machen braucht.

Der Zeiger des Radiokompasses schlägt erneut verzweifelt nach rechts aus. Er erinnert mich daran, daß ich nicht unbedingt mit einem glatten Flug rechnen kann. Vielleicht hatte der Meteorologe am Ende doch nicht ganz unrecht. Von ferne leuchtet ein flackernder Blitz im Südosten auf, und die dünne Nadel zittert, ein ängstlicher Finger, der auf den Blitz zeigt. Ich muß daran denken, wie ich das erstemal von dieser Eigenschaft des Radiokompasses hörte. Ich war überrascht. Das war so ziemlich das Schlimmste, was ein Navigationsgerät tun konnte! Wenn ich nach dem Radiokompaß fliege, wie ich es eigentlich tun sollte, lande ich schließlich im Zentrum des größten Gewitters im Umkreis von hundert Meilen. Wer würde wohl ein Navigationsgerät konstruieren, das so arbeitet? Und wer würde es kaufen?

Jede Firma, die Langwellenradios baut, lautet die Antwort auf die erste Frage, wie ich erfahren mußte. Die United States Air Force, lautet die Antwort auf die zweite Frage. Immerhin war man ehrlich genug, mich auf diese kleine Eigenheit hinzuweisen, bevor man mich auf meinen ersten Instrumentenflug über Land schickte. Gerade wenn ich ihn am meisten gebrauchen könnte, nämlich im schlimmsten Wetter, ist der Radiokompaß das letzte, worauf man sich verlassen kann. Es ist besser, nach Zeit und Entfernung zu fliegen, als sich nach der dünnen Nadel zu richten. Ich bin froh, daß die Neuentwicklung, das TACAN-Gerät, nicht durch Blitze gestört wird.

Vielleicht ist es gut, daß ich heute nacht allein fliege. Wenn ich am Rande eines Gewitters einen Flügelmann hätte, würde er es nicht leicht haben, seine Position einzuhalten. Das ist etwas, was ich noch nie versucht habe: Formationsflug im Gewittersturm.

Was dem noch am nächsten kommt, ereignete sich in der Luftschau, die am Tage der Streitkräfte kurz vor der Wiedereinberufung von der Staffel veranstaltet wurde. Irgendwie kann man sich darauf verlassen, daß an diesem Tag des Jahres die Luft am rauhesten ist.

Jedes Flugzeug der Staffel war für den Flug vorgesehen; eine einzige Riesenformation aus sechs Rauten von je vier Flugzeugen der Air Guard F-84 Fs. Ich war überrascht, daß es so viele Leute gab, die sich nicht davon abhalten ließen, in dichten Autoschlangen durch die Sommerhitze zu fahren, um außer den am Boden zu besichtigenden Flugzeugen ein paar alte Jagdflugzeuge fliegen zu sehen.

Unsere Maschinen stehen in einer langen Reihe vor den nicht überdachten Sitzplätzen, die anläßlich dieses Tages am Rande der Betonparkrampe errichtet worden sind. Ich stehe in unbequemer Rührt-euch-Stellung vor meinem

Flugzeug in der prallen Sonne und beobachte die Leute, die auf die rote Leuchtkugel, das Zeichen zum Start, warten. Wenn all diese Leute sich schon die Mühe machen, kilometerweit auf den heißen, verstopften Straßen zu fahren, um hierherzukommen, warum sind sie dann nicht in der Air Force und fliegen die Flugzeuge selbst? Von tausend der hier Anwesenden würden neunhundertsiebzig keine Schwierigkeiten haben, dieses Flugzeug zu fliegen. Und doch schauen sie lieber zu.

Ein leises »Pop«, und die strahlend rote Leuchtkugel schießt aus der Leuchtpistole eines Adjutanten, der in der Nähe des zu Besuch weilenden Generals vor der Ehrentribüne steht. Die Leuchtkugel steigt in einem hohen Rauchbogen auf, und ich beeile mich, weil ich mich ebensosehr vor den Blicken der Menge verbergen wie mich – in gleichem Rhythmus wie dreiundzwanzig andere Piloten in dreiundzwanzig anderen Flugzeugen – in meine Maschine schnallen möchte. Während ich meine Stiefel in die Ruderpedaltunnel stelle, blicke ich auf die lange gerade Reihe von Flugzeugen und Piloten zu meiner Linken. Rechts von mir gibt es keine, denn ich fliege das Flugzeug Nummer vierundzwanzig als Schlußmann in der letzten Rautenformation.

Ich lasse meine Fallschirmschnallen einschnappen und greife hinter mich nach den Schultergurten, wobei ich mich bemühe, den tausendfachen Blick der Zuschauer nicht zu beachten. Wenn sie so großes Interesse haben, warum haben sie dann nicht schon längst fliegen gelernt?

Der zentrale Sekundenzeiger der Borduhr rückt auf die Zwölf vor, im gleichen Rhythmus mit den Sekundenzeigern von dreiundzwanzig anderen Borduhren. Es ist wie eine Art Tanz; eine gemeinsame Aufführung aller Piloten, die an ihren freien Wochenenden Solovorstellungen geben. Batterie *an*. Sicherheitsgurt anschnallen, Sauerstoffschläuche anschließen. Der Sekundenzeiger berührt den höchsten Punkt auf seinem Zifferblatt. Startschalter auf *Start*. Das Anspringen meines Starters bildet einen Bruchteil der Massenexplosion von zwei Dutzend Verbrennungsstartern. Es macht sehr viel Lärm, das Anlassen der Triebwerke. Die Zuschauer in den ersten Reihen weichen zurück. Aber deswegen sind sie ja schließlich hergekommen, um den Lärm dieser Triebwerke zu hören.

Hinter uns entsteht eine feste Wand aus glühender Hitze, die die Bäume am Horizont flimmern läßt und die nach oben steigt, um sich in einem pastellfarbenen Himmel zu verlieren. Der Tachometer erreicht vierzig Prozent Umdrehungen in der Minute, und ich nehme meinen weißen Helm von seiner bequemen Ablage auf der Kabinendachrundung, dreißig Zentimeter von meinem Kopf entfernt. Kinnriemen festschnallen (wie oft schon habe ich von Piloten gehört, die ihre Helme verloren haben, als sie mit nicht angeschnallten Kinnriemen abgesprungen sind?), Umformerwähler auf *normal*.

Selbst wenn die Luft heute absolut windstill wäre, würde ich von dem Düsenstrom der dreiundzwanzig anderen vor mir fliegenden Maschinen gründlich durcheinandergeschüttelt werden. Aber der Tag ist sowieso heiß, und das erste Flugzeug der Formation, das des Staffelkapitäns, wird selbst nach dem Aufsteigen in die kochende Luft eines Julimittags unbarmherzig durcheinandergerüttelt werden. In der Luft wird es von meinem Schwarmführer abhängen, den Düsenstrom zu meiden, indem er unterhalb der anderen Flugzeuge fliegt, aber man kann unmöglich dem Düsenstrom entrinnen, der bei meinem Aufsteigen neben dem Flügel von Baker Blue drei über die Startbahn fegen wird, nachdem alle anderen Flugzeuge den zwei Kilometer langen weißen Beton an diesem windstillen Tag hinuntergerollt sind. Nach dem Start des Staffelkapitäns – und wegen des Düsenstroms seines Flugzeuges und dem seines Flügelmannes – wird jeder nachfolgende Anlauf ein wenig länger dauern in der heißen rauhen Luft, die durch Reihen von Brennkammern und Laufradschaufeln aus rostfreiem Stahl gewirbelt worden ist. Meine Startstrecke wird die längste von allen sein, und ich werde mich sehr anstrengen müssen, um in den turbulenten Luftwirbeln genau an dem Flügel von drei zu bleiben. Aber das ist für heute meine Aufgabe, und ich werde sie erledigen.

Zu meiner Linken, am anderen Ende der langen Flugzeugreihe, schiebt der Staffelkapitän den Gashebel vor und beginnt nach vorn zu rollen. »Falken-Formation, bitte melden«, ertönt seine Stimme in vierundzwanzig Funkgeräten, in achtundvierzig weichen Kopfhörern, »hier ist der Führer von Able Red.«

»Able Red zwei«, meldet sein Flügelmann.

»Drei.«

»Vier.«

Eine lange Reihe aufeinanderfolgender verzerrter Stimmen und gedrückter Mikrophonknöpfe. In einer Kabine nach der anderen geht der Gashebel nach vorn, eine Maschine nach der anderen dreht nach links und schwenkt ein, um dem glänzenden Flugzeug des Staffelkapitäns zu folgen. Jetzt ist mein Schwarmführer an der Reihe. »Führer von Baker Blue«, meldet er beim Vorwärtsrollen. Sein Name ist Cal Whipple.

»Zwei.« Gene Ivan.

»Drei.« Allen Dexter.

Schließlich drücke ich auf den Mikrophonknopf. »Vier.« Und es ist still. Hinter dem Schlußmann des sechsten Schwarms kommt keiner mehr.

In raschem Tempo rollt die lange Flugzeugreihe die Rollbahn hinunter zur Startbahn drei null, und das erste Flugzeug rollt ein ganzes Stück auf die Startbahn, um seinen zahlreichen Kettenfliegern Platz frei zu lassen. Die große Formation beeilt sich damit, hinter ihm aufzuschließen, denn es ist keine Zeit für unnötiges Rollen vorgesehen. Vierundzwanzig Flugzeuge gleichzeitig auf der Startbahn, ein seltener Anblick. Ich drücke auf meinen Mikrophonknopf, während ich in der Position neben dem Flügel von Baker Blue drei zum Stehen komme, und führe ganz allein mit dem Staffelkapitän ein Zwiegespräch. »Baker Blue vier in Position.«

Sowie er mich hört, schiebt der Mann in dem glänzenden Flugzeug mit den kleinen Eichenblättern aus Stoff auf den Schultern seines Fluganzuges den Gashebel nach vorn und gibt das Kommando: »Falkenformation, Probelauf.«

Es besteht eigentlich kein Grund dafür, daß alle vierundzwanzig Flugzeuge ihre Maschinen im selben Augenblick auf hundert Prozent Umdrehungen in der Minute aufdrehen, aber es macht tatsächlich einen imposanten Lärm, und genau das möchten die Leute auf den Zuschauertribünen heute hören. Zwei Dutzend Gashebel gehen bis zum Anschlag nach vorn.

Selbst bei geschlossenem Kabinendach und mit einem Helm und Kopfhörern über meinem Kopf ist der Lärm laut zu hören. Der Himmel verdunkelt sich ein wenig, und bei dem mächtigen Getöse, das die hölzernen Sitzbänke erzittern läßt, sehen die Zuschauer eine große Wolke von Auspuffgasen, die am Ende der Startbahn über dem blitzenden Pfahlzaun aufsteigt, den die großen, geschwungenen Kielflossen der Falken-Formation bilden. Ich werde von dem Luftstrom der anderen Flugzeuge auf meinen Rädern durcheinandergerüttelt und -geschüttelt und stelle fest, wie erwartet, daß meine Maschine nicht ihre normale Umdrehungszahl von hundert Prozent erreicht. Sie erreichte sie nur für die Dauer einer Sekunde, aber als der heiße und tosende Luftstrom der anderen Flugzeuge nach hinten gepeitscht wurde und meinen Lufteinlaß erreichte, fiel die Geschwindigkeit des Triebwerks auf etwas weniger als achtundneunzig Prozent Umdrehungen in der Minute. Das ist ein sicheres Zeichen dafür, daß die Luft außerhalb meiner räumlich beschränkten Kabine warm ist.

»Führer von Able Red rollt an.« Die beiden vordersten Pfähle lösen und entfernen sich langsam von dem Pfahlzaun, und die Falken-Formation gerät in Bewegung. Nachdem der zentrale Sekundenzeiger fünf Sekunden weitergerückt ist, rollt Able Red drei hinter ihnen her, vier an seinem Flügel.

Ich sitze hoch oben in meiner Kabine und beobachte, wie sich weit voraus die ersten der Formation von der Startbahn abheben.

Die ersten Flugzeuge lösen sich von der Erde, als ob sie ihrer überdrüssig und daher froh darüber wären, wieder in der Luft, ihrem eigentlichen Element, zu sein. Ihre Abgasfahnen wirken schwarz, wenn ich sie so der Länge nach sehe, und ich frage mich lächelnd, ob ich durch den Rauch der anderen Maschinen nach Instrumenten werde fliegen müssen, wenn es Zeit für mich wird, mit Baker Blue drei anzurollen.

Paarweise rollen sie davon. Acht; zehn; zwölf ... Ich warte und beobachte meine Drehzahl, die jetzt bei Vollgas siebenundneunzig Prozent beträgt, und hoffe, daß ich beim Rollen mit drei zusammenbleiben und vorschriftsmäßig mit ihm vom Boden abheben kann. Wir haben das gleiche Problem, so daß keine andere Schwierigkeit als ein sehr langer Anlauf zum Start bestehen dürfte.

Ich blicke hinüber zu drei, bereit, ihm okay zuzunicken. Er sieht zu, wie die anderen Flugzeuge abheben, und schaut nicht zu mir herüber. Er beobachtet, wie sie abfliegen ... sechzehn; achtzehn; zwanzig ...

Die Startbahn liegt fast leer vor uns, unter einer niedrigen grauen Rauchwolke. Die Fangvorrichtung der Startbahnverlängerung am Ende des Betons ist durch die wirbelnde Hitze überhaupt nicht zu erkennen. Doch abgesehen von einem kaum wahrnehmbaren plötzlichen Wakkeln der Flügel heben die ersten Schwärme ohne Schwierigkeiten vom Erdboden ab, obwohl sie die Fangvorrichtung der Startbahnverlängerung in immer niedrigerer Höhe überfliegen . . . Zweiundzwanzig. Drei blickt endlich zu mir herüber, und ich nicke mein Okay. Als das Führungsflugzeug von Baker Blue und zwei bereits fünf Sekunden auf der Betonbahn entlanggerollt sind, berührt drei mit seinem Helm die rote Kopfstütze des Schleudersitzes, nickt einmal heftig mit dem Kopf, und als letzte der Falken-Formation lösen wir die Bremsen. Linkes Ruder, rechtes Ruder. Ich spüre die Luftwirbel über der Startbahn an meiner Seitenflosse durch die Seitenruderpedale hindurch. Es dauert eine ganze Weile, bis wir Eigengeschwindigkeit bekommen, und ich bin froh, daß uns die ganze Länge der Startbahn für unseren Anlauf zum Start zur Verfügung steht. Drei federt leicht auf und ab, als sein schweres Flugzeug über die Unebenheiten des Betons rollt. Ich folge ihm, als wäre ich sein dreidimensionaler Schatten aus glänzendem Aluminium, der hüpft, wenn er hüpft, mit ihm vorwärts rast und langsam Eigengeschwindigkeit gewinnt. Der Schwarmführer und zwei müßten jetzt gerade abheben, aber ich wende meinen Blick nicht von drei, um mich davon zu überzeugen. Entweder haben sie inzwischen abgehoben, oder sie sind in der Fangvorrichtung gelandet. In diesem Augenblick passieren wir die Zweitausendfünfhundert-Meter-Marke, eine der längsten Startstrecken, die ich je in der F-84 F erlebt habe. Das Flugzeug von drei verlagert jetzt sein Gewicht von den Rädern auf die Pfeilflügel, und wir erheben uns gemeinsam in die Luft. Ein höchst fragwürdiges physikalisches Experiment, zwölf Tonnen der dünnen Luft anzuvertrauen; aber es ist bisher immer gelungen und müßte eigentlich auch heute klappen.

Drei schaut nach vorn, und diesmal bin ich ausnahmsweise froh, daß ich sein Flugzeug so genau beobachten muß. Die Fangvorrichtung greift herauf nach unseren Rädern, und sie ist nur dreißig Meter entfernt. Drei zieht plötzlich steil vom Erdboden weg, und ich folge ihm, indem ich den Steuerknüppel stärker anziehe, als ich eigentlich dürfte, und ich zwinge mein Flugzeug zum Steigflug, bevor es zum Fliegen bereit ist.

Der Helm in der einige Meter entfernten Kabine nickt einmal heftig und ohne herzusehen, ich greife nach vorn und stelle den Fahrgestellhebel auf *einfahren*. Da rast die Fangvorrichtung blitzschnell unter uns weg, in der gleichen Sekunde, in der ich den Fahrgestellhandgriff berührte. Es fehlten noch drei Meter. Ich glaube, es war gut, daß ich in dieser Formation nicht als Nummer sechsundzwanzig geflogen bin.

Das Fahrwerk klappt schnell ein, und der Hintergrund, vor dem drei fliegt, wird von einer glatten Betonbahn zu einem rauhen, verwischten, mit Gestrüpp bedeckten Gelände; uns bleibt jetzt keine andere Wahl, als zu fliegen. Die Erschütterung durch die in Bodennähe entstandenen Wirbel ging schnell vorüber, denn unser Aufstieg ist länger und niedriger als der aller anderen Maschinen, und wir fliegen unterhalb der heftigsten Wirbel in der Luft.

Eine niedrige und sanfte Kurve nach rechts, um das Führungsflugzeug und zwei so schnell wie möglich einzuholen. Aber die Kurve ist nicht meine Sorge, denn ich bin nur ein Begleitflieger, der am Flügel von drei dahinfliegt, während er allein jongliert und manövriert und Gas wegnimmt, um ein glattes Aufschließen zu ermöglichen. Mit der Fangvorrichtung haben wir die Sorge wegen des langen

Anlaufs zum Start hinter uns gelassen, und nach Beendigung des Aufstiegs kommt es mir nun so vor, als ob ich entspannt in dem bequemsten Sessel im Aufenthaltsraum für Piloten säße.

Mich erfaßt die vertraute Routine des Formationsfluges; hier über den Bäumen und weit weg von der Menschenmenge brauche ich nicht so eng aufzuschließen. Es wartet noch viel Arbeit auf mich, wenn ich bei den Vorbeiflügen über dem Flughafen als Schlußmann fliege.

Ich kann aus den Augenwinkeln sehen, wie der Schwarmführer und zwei langsam näher kommen und sich genau über und hinter dem linken Flügel von drei anschließen. Um sie herum sind die silbernen Blitze und Silhouetten – die geschlossene Formation aus Flugzeugen mit Pfeilflügeln, Falken-Formation genannt –, die auf die Positionen gehen, wie sie auf den grünen Tafeln eingezeichnet sind, die noch immer mit Kreide bemalt im Einweisungsraum stehen. Die letzten Feinheiten des Mammutverbandes sind bei einem Übungsflug herausgearbeitet worden, und der Übungsflug macht sich jetzt bezahlt, als sich die Vier-Finger-Figuren zu Rauten formen und die Rauten zu Vs und die Vs zu dem unüberwindlichen Moloch der Falken-Formation werden.

Ich gleite hinüber in die Lücke zwischen zwei und drei, unmittelbar hinter dem Führungsflugzeug von Baker Blue, und schiebe mich mit meinem Flugzeug nach vorn, bis das Abgasrohr des Führungsflugzeuges ein gähnendes schwarzes Loch drei Meter vor meiner Windschutzscheibe ist und ich den Luftdruck seines Düsenstroms an meinen Seitenruderpedalen fühlen kann. Jetzt denke ich nicht mehr an drei, sondern fliege eine Formation dicht am Schwanz des Führungsflugzeuges, indem ich den Steuerknüppel ab und zu etwas nach hinten ziehe, um den Luftdruck an den Seitenruderpedalen zu behalten.

»Falken-Formation, gehen Sie auf Kanal neun.«

Der Schwarmführer giert mit seiner Maschine leicht hin und her, und gleichzeitig mit den anderen fünf Rauten am Himmel geht die Raute aus den vier Flugzeugen, die den Schwarm Baker Blue bilden, für kurze Zeit auseinander, während die Piloten ihren Funkkanalwähler auf neun stellen und die nach dem Aufsteigen erforderliche Kabinenüberprüfung durchführen.

Ich drücke die Schalter des Gashebelbockes nach hinten, und die Abwurftanks unter meinen Flügeln beginnen, ihren Treibstoff dem Haupttank und dem Triebwerk zuzuführen. Der Sauerstoffdruck beträgt fünf atü, das Blinklicht blinkt im gleichen Rhythmus, wie mein Atem geht, die Triebwerksüberwachungsinstrumente leuchten grün. Ich lasse die Triebwerksschutzgitter ausgefahren und die Fallschirmleine an dem Reißleinengriff eingehakt. Mein Flugzeug ist für die Luftschau bereit.

In dieser Formation gibt es wahrscheinlich ein paar Flugzeuge, die nicht ganz vorschriftsmäßig arbeiten, aber wenn die Mängel nicht ernsthafter Natur sind, behalten die Piloten ihre Sorgen für sich und melden, daß die Kabinenüberprüfung in Ordnung ist. Heute wäre es zu peinlich, zum Flughafen zurückkehren und vor einem so großen Publikum eine Notlandung durchführen zu müssen.

»Führungsflugzeug von Baker Blue ist in Ordnung.«

»Zwei.«

»Drei.«

Ich drücke auf den Knopf. »Vier.«

Normalerweise hätte die Überprüfung länger gedauert, weil jeder Pilot den Zustand und die Menge seines Sauerstoffs meldet und ob die Zuführung seiner Abwurftanks ordnungsgemäß arbeitet oder nicht, aber wenn sich so viele Flugzeuge in der Luft befinden, würde die Überprüfung allein mehrere Minuten dauern. Im Einweisungsraum wurde vereinbart, die Überprüfung zwar wie üblich durchzuführen, jedoch nur mit dem Schwarm-Rufzeichen zu antworten.

Sechs Führungsflugzeuge wackeln nach meiner Meldung mit ihren Flügeln, und die sechs Rauten schließen wieder zum Formationsflug auf. Ich habe nicht oft Gelegenheit, als Schlußmann in einer Raute zu fliegen, und ich schiebe mich mit meinem Flugzeug dicht unterhalb des Abgasrohres an das Führungsflugzeug 9 heran, damit es vom Erdboden so aussieht, als ob ich schon mein ganzes Leben lang dort geflogen wäre. Um beurteilen zu können, ob ein Schlußmann seine Position gut geflogen ist, braucht man bei der Landung nur seine Seitenflosse zu betrachten. Je schwärzer seine Seitenflosse und das Seitenruder von den Auspuffgasen des Führungsflugzeuges sind, desto besser ist die von ihm geflogene Formation gewesen.

Für einen Augenblick gehe ich in die Position, die ich während unserer Vorbeiflüge über dem Flughafen einnehmen werde. Wenn ich das Gefühl habe, daß sie stimmt, befindet sich das schwarze gähnende Loch des Abgasrohres vom Führungsflugzeug als tiefschwarz schimmernder Kreis zwei Meter vor meiner Windschutzscheibe und dreißig Zentimeter über der Höhe meiner Kabine. Meine Seitenflosse befindet sich direkt in seinem Düsenstrom, und ich verringere ein wenig den Druck meiner Stiefel auf die Seitenruderpedale, um das unangenehme Vibrieren in ihnen zu vermeiden. Wenn es möglich wäre, die Stiefel ganz von den Pedalen zu nehmen, würde ich es tun, aber die schrägen, zu ihnen hinunterführenden Gänge bieten keine Auflagefläche, und ich muß mich mit der Vibration abfinden, die ein Anzeichen dafür ist, daß sich die Seitenflosse von dem verbrannten Düsentreibstoff vier schwarz färbt. Ich kann hören, wie die herausgewirbelte zusammengepreßte Luft mit einem dumpfen, schweren, gleichbleibenden Geräusch gegen das Seitenruder trommelt. In dieser Luft läßt sich das Flugzeug nicht leicht steuern, und das Fliegen macht keinen Spaß, wenn der Schwanz wie eine große Rückenflosse in den Hitzestrom aus der Turbine des Führungsflugzeuges von Baker Blue ragt. Aber das ist die Position, in der ich fliegen muß, damit aus dem Schwarm Baker Blue eine eng aufgeschlossene und perfekte Raute wird, und die Menschen, die zuschauen werden, interessieren sich nicht für meine Probleme. Ich bewege den Gashebel einen Zentimeter zurück und wieder vor, drücke den Steuerknüppel nach vorn und gleite nach hinten und unten in eine losere, leichtere Formation.

Zwei und drei benutzen die Zeit, in der die Falken-Formation in eine weite Kurve geht, um ihre Positionen ebenfalls zu überprüfen. Die Luft ist rauh, und ihre Flugzeuge werden geschüttelt und gerüttelt, als sie näher heranfliegen und sich ihre Flügel hinten mit denen des Führungsflugzeuges überlappen. Um eine enge Formation zu fliegen, müssen sie so dicht an das Führungsflugzeug herankommen, daß ihre Flügel in den heftigen Sog der Flügel des Führungsflugzeuges hineinragen. Obgleich diese Luft nicht so heftig ist wie der heiße Luftstrom, der gegen meine Seitenruder bläst, läßt es sich in ihr schwerer fliegen, denn sie stellt eine unausgeglichene und sich ständig ändernde Kraft dar. Bei einer Geschwindigkeit von 650 Stundenkilometern ist die Luft so hart wie Stahlblech, und ich sehe, wie sich die Querruder nahe an ihren Zusatztanks schnell nach oben und unten bewegen, in ihrem Bemühen, sich glatt in Formation zu halten. Beim normalen Formationsflug würden sich ihre Flügel genau außerhalb des Luftstroms befinden, der von den Flügeln ihres Führungsflugzeuges nach hinten strömt, und sie könnten lange Zeit in dieser Position fliegen und brauchten nur die normalen Handgriffe und Korrekturen auszuführen. Aber hier handelt es sich um eine Luftschau, und für eine Luftschau leisten wir ganze Arbeit. Zwei und drei sind anscheinend davon überzeugt, daß sie bei den Vorbeiflügen eine gute Position werden einhalten können, denn sie gleiten fast gleichzeitig in die normale Formation zurück. Aber noch immer wenden sie kein Auge von dem Führungsflugzeug von Baker Blue, und noch immer werden sie in der rauhen Luft durcheinandergeschüttelt und gerüttelt. Alle paar Sekunden braust der Schwarm durch einen unsichtbaren Wirbelwind, der von einem Acker aufsteigt und mich mit einer solchen Wucht trifft, daß ich einen Augenblick lang alles nur verschwommen sehe und für meine Schultergurte dankbar bin.

Das ist der Sommer auf einem Flughafen: Nicht die sengende Sonne und der überfüllte Swimmingpool und zerfließendes Speiseeis, sondern der wuchtige Schlag der rauhen Luft, wenn ich mit meinem Flugzeug beim Formationsflug eng aufschließen möchte.

Die weite Runde ist beendet, und die Falken-Formation beginnt, auf die Vorbeiflughöhe von hundertsechzig Metern herunterzugehen.

»Aufschließen, Falken«, ertönt die Stimme des Mannes, der Führer von Able Red ist. Wir schließen auf, und ich steige mit meiner Maschine, um das Seitenruder wieder in den wirbelnden Düsenstrom des Führungsflugzeuges zu schieben. Ich schaue auf meinen Höhenmesser, als die Formation wieder horizontal fliegt und noch fünf Kilometer von der Menge neben der Startbahn entfernt ist. Ein schneller Blick: hundertdreißig Meter über dem Erdboden. Die führenden V-förmig angeordneten Rauten fliegen in einer Höhe von hundertsechzig Metern, und wir sind dreißig Meter nach unten gestaffelt. Als Schlußmann brauche ich mich eigentlich nicht um die Höhe zu kümmern, aber es interessiert mich.

Jetzt, auf diesen letzten fünf Kilometern zum Flughafen, sind die Augen des ganzen amerikanischen Volkes auf uns gerichtet. Es ist daran interessiert zu erfahren, wie gut wohl die aus Reservisten gebildete Air Force seine Flugzeuge fliegen kann.

Die Rauten der Falken-Formation heben sich scharf und glitzernd in der Sonne ab, und selbst vom Mittelpunkt des Baker-Blue-Schwarms sieht die Formation eng aufgeschlossen und gut aus. Ich denke wieder an die alte Regel, in genau derselben Luft wie das Führungsflugzeug hin und her geworfen zu werden, und ich bin nicht der einzige, der diesen Gedanken hat. Zwei und drei sind mit ihren Flügeln beängstigend nahe an den glatten Rumpf des Führungsflugzeuges herangekommen, und wir nehmen die Unebenheiten der Luft, wie eine dichte Formation von Bobschlitten die Unebenheiten in festgefahrenem Schnee nehmen würde. Rums. Vier Helme rucken gleichzeitig, vier starre Flügelpaare erzittern kaum wahrnehmbar. Mein Seitenruder befindet sich vollkommen im Düsenstrom des Führungsflugzeuges, und die Pedale vibrieren heftig. Dieses Trommeln des harten Düsenstroms muß selbst den Leuten laut erscheinen, die neben den nicht überdachten Plätzen an der Startbahn stehen. Gleichmäßig fliegen. Ruhig bleiben. Eng aufschließen.

Aber den Leuten auf dem Boden ist es völlig unmöglich, das Trommeln zu hören, das meine Seitenruderpedale tanzen läßt. Sie sehen in nördlicher Richtung eine kleine graue Rauchwolke am Horizont. Sie wächst und wird zu einem Schwarm grauer fliegender Pfeile, die gleichzeitig von einem einzigen Bogen abgeschossen worden sind. Es ist kein Laut zu hören.

Die Pfeile werden größer, und die Leute auf der Erde unterhalten sich in der noch stillen Luft, während sie zuschauen. Die Pfeilspitzen zerschneiden die Luft mit einer

Geschwindigkeit von 740 Stundenkilometern, aber vom Boden aus wirkt es so, als ob sie in kristallklarem Honig schwebten.

Dann, als der lautlose Flug das Ende der Startbahn vierhundert Meter vor den nicht überdachten Plätzen erreicht und selbst der zu Besuch weilende General hinter seiner Sonnenbrille ein Lächeln nicht verbergen kann, wird der Honig zu reiner Luft und die 740 Stundenkilometer zu einem Knall, der aus vierundzwanzig gleichzeitigen Detonationen hochexplosiven Sprengstoffes besteht und der den Erdboden erzittern läßt. Die Menschen zucken bei dem Knall freudig erschreckt zusammen und sehen zu, wie die Rauten gemeinsam in strenger gleichbleibender Schönheit über den Himmel jagen. In diesem Augenblick gelangen die Menschen auf dem Boden zu der Überzeugung, daß die Flugzeuge der Air Guard nicht ungenutzt in der Sonne verrosten, und genau das ist es, was wir ihnen zeigen möchten.

Mit einem rasch abklingenden Donnern peitschen wir über die Tribünen dahin und sind für die Menschen nur noch eine Reihe immer kleiner werdender Punkte, die zwei Dutzend Streifen aus zartem Grau hinter sich herziehen. Unser Düsenlärm ist ebenso schnell vorüber, wie er gekommen ist, und auf der Erde ist es wieder ruhig.

Aber auch nach dem Überfliegen der Zuschauermenge fliegen wir noch in Formation. Der Schwarm Baker Blue und die Falken-Formation sind genauso um mich herum, wie sie es schon den ganzen Vormittag gewesen sind. Der nur kurz über die Leute hinwegrasende Düsenlärm bleibt für mich unverändert und konstant. Die einzige Veränderung in der Falken-Formation nach dem Überfliegen des Flughafens besteht darin, daß die Rauten ein paar Meter nach außen und hinten auseinandergehen und die Bobschlitten die Unebenheiten in Abständen von einer Zehntelsekunde anstatt im gleichen Augenblick nehmen.

Während der Kurve zum zweiten Überfliegen des Flughafens gleite ich mit dem Führungsflugzeug von Baker Blue in eine neue Flugfigur, bei der unsere Raute die Ecke eines riesigen Quadrates aus Flugzeugen bildet. Gleichzeitig, in welcher Position wir auch fliegen, die rauhe Luft schlägt gegen unsere Flugzeuge, und der Düsenstrom donnert über meine Seitenflosse. Ich denke an die bevorstehende Landung und hoffe, daß bis dahin eine leichte Brise über der Landebahn aufkommen und den Düsenstrom wegwehen wird, wenn mein Flugzeug bei der Landung zum Endanflug hinuntergeht.

Vielleicht wollen sie keine Piloten werden.

Wie komme ich denn darauf? Natürlich möchten sie gern Piloten werden. Und doch schauen sie von der Erde aus zu, anstatt im Schwarm Baker Blue Flügel an Flügel zu fliegen. Der einzige Grund, weshalb sie heute zuschauen und nicht fliegen, besteht darin, daß sie nicht wissen, was ihnen entgeht. Was gibt es Schöneres, als Flugzeuge zu fliegen? Wenn ein Pilot der Air Force den ganzen Tag nur zu fliegen brauchte, wäre ich Berufsoffizier geworden, als sich mir die Chance bot.

Wir schließen mit unseren Flugzeugen wieder eng auf, führen den zweiten Vorbeiflug durch; formieren uns wieder zu der abschließenden Flugfigur und fliegen sie durch die böige Luft über dem Flughafen. Aus einem riesigen, von der Startbahn aus nicht sichtbaren Kreis löst sich dann ein Schwarm nach dem anderen aus der Formation, die Rauten werden zu nach rechts gestaffelten Reihen, und die Reihen fliegen einen langen geraden Landeanflug durch die harte, böige Luft zur Platzrunde.

Es ist Arbeit, es ist unbequem. Die Nadel, die die Schwerkraft anzeigt, ist bis zur Zahl vier hinaufgedrückt worden. Aber der Flug lohnt sich für die Augenblicke, in denen die Menschen diesen aus Reservisten gebildeten Teil ihrer Air Force beobachten konnten und Freude daran hatten. Damit hat der Führer von Able Red wiederum einen kleinen Teil seiner Aufgabe erfüllt.

Das war vor einigen Monaten. Heute befindet sich unsere Formation nicht zu einer Luftschau in Europa, sondern um kampfbereit zu sein. Ein Schwarm aus vier Flugzeugen fliegt in aufgelockerter und bequemer Formation, wenn er keine Zuschauer hat, und die Piloten konzentrieren sich nur auf ihre Positionen, anstatt jeden ihrer Gedanken und kleinsten Handgriffe dem Schaufliegen zu widmen. In Flughöhe warten wir darauf, daß das Führungsflugzeug hin und her giert, und gehen in der taktischen Formation noch weiter auseinander. Drei und vier steigen gemeinsam dreihundert Meter über das Führungsflugzeug und zwei; jeder Flügelmann gleitet in eine leicht abgewinkelte Reihenformation, aus der er sowohl den ihn umgebenden Himmel als auch das von ihm geschützte Flugzeug beobachten kann. In der taktischen Formation und bei Übungsluftkämpfen ist die Verantwortung genau festgelegt: der Flügelmann sichert den Führer, die höher fliegende Rotte sichert die tiefer fliegende Rotte, die Führer halten Ausschau nach den Zielen.

Das ist leicht, wenn wir in der Höhe der Kondensstreifen fliegen. Alle Kondensstreifen außer unseren vier eigenen sind noch nicht identifizierte Flugzeuge. Wenn sie zu Kriegszeiten ausgemacht werden, handelt es sich entweder um Bogies (noch nicht identifizierte Flugzeuge), die im Auge behalten werden müssen, oder um Banditen (Feindflugzeuge), die beurteilt und gelegentlich angegriffen werden müssen. »Gelegentlich«, weil unser Flugzeug nicht dafür konstruiert ist, feindliche Jäger in großer Höhe in Luftkämpfe zu verwickeln und sie zu zerstören. Das ist die Aufgabe der F-104 und der kanadischen Mark Six und der französischen *Mystère*. Unser *Thunderstreak* ist als Flugzeug für den Bord-Boden-Angriff konstruiert, für den Einsatz von Bomben und Raketen und Napalm gegen feindliche Bodentruppen. Wir greifen feindliche Flugzeuge nur an, wenn sie ein leichtes Ziel bieten: die Transportflugzeuge und die langsamen Bomber und die Propeller-Jagdmaschinen. Es ist nicht fair und nicht sportlich, nur einen schwächeren Feind anzugreifen, aber wir sind den modernsten Feindflugzeugen nicht gewachsen, die speziell für den Luftkampf gegen andere Jäger gebaut sind.

Aber wir üben den Luftkampf für den Tag, an dem wir über unserem Ziel von feindlichen Jägern gestellt werden. Auch wenn durch die langen Übungsstunden nur erreicht wird, daß wir einem überlegenen Jäger mit Erfolg entkommen können, so haben sie ihren Zweck erfüllt. Und die Übungen sind interessant.

Dort sind sie. Zwei F-84 Fs auf zehn Uhr unter uns, die in einem langen kreisenden Steigflug zur Höhe der Kondensstreifen heraufkommen, wie Goldfische zum Füttern an die Wasseroberfläche. In einer Höhe von zehntausend Metern beginnt die Bogie-Führungsrotte, einen Kondensstreifen hinter sich herzuziehen. Die höher fliegende Rotte ist nirgends zu sehen.

Ich bin Dynamit vier, und ich beobachte sie aus meiner großen Höhe. Es ist wie bei einem Film in Zeitlupe. Die Kurven in großer Höhe sind weit und flach, denn eine zu große Schräglage und Schwerkraft würden das Flugzeug in der dünnen Luft abkippen lassen, und ich würde meinen wertvollsten Vorteil einbüßen: Eigengeschwindigkeit. Eigengeschwindigkeit ist beim Luftkampf Gold wert. Es gibt ganze Bücher voller Regeln, aber eine der wichtigsten heißt: Behalte eine hohe Machzahl bei. Mit Geschwindigkeit bin ich dem Feind beim Manövrieren überlegen. Ich kann ihn im Sturzflug angreifen, ihn für einen Augenblick mit meinem Visier verfolgen, schießen, abfangen und hochziehen, einen neuen Angriff vorbereiten. Ohne Eigengeschwindigkeit kann ich nicht einmal steigen und treibe in großer Höhe dahin wie eine hilflose Ente auf einem Teich.

Ich melde drei, meinem Rottenführer, die Bogies und halte Ausschau nach den anderen. Nachdem die ersten Feindflugzeuge ausgemacht sind, ist es die Aufgabe des Führers, sie zu beobachten und einen Angriff zu planen. Ich halte nach weiteren Flugzeugen Ausschau und sichere meinen Führer. Wenn ich Flügelmann bin, ist es nicht meine Aufgabe, feindliche Flugzeuge abzuschießen. Meine Aufgabe besteht darin, den Mann zu schützen, der das Schießen erledigt. Zusammen mit drei fliege ich die Kurven und wechsle ständig die Richtung dicht hinter seinem Schwanz hin und her und beobachtete.

Da sind sie. Von oberhalb der Kondensstreifenhöhe, von fünf Uhr oben, kommen zwei pfeilförmige Punkte. Sie kurven hinter uns ein. Ich drücke auf den Mikrophonknopf. »Dynamit drei, Bogies von fünf oben.«

Drei setzt seine Kurve fort, um dem Schwarmführer Deckung zu geben, während dieser die Bogie-Führungsrotte bei ihrem Steigflug angreift. Die Lockvögel. »Behalt sie im Auge«, antwortet er.

Ich beobachte sie und drehe mich auf meinem Sitz, bis mein Helm beim Hinaussehen das Kabinendach berührt. Die beiden wollen uns überrumpeln und beginnen erst in diesem Augenblick bei hoher Geschwindigkeit Kondensstreifen hinter sich herzuziehen. Ich warte auf sie und beobachte, wie sie auf uns einkurven und uns zu verfolgen beginnen. Es sind F-84 Fs. Wir können sie im Fluge hinter uns zurücklassen. Sie haben keine Chance.

»Dynamit drei, nach rechts abdrehen!« Ausnahmsweise gibt der Flügelmann einmal dem Führer Anweisungen, und drei geht in eine Steilkurve und nutzt den Gegendruck so weit wie möglich aus, ohne den Luftstrom über seinen Flügeln abreißen zu lassen. Ich folge ihm und versuche, auf der Innenseite seiner Kurve zu bleiben, und beobachte die Angreifer. Sie haben eine zu hohe Geschwindigkeit, um unserer Kurve folgen zu können, und sie schießen über das Ziel hinaus und geraten auf die Außenseite der Kurve. Sie verhalten sich jedoch sehr geschickt, denn sie ziehen sofort wieder hoch und benutzen ihre Eigengeschwindigkeit dazu, um Höhe für einen neuen Angriff zu gewinnen. Aber die Überraschung, mit der sie gerechnet hatten, ist ihnen mißglückt, und mit Vollgas vergrößern wir unsere Eigengeschwindigkeit. Der Kampf ist in vollem Gange.

Ein Luftkampf verläuft wie das Hin- und Herhuschen kleiner Fische um einen ins Wasser gefallenen Brotkrumen. Er beginnt in großer Höhe, durchkreuzt den Himmel mit grauen Kondensstreifen und sinkt langsam tiefer und tiefer. Jede Kurve bedeutet einen weiteren kleinen Höhenverlust. Niedrigere Höhe bedeutet, daß die Flugzeuge in der Lage sind, engere Kurven zu fliegen, schneller ihre Geschwindigkeit zu steigern, mehr Schwerkraft zu vertragen, bevor sie abkippen. Der Kampf geht immer im Kreis herum, in den taktischen Figuren des Luftkampfes, die da heißen: Schere, Verteidigungstrennungen, Yoyos und »Nach rechts abdrehen, drei!«

Ich drücke kein einziges Mal auf meinen Abzug. Ich halte Ausschau nach anderen Flugzeugen, und nachdem drei seine Aufmerksamkeit auf ein Feindflugzeug gerichtet hat, sind meine Augen die einzigen in der Rotte, die auf Gefahren achtgeben. Drei ist völlig von seinem Angriff in Anspruch genommen und verläßt sich darauf, daß ich ihn vor Feindflugzeugen sichere. Wenn ich wollte, daß er im Kampf umkommt, brauchte ich nur in meiner Aufmerksamkeit nachzulassen.

Im Luftkampf bin ich mehr als zu irgendeiner anderen

Zeit das denkende Hirn einer lebenden Maschine. Ich habe keine Zeit, mit meinen Gedanken in der Kabine zu bleiben oder auf Instrumentenskalen zu sehen oder nach Schaltern zu suchen. Ich bewege den Steuerknüppel und den Gashebel und die Seitenruderpedale unbewußt. Ich möchte *dorthin*, und ich fliege dorthin. Die Erde existiert überhaupt nicht bis zu den letzten Minuten eines Kampfes, der in niedriger Höhe fortgesetzt wurde. Ich fliege und kämpfe in einem würfelförmigen Raum. Das ideale dreidimensionale Schachspiel, bei dem die Züge mit ungezwungener Unbekümmertheit ausgeführt werden.

Beim Kampf zwischen zwei Flugzeugen braucht man nur an eines zu denken: das Feindflugzeug. Ich versuche lediglich, hinter ihm zu bleiben, ihn mit dem Pipper im MG-Visier zu verfolgen und auf den Abzug zu drücken, wenn sein Abgasrohr genau im Visier liegt. Wenn er hinter mir sein sollte, dann ist jedes Mittel recht. Ich tue alles, was ich kann, um ihn daran zu hindern, mich mit seinem Visier zu verfolgen, und um ihn selbst verfolgen zu können. Im Luftkampf kann ich Manöver vollbringen, die ich später nicht wiederholen könnte, auch wenn ich es versuchte.

Ich habe einmal gesehen, wie sich ein Flugzeug nach hinten überschlug. Einen bangen Augenblick lang bewegte sich der Jäger tatsächlich nach rückwärts, und Rauch strömte aus beiden Enden des Flugzeuges. Späterhin, auf der Erde, gelangten wir zu dem Schluß, daß der Pilot seine Maschine gewaltsam zu einer tollkühnen gerissenen Rolle gezwungen haben mußte, die man mit schweren Jagdmaschinen einfach nicht fliegt. Aber sicher gelang es ihm durch das Manöver, den Feind abzuschütteln.

Wenn mehr Flugzeuge am Kampf teilnehmen, wird es komplizierter. Ich muß darauf achten, daß dieses Flugzeug ein Freund und jenes Flugzeug ein Feind ist und daß ich bei meinen Rollen nach links vorsichtig sein muß, weil dort zwei Flugzeuge in einen Kampf verwickelt sind und ich mitten zwischen ihnen hindurchfliegen würde. Zusammenstöße in der Luft kommen zwar selten vor, aber sie liegen stets im Bereich des Möglichen, wenn man allzu waghalsig bei Luftkämpfen ist, an denen viele Flugzeuge beteiligt sind.

John Larkin wurde in der Luft von einer *Sabre* gerammt, die ihn zu spät sah, um ausweichen zu können. »Ich wußte nicht, was passiert war«, erzählte er mir. »Aber mein Flugzeug überschlug sich, und mir wurde schnell klar, daß ich gerammt worden war. Ich zog den Schleudersitzgriff und drückte auf den Auslöser, und dann erinnere ich mich nur noch daran, daß ich mich mitten in einer kleinen Wolke von Flugzeugteilchen befand, die sich gerade von dem Schleudersitz lösten.

Ich war in ziemlich großer Höhe, etwa zwölftausend Meter, also ließ ich mich fallen, ohne den Fallschirm zu öffnen, bis ich die Farben auf dem Erdboden erkennen konnte. Gerade als ich nach meiner Reißleine griff, zog sie der automatische Auslöser für mich, und der Fallschirm öffnete sich vorschriftsmäßig. Ich beobachtete, wie der Schwanz meiner Maschine neben mir heruntertrudelte, und konnte sehen, wie er in den Hügeln aufschlug. Ein paar Minuten später war ich selbst unten und dachte an all die vielen Formulare, die ich nun würde ausfüllen müssen.«

Es hatte tatsächlich eine Unmenge von Formularen gegeben, und der Gedanke daran läßt mich auch heute noch doppelt vorsichtig sein, wenn ich an Luftkämpfen teilnehme. In einem Krieg werde ich mich – ohne die vielen Formulare – beim Luftkampf etwas unbeschwerter fühlen.

Wenn sich ein Luftkampf in so niedrige Flughöhe hinunterschraubt, daß es in die Taktik einbezogen werden muß, den Hügeln auszuweichen, wird er nach gegenseitiger Zustimmung abgebrochen, so wie Boxer ihre Fäuste zurückhalten, wenn ein Gegner in den Seilen hängt. In einem tatsächlichen Krieg wird er natürlich bis zum Erdboden hin fortgesetzt, und ich eigne mir alle möglichen Kniffe für die Methoden an, wie man den Feind dazu bringt, daß er gegen einen Bergabhang fliegt. Das alles könnte eines Tages von Wichtigkeit sein.

Der breite Leuchtzeiger des TACAN-Gerätes schlägt ruhig aus, als ich Spangdahlem um 22 Uhr 18 überfliege, und eine weitere Teilstrecke des Fluges liegt hinter mir.

Als ob die dicke schwarze Wolkenwand wüßte, daß Spangdahlem ein Meldepunkt ist und es an der Zeit wäre, daß etwas geschieht, wird aus ihrem Spiel Ernst, und sie steigt urplötzlich nach oben und hüllt mein Flugzeug in Dunkelheit. Eine Sekunde lang ist es ungemütlich, und ich recke mich in meinem Sitz hoch, um über die Wolkenoberkante hinwegsehen zu können. Aber die Sekunde geht schnell vorüber, und ich fliege nach Instrumenten.

Für einen kurzen Moment jedoch blicke ich durch das Dach meiner Kabine nach oben. Über mir verblaßt der letzte leuchtende Stern, und der Himmel über mir wird ebenso dunkel und undurchdringlich, wie er um mich herum ist. Die Sterne sind verschwunden, und ich fliege jetzt wirklich nach Instrumenten.

– 4 –

»Rhein Kontrolle, Air-Force-Düsenjäger zwei neun vier null fünf, Spangdahlem, bitte kommen.« Ich weiß nicht, ob ich von meinem eigenwilligen Funkgerät eine Antwort erwarten kann oder nicht. Das »Bitte kommen«, das ich selten gebrauche, bringt meine erwartungsvolle Hoffnung zum Ausdruck. Aber ich bin skeptisch.

»Düsenjäger vier null fünf, Rhein Kontrolle, beginnen Sie.« Eines Tages werde ich den Versuch aufgeben, das Funktionieren eines UHF-Gerätes vorauszusagen. »Verstanden, Rhein, null fünf war über Spangdahlem um zwei neun, Flughöhe drei drei null, zugewiesene Instrumentenflugregeln, Wiesbaden um drei sieben, danach Pfalzburg. Letzter Wetterbericht von Flughafen Chaumont, bitte.« Eine lange Pause, in der nur schwaches ununterbrochenes Rauschen zu hören ist. Allmählich wird es ein wenig anstrengend, mit dem Daumen fest auf den Mikrophonknopf zu drücken.

»Haben Ihre Meldung, verstanden, null fünf. Letzter Wetterbericht von Chaumont ist Wolkendecke in dreihundert Meter Höhe, Sicht acht Kilometer im Regen, Wind aus West mit eins null Knoten.«

»Danke, Rhein. Wie ist das Wetter in Pfalzburg?«

Das Rauschen wird plötzlich lauter, und über die Windschutzscheibe huscht ein hellblaues Leuchten. Elmsfeuer. Harmlos und hübsch anzusehen, aber es verwandelt die Funknavigation mit Langwellen in ein Rate- und Puzzlespiel. Die Radiokompaßnadel pendelt hilflos hin und her. Es ist gut, ein TACAN-Gerät zu haben.

»Null fünf, der Pfalzburg-Wetterbericht kommt nur verstümmelt über unseren Fernschreiber. Straßburg meldet Wolkendecke in zweihundertsechzig Meter Höhe, Sicht achthundert Meter in schweren Regenschauern, wechselnde Winde mit zwei null auf drei null Knoten aufböend, vereinzelte Gewitter in allen Quadranten.« Straßburg liegt links vom Kurs, aber ich könnte noch in das Randgebiet der dortigen Gewitterstürme geraten. Zu dumm, daß Pfalzburg gestört ist. Das scheint immer dann zu passieren, wenn man es am wenigsten brauchen kann.

»Wie war denn der letzte Wetterbericht, den Sie von Pfalzburg bekommen haben, Rhein?« Ein verstümmelter Fernschreib-Wetterbericht ist im wahrsten Sinne des Wortes verstümmelt. Er besteht entweder aus einer sinnlosen Anhäufung von Konsonanten oder einem schwarzen Durcheinander, in dem eine Wettermeldung über die andere getippt worden ist.

»Die letzte uns vorliegende Meldung ist zwei Stunden alt. Sie meldeten eine Wolkendecke in hundertsechzig Meter Höhe, Sicht vierhundert Meter im . . .« Er macht eine Pause, und er nimmt den Daumen vom Mikrophon. Er drückt ihn erneut ». . . Hagel – das könnte ein Druckfehler sein – vereinzelte Gewitter in allen Quadranten.« Vierhundert Meter Sicht im Hagel. Ich habe zwar schon gehört, daß nächtliche Gewitter heftig sein können, aber es ist das erste Mal, daß ich den Bericht mit eigenen Ohren höre, während ich selbst nach Instrumenten in dem Schlechtwettergebiet fliege. Doch die Meldung ist zwei Stunden alt, und es handelt sich um vereinzelte Gewitter. Es ist selten, daß Gewitter lange Zeit hindurch mit unverminderter Heftigkeit anhalten, und ich kann mich von einer Radar-Bodenstation um die Zentren der Gewittertätigkeit herumleiten lassen.

»Danke, Rhein.« Die Luft ist in den Schichtwolken sehr ruhig, und es ist nicht schwierig, den neuen Kurs von 093 Grad zu halten. Aber ich fange an zu glauben, daß mich mein Umweg vielleicht nicht weit genug um das Schlechtwettergebiet herumgeführt hat.

Ich bin jetzt mitten in der routinemäßigen Überprüfung sämtlicher Instrumente und schaue gelegentlich nach vorn zu dem flüssigen blauen Feuer auf der Windschutzscheibe. Es ist ein strahlendes Kobaltblau, das mit einem inneren Feuer glüht, dessen Anblick in großer Höhe irgendwie unheimlich wirkt. Und es ist flüssig, wie Wasser flüssig ist, es schlängelt sich über das Glas in kleinen Rinnsalen aus blauem Regen vor dem schwarzen Hintergrund des nächtlichen Unwetters. Sein Licht, das sich mit dem Rot der Kabinenlampen vermischt, verwandelt das Armaturenbrett in das surrealistische Gemälde eines Armaturenbrettes, dick mit Ölfarbe gemalt. Bei dem gleichmäßigen Rot und flackernden Blau des elektrischen Feuers auf dem Glas besteht der einzige Unterschied zwischen meinen Zeigern und denen des Malers darin, daß sich ein paar von meinen bewegen.

Zurück zur Überprüfung der Instrumente.

Die Luft ist ruhig. Mit Ausnahme der pendelnden Radiokompaßnadel und den sich drehenden, mit Zahlen versehenen Segmenten des Entfernungsmesser bewegen sich die Zeiger nur um Bruchteile von Zentimetern, als ich die leichten Korrekturen durchführe, um in einer Höhe von elftausend Metern zu bleiben. Das Flugzeug fliegt gut, und das UHF-Gerät arbeitet wieder.

Vor uns liegen Gewitterstürme, und mein Flugzeug ist sehr klein.

Meine Überprüfung verläuft so reibungslos, daß ich in aller Ruhe einen Blick auf die Skalen der Treibstoffzufuhr und der Treibstoffmenge werfen kann, auf den mattgrünen Sauerstoffblinker, der mich gleichmütig im Rhythmus meines Atmens anblinkt, auf die Skalen für den Druck im Versorgungs- und Steuerungssystem, auf den Spannungsmesser, den Belastungsmesser, die Temperatur des Abgasrohres. Sie alle sind meine Freunde, und sie zeigen alle auf Grün.

Ich werde die Gewitterstürme nicht überstehen.

Was ist das? Angst? Die schwachen, kaum wahrnehmbaren Stimmen, die mir durch den Kopf schwirren wie huschende Glühwürmchen, könnten wohl die Bezeichnung Angst rechtfertigen, aber nur, wenn ich den Begriff so weit fasse, daß er auch auf die Gedanken anwendbar ist, die mir durch den Kopf schießen, bevor ich eine verkehrsreiche Straße überquere. Wenn ich diesen flüchtigen Gedanken Beachtung schenken würde, hätte ich die Fliegerei schon aufgegeben, bevor ich meinen ersten Flug in dem leichten Schulflugzeug mit Propellerantrieb unternahm, das mich zum ersten Male von einer Startbahn abhob.

Der Himmel über Florida ist von einem strahlenden Blau, voll von hohen Haufenwolken, die in den Sommern des Südens so häufig vorkommen. Das Metall meines Anfängerschulflugzeuges glüht in der Sonne, aber vor meinem ersten Flug in der United States Air Force denke ich nicht an die Hitze.

Der Mann, der sich in den hinteren Pilotensitz des Flugzeuges setzt, ist kein großer Mann, aber er strahlt die Ruhe und Sicherheit eines Menschen aus, der alles kann und alles weiß.

»Starten Sie die Maschine, und lassen Sie uns losfliegen«, sind die ersten Worte, die ich in einem Flugzeug von einem Fluglehrer höre.

Ich bin nicht so zuversichtlich wie er, aber ich bewege die Hebel und Schalter, die ich im Lehrbuch studiert habe, und melde der Vorschrift entsprechend »Klar!« Dann drücke ich den Startschalter auf *Start* und habe zum erstenmal jenes eigenartige unmittelbare Bewußtsein meiner Fähigkeit, alles tun zu können, was von mir verlangt wird. Und ich beginne zu lernen.

Im Laufe der Monate entdecke ich, daß ich nur dann in einem Flugzeug Angst empfinde, wenn ich nicht weiß, was ich als nächstes zu tun habe.

Der Motor setzt beim Aufsteigen aus. Unter meinem Flugzeug rast ein sumpfiges Gelände mit Baumstümpfen und hängenden Flechten und Alligatoren und Mokassinschlangen dahin, und nirgends fester Boden, auf dem das Fahrwerk rollen könnte. Früher hätte ich Angst gehabt, denn früher habe ich nicht gewußt, wie ich mich bei Maschinenschaden über dem Sumpf und den Alligatoren verhalten sollte. Ich hätte gerade noch denken können, so also werde ich sterben, bevor ich in die Bäume gerast wäre und mein Flugzeug sich gedreht und überschlagen hätte und in dem dunkelgrünen Morast versunken wäre.

Aber bis zu dem Tag, wo ich das Flugzeug ganz allein steuern kann, weiß ich, wie ich mich zu verhalten habe. Anstatt zu sterben, nehme ich die Flugzeugnase nach unten, wechsle die Treibstofftanks, stelle die Treibstoffpumpen auf *an* und das Gemisch auf *fett*, ziehe das Fahrwerk und die Landeklappen ein, gebe mehrmals Gas, halte das Flugzeug so, daß der Rumpf und die Kabine zwischen den Baumstümpfen hindurchfliegen wird, ziehe an dem gelben Griff, der das Kabinendach absprengt, sichere die Schultergurte, schalte den Zündmagneten und den Batterieschalter aus und konzentriere mich darauf, eine glatte Landung auf dem dunklen Wasser durchzuführen. Ich vertraue den Schultergurten, und ich vertraue meinem Können, und ich denke nicht an die Alligatoren. Zwei Stunden später fliege ich mit einer anderen Maschine über denselben Sumpf hinweg.

Ich gelange zu der Einsicht, daß es das Unbekannte ist, was ich fürchte, und ich bemühe mich – nach außen hin aus Stolz, innerlich aus der Erkenntnis heraus, daß es das Unbekannte ist, was mich schließlich umbringen wird –, soviel wie nur irgend möglich über mein Flugzeug zu lernen. Ich werde nie sterben.

Mein bester Freund ist das Handbuch für den Piloten, jeweils ein anderes Buch für jeden Flugzeugtyp, den ich fliege. Die technische Beschreibung IF-84 FI behandelt mein Flugzeug; jeden seiner Schalter und Knöpfe. Sie enthält die normalen Bedienungsanweisungen und auf rot umrandeten Blättern die Notmaßnahmen für praktisch jede kritische Situation, die eintreten kann, während ich in der Kabine sitze. Das Handbuch für den Piloten teilt mir mit, wie sich das Flugzeug fliegt, was es ausführen wird und was nicht, wie es sich verhält, wenn es die Schallmauer durchbricht, was für Maßnahmen zu ergreifen sind, wenn ich in einem Flugzeug plötzlich feststelle, daß es überzogen worden ist und zu trudeln beginnt. Es enthält ausführliche Tabellen über die Leistung meines Flugzeuges, aus denen genau hervorgeht, wie viele Kilometer es fliegen wird, wie schnell es sie fliegen wird und wieviel Treibstoff es brauchen wird.

Ich studiere das Flughandbuch wie ein Theologiestudent die Bibel. Und so wie er immer wieder auf die Psalmen zurückgeht, so gehe ich immer wieder zurück auf die rot umrandeten Seiten des Abschnitts III: Motorbrand beim Aufsteigen; nach dem Aufsteigen; in Flughöhe. Nachlassen des Öldrucks. Heftige Triebwerksschwingungen. Rauch in der Kabine. Nachlassen des hydraulischen Drucks. Ausfall des Stroms. Diese Maßnahme sollte am besten ergriffen werden, jene ist nicht zu empfehlen.

Während der Ausbildungszeit habe ich die Maßnahmen für den Notfall im Unterricht und in der Freizeit auswendig gelernt und sie auf dem Weg von oder zu meiner Unterkunft laut aufgesagt. Wenn ich den Text der rot umrandeten Seiten so gut beherrsche, daß ich ihn Wort für Wort laut aufsagen kann, während ich einen langen Fußweg hinunterlaufe, auf dem sich zahlreiche kritische Offiziersanwärter des oberen Jahrgangs befinden, kann ich wohl mit Recht behaupten, daß ich ihn gut beherrsche.

Der blankgeputzte schwarze Schuh betritt den Fußweg. Ich laufe los. »GLEITFLUG MIT 170 STUNDENKILOMETERN TREIBSTOFF WECHSELN FÖRDERPUMPEN AN TREIBSTOFFDRUCK

ÜBERPRÜFEN GEMISCH FETT PROPELLER VOLL AUFDREHEN FAHRGESTELL EINFAHREN LANDEKLAPPEN EINFAHREN KABINENDACH AUF ...« Ich weiß die Verhaltensmaßregeln bei Notlandungen für jenes erste Schulflugzeug heute noch genauso gut, wie ich sie damals wußte. Und ich hatte keine Angst vor jenem ersten Flugzeug.

Aber nicht jeder Notfall kann in einem Buch beschrieben werden, nicht einmal in einem Handbuch für Piloten. Ausnahmesituationen – wie zum Beispiel das Planen eines Fluges zu einem Flughafen, von dem ich weiß, daß er bis zu seiner Mindestflughöhe von einer dichten Wolkendecke verhüllt ist, oder wie das Verlieren der Sichtverbindung mit meinem Führungsflugzeug in einem Formationssinkflug durch die Wolken hindurch oder wie die Fortsetzung eines Fluges in eine Gewitterzone – bleiben dem überlassen, was man Urteilsvermögen des Piloten nennt. Es ist meine Sache, wie ich mich in solchen Fällen verhalte. Ich setze meine ganze Erfahrung und mein ganzes Wissen über mein Flugzeug ein, wäge die veränderlichen Größen – Treibstoff, Wetter, andere mit mir fliegende Flugzeuge, Zustand der Landebahn, Wichtigkeit des Auftrages – gegenüber der Heftigkeit der Gewitter ab. Dann liefere ich, wie ein leise summendes Elektronengehirn, einen Aktionsplan und befolge ihn. Den Flug aufschieben, bis günstigere Wetterbedingungen herrschen. Einen vollen Kreis in den Wolken fliegen und meinen eigenen Sinkflug durchführen, nachdem mein Führungsflugzeug den seinen beendet hat. In Richtung auf die Gewitter weiterfliegen. Umkehren.

Wenn ich eine Entscheidung getroffen habe, folge ich ihr ohne Bedenken, denn nach meiner reiflichen Überlegung ist sie die beste Handlungsweise. Jeder andere Weg würde ein Risiko bedeuten. Nur in den Stunden der Ungewißheit, bevor ich den Startschalter berühre, sehe ich

Gründe zur Besorgnis; wenn ich mir keine Mühe gebe, wachsam zu sein.

Auf der Erde könnte ich, wenn ich mich darauf konzentrierte, auf eine unpersönliche, theoretische Weise Furcht empfinden. Aber bis jetzt ist mir noch kein Pilot begegnet, der sich darauf konzentriert hätte.

Ich liebe es, Flugzeuge zu fliegen, also lerne ich alles über sie und fliege sie. Ich betrachte meinen Beruf unter dem gleichen Aspekt, wie ein Brückenbauer auf dem hohen Stahlgerüst den seinen betrachtet: Er hat seine Gefahren, aber er stellt doch eine gute Möglichkeit dar, seinen Lebensunterhalt zu verdienen. Die Gefahr ist ein interessanter Faktor, denn ich weiß nicht, ob mein nächster Flug ohne Zwischenfälle verlaufen wird oder nicht. Ganz selten einmal wird auch von mir verlangt, auf die Bühne in das Rampenlicht zu treten und eine ungewöhnliche Situation zu meistern oder, in noch selteneren Fällen, eine kritische Situation.

Ungewöhnliche Situationen kommen in allen Abstufungen vor, angefangen vom falschen Alarm bis zu den wirklich kritischen Notfällen, bei denen mein Weiterleben als Angehöriger einer Jagdstaffel auf dem Spiel steht.

Ich fahre mein Fahrgestell in der Kurve zum Endanflug aus. Die kleinen grünen Lampen, die anzeigen, ob das Fahrwerk ganz ausgefahren und verriegelt ist, bleiben länger dunkel, als es der Fall sein dürfte. Das rechte Hauptrad ist ganz ausgefahren, wie sein Lämpchen anzeigt. Das linke Hauptrad ist ausgefahren. Aber das Lämpchen für das Bugrad bleibt dunkel. Ich warte einen Augenblick und seufze. Das Bugrad macht Kummer, aber die Situation ist nicht im geringsten gefährlich. Sobald ich sehe, daß es nicht richtig ausfährt, läßt mich meine innere Vorsicht gleich an das Schlimmste denken, was dies bedeuten könnte. Schlimmstenfalls könnte es bedeuten, daß das Bugrad noch immer in seinem Fahrwerkschacht liegt; daß ich es nicht werde ausfahren können; daß ich nur auf zwei Rädern werde landen müssen.

Es besteht keine Gefahr (oh, vor langer Zeit landete einmal eine F-84 F bei einer Landung mit nicht ausgefahrenem Bugrad auf einem Flügelende, und der Pilot kam dabei ums Leben), auch wenn dieser allerschlimmste Fall eintritt. Wenn das normale Ausfahrsystem des Fahrwerks auch nach mehrmaligem Versuch nicht funktioniert; wenn das Notausfahrsystem des Fahrwerks versagt, das das Bugrad mit einer Preßluftladung herausdrückt; wenn ich das Rad nicht herausbekommen kann, indem ich das Hauptfahrwerk heftig auf die Landebahn aufprallen lasse ... wenn all das nichts hilft, besteht noch immer kein Grund zur Besorgnis (wenn das Flugzeug nicht auf einem Flügelende landet). Wenn ich genügend Treibstoff habe, werde ich den Flughafen ein paar Minuten lang umkreisen, und die Feuerlöschwagen werden einen langen Streifen aus weißem Schaum über die ganze Landebahn legen, auf dem der Bug meines Flugzeuges ohne Rad gleiten kann. Und ich werde landen.

Ich fliege den Endanflug so, wie ich ihn immer geflogen habe. Die Rollfeldumzäunung zieht wie immer unter den Rädern vorbei, nur daß sie jetzt unter zwei anstatt drei Rädern vorbeizieht, und das Fahrwerk-Warnsignal ertönt laut in der Kabine, und das rote Warnlicht leuchtet hell in dem durchsichtigen Plastikgriff, und das dritte grüne Licht ist dunkel, und der Kontrollturm meldet, daß es noch immer so aussieht, als ob das Bugrad eingezogen und verriegelt wäre.

Der auffälligste Unterschied beim Endanflug bietet sich nur dem Auge des Zuschauers, und Zuschauer gibt es viele. Wenn die eckigen roten Feuerlöschwagen mit eingeschaltetem rotem Blinklicht zur Landebahn rasen, klettern die Bodenmechaniker und die vom Flug zurückgekehrten Piloten auf die pfeilförmigen silbernen Flügel geparkter Flugzeuge und warten darauf, was geschehen wird. (Sieh mal, Johnny, er geht ohne Bugrad in den Endanflug. Hab' mal gehört, daß eine 84 mit einem Flügelende auf der Startbahn landete, als sie das gleiche Kunststück versuchte. Viel Glück, wer Sie auch sind, vergessen Sie nicht, die Nase so lange wie möglich hochzuhalten.) Es ist interessant für sie und etwas lästig für mich, denn es ist so, als ob man auf die Bühne gedrängt wird, ohne etwas vorführen zu können. Keine Flammen, nicht die unheimliche Stille eines eingefrorenen Triebwerks, die praktisch kaum bestehende Gefahr einer großartigen Zerstörung, nicht die Darbietung einer außergewöhnlichen Geschicklichkeit.

Ich lande einfach, und die blauen Gummirauchwölkchen werden von den Haupträdern nach hinten gepustet, als sie den harten Beton berühren. Ich verlangsame meine Geschwindigkeit beim Ausrollen um 185 Stundenkilometer und trete leicht auf das rechte Ruder, um den schmalen Schaumstreifen zwischen die Räder zu bekommen. Dann senkt sich die radlose Nase des Flugzeuges langsam und sanft nach unten.

In diesem Augenblick, bevor das Metall der Nase die Landebahn berührt und ich in meiner Kabine in eine unnatürliche Lage nach vorn kippe und durch die Windschutzscheibe nur der schnell dahinhuschende Streifen aus weißem Schaum zu sehen ist, habe ich plötzlich ein Gefühl der Angst. Von diesem Zeitpunkt an habe ich die Situation nicht mehr in der Gewalt, und der Zufall beginnt. Ein Windstoß gegen das hohe Seitenruder, und ich werde unweigerlich in einer dahinrasenden durcheinanderwirbelnden Wolke aus grellroten Flammen und verbogenem Metall auf einem Flügelende landen; das Flugzeug wird sich überschlagen und mich unter sich begraben; das heiße

Triebwerk wird explodieren, wenn der kalte Schaum in den Lufteinlaß gerät. Der Erdboden ist hart, und er rast schnell dahin, und er ist sehr nahe.

Gashebel auf *aus*, und die Nase senkt sich in den Schaum.

Weiß. Mit einem Male ist alles weiß, und die Außenwelt ist verschwunden, und Metall kreischt laut und schmerzhaft auf dem Beton, und ich beiße die Zähne aufeinander und kneife die Augen hinter meiner Blendschutzscheibe zusammen, und mit einem plötzlichen Schreck wird mir bewußt, daß meine Maschine Schmerzen erleiden muß, und sie hat diese Schmerzen nicht verdient, und sie ist gut und zuverlässig, und sie erträgt die Wucht eines Betonblocks von 170 Stundenkilometern, und ich kann nichts tun, um ihren Schmerz zu erleichtern, und ich lande nicht auf einem Flügelende, und das Kreischen will kein Ende nehmen, und ich muß schon über dreihundert Meter geschlittert sein, und ich werde noch immer heftig nach vorne gegen die Schultergurte gepreßt, und die Welt ist weiß, weil das Kabinendach mit Schaum bedeckt ist, und jetzt das Kabinendach aufmachen, solange die Maschine noch schlittert.

Als ich an dem Entriegelungshebel ziehe, hebt sich die schaumbedeckte Plexiglasscheibe so mühelos, als ob überhaupt nichts Außergewöhnliches geschehen wäre, und da ist die Welt wieder, der blaue Himmel und die weiße Landebahn, die zum Stillstand kommt, und das Gras neben dem Beton und Blendschutzscheibe hochschieben und Sauerstoffmaske abnehmen, und es ist sehr still. Die Luft ist frisch und sanft und grün, und ich bin am Leben. Batterie *aus* und Treibstoff *aus*. Eine Stille, wie ich sie noch nie erlebt habe. Meine Maschine ist verwundet, und ich liebe sie sehr. Sie ist weder vornübergekippt noch auf einem Flügelende gelandet, noch auf dem Rücken liegend in Flammen aufgegangen, und ich verdanke ihr mein Leben.

Der Lärm der Feuerlöschwagen kommt näher, und bald

werden wir von den eckigen Ungetümen und von durcheinanderredenden Leuten umringt sein, und »Sagen Sie mal, warum haben Sie denn das Bugrad nicht rausgekriegt«, und »Junge Junge, das war aber eine prima Landung«, und »Sie hätten sehen sollen, wie der Schaum spritzte, als Sie mit der Nase aufkamen«. Aber bevor die Menschen kommen, sitze ich in der Kabine eine Sekunde lang still, die wie eine Ewigkeit anmutet, und sage meiner Maschine, daß ich sie liebe und daß ich es nie vergessen werde, daß sie mich nicht unter sich begrub oder auf der Landebahn explodierte und daß sie den Schmerz auf sich nahm, während ich ohne eine Schramme davongekommen bin, und daß ich es als unser Geheimnis bewahren werde, daß ich sie mehr liebe, als ich es jemand sagen würde, der mich danach fragt.

Eines Tages werde ich das Geheimnis einem anderen Piloten anvertrauen, wenn wir zufällig von einem Nachtformationsflug zurückkommen und der Wind kühl ist und die Sterne so hell sind, wie sie einem von der Erde aus erscheinen können. Ich werde in die Stille hinein sagen: »Unser Flugzeug ist ein recht gutes Flugzeug.« Er wird eine Sekunde länger als nötig schweigen und dann sagen: »Das ist es.« Er wird wissen, was ich damit gemeint habe. Er wird wissen, daß ich unsere Maschine liebe, nicht weil sie einem Lebewesen gleicht, sondern weil sie wirklich ein Lebewesen ist und weil so sehr viele Menschen glauben, daß sie nur ein Block aus Aluminium und Glas und Schrauben und Draht ist. Aber ich weiß es, und mein Freund wird es wissen, und das ist alles, was darüber zu sagen ist.

Obwohl das Versagen des Bugrades einen Augenblick der Angst hervorrief und obwohl es das Tor der Erkenntnis etwas weiter aufstieß, ist es doch nur ein Zwischenfall, kein Ernstfall. Ich habe schon ein paar Zwischenfälle in den Stunden erlebt, die ich in der engen Kabine zugebracht habe, aber bis jetzt habe ich nie einen wirklichen Ernstfall mitgemacht oder mich zu dem Entschluß durchringen müssen, an den gelben Schleudersitzgriffen zu ziehen, den roten Abzug zu drücken und mich schnell von einem sterbenden Flugzeug zu trennen. Und doch wollen mir die Zeitungen einreden, daß gerade das jeden Tag in der Air Force vorkommt.

Am Anfang war ich darauf gefaßt. Als sich das Triebwerk während jener ersten Stunden des Alleinflugs eigenartig anhörte, dachte ich an den Schleudersitz. Als die Überhitzungs-Warnlampe für das Abgasrohr zum erstenmal in meiner Laufbahn aufflammte, dachte ich an ihn. Aber der Teil meines Denkens, der sich mit der Vorsicht befaßt, kann nur so lange blinden Alarm schlagen, bis ich sein kleines Spiel durchschaue und klar erkenne, daß ich höchstwahrscheinlich meine ganze Laufbahn als Flieger hinter mich bringen werde, ohne je gezwungen zu sein, mich aus einem Flugzeug in den kalten Himmel hinauszuschleudern. Aber trotzdem ist es gut zu wissen, daß eine 37-Millimeter-Granate direkt hinter meinem Sitz auf den Augenblick wartet, wo ich auf den Abzug drücke.

Wenn ich je mit einem anderen Flugzeug in der Luft zusammenstoßen sollte, wartet der Sitz darauf, mich sicher wegzuschleudern. Wenn der hydraulische Druck für die Steuerung vollkommen ausfällt, wartet er.

Wenn ich ins Trudeln gerate und das Flugzeug nicht wieder in der Gewalt habe, bevor ich in Bodennähe komme, wartet der Sitz. Er stellt einen Vorteil dar, den Piloten von konventionellen Flugzeugen und Transportmaschinen nicht haben, und ich bedauere sie ein wenig bei ihrem gefährlichen Beruf.

Nach einer Kollision in der Luft brauchen sich die Piloten von Transportmaschinen zwar nicht um Passagiere zu kümmern, doch haben sie auch nicht die Möglichkeit, nach hinten zu der Falltür auf dem Boden des Flugdecks zu kriechen und abzuspringen. Sie können nur in ihren Führersitzen bleiben und mit der unbrauchbaren Steuerung eines Flügels kämpfen, der nicht mehr da ist, und trudelnd abstürzen, bis ihr Flugzeug auf die Erde aufprallt.

Nicht so der Pilot einer einmotorigen Maschine. Ob er steigt oder sinkt oder auf dem Rücken fliegt oder trudelt oder zerschellt, sein Flugzeug ist selten der Ort, an dem er stirbt. Es gibt eine schmale Zone in Bodennähe, wo auch der Schleudersitz eine riskante Angelegenheit ist, und ich bin fünf Sekunden in dieser Zone, nachdem das Ende der Startbahn unter mir verschwunden ist. Nach diesen fünf Sekunden habe ich eine Geschwindigkeit erreicht, die einen Steigflug bis zu einer sicheren Schleuderhöhe ermöglicht; vor diesen fünf Sekunden kann ich meine Maschine wieder auf die Startbahn aufsetzen und die Nylongurte und Stahlkabel der Startbahnverlängerung-Fangvorrichtung zum Abfangen verwenden. Wenn ich von dieser Fangvorrichtung Gebrauch mache, ziehe ich selbst bei einer Geschwindigkeit von 280 Stundenkilometern ein Stahlkabel hinter mir her, und das Kabel zieht eine lange Ankerkette, und kein Flugzeug der Welt kann ewig weiterrollen, wenn es Tonnen schwerer Ketten hinter sich herzieht. Diese fünf Sekunden sind kritisch. Selbst bevor ich nach dem Aufsteigen die Landeklappen einziehe, kann ich mich hinausschleudern, wenn das Triebwerk explodiert. Und kein Triebwerk explodiert ohne vorherige Warnung.

Fliegen ist ungefährlich, und das Fliegen eines einmotorigen Jagdflugzeuges ist am ungefährlichsten. Ich möchte viel lieber von einem Ort zum anderen fliegen, als dieselbe Strecke in jenem unglaublich gefährlichen Ding zu fahren, das man Automobil nennt. Wenn ich fliege, bin ich auf meine eigene Geschicklichkeit angewiesen, bin nicht abhängig von den Unberechenbarkeiten anderer Autofahrer oder bei hoher Geschwindigkeit platzenden Reifen oder Signalen an Eisenbahnübergängen, die gerade im entscheidenden Augenblick nicht funktionieren. Nachdem ich mein Flugzeug kennengelernt habe, ist es mit seinen Notmaßnahmen und dem wartenden Schleudersitz um ein Vielfaches sicherer als Autofahren.

Noch vier Minuten bis Wiesbaden. Ruhige Überprüfung der Instrumente. Ruhige Luft. Ich lehne mich zurück und lasse mich von der Ruhe über den Strom der Zeit treiben.

Als ich noch ein Junge war, lebte ich in einer Stadt, die ich bei meiner Fluggeschwindigkeit von neunhundert Stundenkilometern im Handumdrehen überflogen hätte. Ich fuhr auf einem Fahrrad, ging zur Schule, verrichtete gelegentlich kleine Arbeiten, verbrachte ein paar Stunden auf dem Flugplatz und sah zu, wie die Flugzeuge ankamen und abflogen. Selbst eins fliegen? Niemals. Zu schwer für mich. Zu kompliziert.

Aber dann kam der Tag, an dem ich die typische Entwicklung eines typischen Fliegeroffiziersanwärters hinter mir hatte. In meinem ersten Jahr am College hatte ich nicht in allen Fächern sehr gute Noten, und ich hielt das Leben am College nicht für den besten Bildungsweg. Aus einem mir bis heute noch unerklärlichen Grunde ging ich in ein Rekrutierungsbüro und sagte dem Mann hinter dem Schreibtisch, daß ich Pilot der Air Force werden möchte. Ich hatte keine Ahnung, was es eigentlich hieß, Pilot der Air Force zu sein, aber es hatte etwas mit Aufregung und Abenteuer zu tun, und für mich würde das LEBEN beginnen. Zu meiner Überraschung bestand ich die Prüfung. Ich konnte die kleinen Flugzeuge auf den Zeichnungen denen auf den Fotografien zuordnen. Ich stellte fest, welches Gelände in Wirklichkeit auf Karte zwei dargestellt war. Ich schrieb, daß der Mechanismus K sich entgegen dem Uhrzeigersinn drehen würde, wenn man den Hebel A nach vorn schiebt. Die Ärzte klopften mich ab, stellten fest, daß ich regelmäßig atmete, und ganz plötzlich bot sich mir die Chance, ein Fliegeroffiziersanwärter der United States Air Force zu werden. Ich ergriff die Chance.

Ich hob meine Hand und entdeckte, daß mein Name lautete: Fliegeroffiziersanwärter Bach, Richard D.; A-D eins neun fünf sechs drei drei eins zwei. Sir.

Drei Monate lang spielte sich mein Leben nur auf der Erde ab. Ich lernte, wie man marschiert und läuft und mit der Pistole vom Kaliber 45 schießt. Ab und zu sah ich ein Flugzeug über meinen Ausbildungsflughafen fliegen.

Die anderen Offiziersanwärter hatten eine auffallend ähnliche Vergangenheit. Die meisten von ihnen hatten nie in einem Flugzeug gesessen, die meisten von ihnen hatten mit einer Form der Hochschulausbildung begonnen und waren dabei gescheitert. Sie entschieden sich für die Aufregung und das Abenteuer. Sie schwitzten mit mir in der Sonne von Texas, und sie lernten die Allgemeinen Befehle auswendig und die Abschiedsrede Washingtons an die Nation und den Ehrenkodex des Offiziersanwärters. Sie waren jung genug, mit diesem Leben zufrieden zu sein, ohne Berichte zu schreiben oder dem Staffelkapitän mitzuteilen, daß sie von der schikanösen Behandlung der oberen Jahrgänge genug hätten. Mit der Zeit wurden wir der obere Jahrgang und erhielten einen oder zwei Streifen an unsere Schulterstücke und lernten, die unteren Jahrgänge zu schikanieren. Wenn sie nicht ein bißchen Anschnauzen oder ein paar Minuten alberne Späße ertragen können, werden aus ihnen niemals gute Piloten.

HÖREN SIE MAL HER, MISTER, GLAUBEN SIE, DIESER WITZ HIER IST EIN PROGRAMM? LÄCHELN SIE ETWA, MISTER? TRAGEN SIE ETWA IHRE GEFÜHLE ZUR SCHAU? SCHAUEN SIE MIR IN DIE AUGEN, MISTER! HABEN SIE KEINE SELBSTBEHERR-

SCHUNG? GOTT STEH DEN VEREINIGTEN STAATEN VON AMERIKA BEI, WENN AUS IHNEN JE EIN PILOT DER AIR FORCE WIRD!

Und dann war plötzlich die vorfliegerische Ausbildung vorbei, und wir waren an der Reihe, der untere Jahrgang auf einem Flughafen zu werden, wo wir zum ersten Male etwas über Flugzeuge lernten und wo wir zum ersten Male die nach Aluminium-Gummi-Farbe-Öl-Fallschirm riechende Luft einer Flugzeugkabine atmeten und wo wir einen ersten kleinen Vorgeschmack – den man insgeheim mit jedem anderen Offiziersanwärter der Klasse teilte – davon bekamen, daß ein Flugzeug tatsächlich ein Lebewesen ist, das gerne fliegt.

Ich nahm am theoretischen Unterricht teil, und das Fliegen machte mir Spaß, und ich ließ ein halbes Jahr lang die militärischen Inspektionen und Paraden über mich ergehen. Dann verließ ich die Schule für fliegerische Erstausbildung und kam in den unteren Jahrgang der Schule für fliegerische Grundausbildung, wo ich mit der Welt der Turbine und der Geschwindigkeit in Berührung kam und meinen ersten Tag in der fliegerischen Grundausbildung an einmotorigen Flugzeugen erlebte.

Alles ist neu, frisch, aufregend, unmittelbar, greifbar. Ein Schild: *Klub für Offiziersanwärter*; Reihen von Barakken, die mit Teerpappe gedeckt sind; kurzgeschorener brauner Rasen; unkrautfreie Fußwege; heiße Sonne; strahlende Sonne; blauer Himmel, unendlich und wolkenlos über meinem polierten Mützenschirm und meinen streifenlosen Schulterstücken. Ein fremdes Gesicht über weißgestreiften Schulterstücken und ein Paar weiße Handschuhe. »Antreten, meine Herren.«

Ein Schwarm aus vier in der Sonne glitzernden silbernen Düsenschulflugzeugen pfeift über den Fliegerhorst. Düsenjäger. »Beeilung, Herrschaften, antreten.« Wir treten an. »Willkommen in der Air Force, meine Herren, jetzt beginnt die Grundausbildung.« Eine Pause. Das ferne Rauschen von Vollgas und Aufsteigen. »Ihr Tiger werdet hier eure Streifen bekommen. Die Ausbildung ist kein reines Vergnügen und kein Zuckerschlecken. Wenn Sie nicht hart arbeiten können, fallen Sie durch. Sie waren also Gruppenkommandeur der Offiziersanwärter bei der fliegerischen Erstausbildung; wenn Sie nachlassen, wenn Sie sich nicht genügend hinter die Bücher klemmen, fallen Sie durch. Halten Sie die Ohren steif, und Sie werden durchkommen. Weggetreten! Marsch, marsch!«

Der B-4-Sack ist schwer in meiner rechten Hand. Staub auf geputzten Schuhen. Die heiße Luft bringt keine Kühlung, während ich mich in ihr bewege. Schwarze Gummiabsätze auf staubigem Asphalt. In der Ferne rollt ein einsames Düsenschulflugzeug zur Startbahn. Alleinflug. Ich bin schon weit entfernt von der fliegerischen Erstausbildung. Weit entfernt vom Knattern des breiten Propellers einer T-28. Und noch weiter entfernt von den Silberschwingen über der linken Brusttasche. Wo sind die Hügel? Wo ist das Grün? Die kühle Luft? In der fliegerischen Erstausbildung. Jetzt sind wir in Texas. Jetzt beginnt die Grundausbildung.

». . . Programm wird harte Arbeit erfordern . . .«, sagt der Geschwaderkommodore.

». . . und in meiner Staffel müssen Sie die Ohren steifhalten . . .«, sagt der Staffelkapitän.

»Hier ist Ihre Unterkunft«, sagt der mit den weißen Handschuhen. »In jedem Raum sind Handbücher für Piloten der T-33. Lernen Sie die Notmaßnahmen. Alle ohne Ausnahme. Man wird Sie danach fragen. Später kommt ein anderer mit weißen Handschuhen, um Fragen zu beantworten.«

Fragen.

»Jeden Sonnabend Inspektion?«

»Ist der Unterricht schwer?«

»Wie ist das Flugzeug?«

»Wann werden wir fliegen?«

Eine kalte Nacht in einem bequemen Bett für höhere Dienstränge. Das kalte Flimmern der vertrauten Sterne durch das Fenster. Gespräche in den dunklen Unterkünften.

»Mensch, stell dir vor, endlich Düsenjäger!«

»Und wenn's auch schwer ist. Sie müßten mich schon rausschmeißen. Ich werde nie aufgeben, nur weil es schwer ist.«

». . . Eigengeschwindigkeit beim Endanflug mit offenen MG-Luken ist eins zwanzig plus Treibstoff plus zehn, stimmt's?«

»Laß mich mal überlegen, Johnny, muß es heißen ›auf achttausend steigen und mit den Flügeln wackeln‹? Achttausend Meter! Mann, wir fliegen DÜSENJÄGER!«

»Ich hätte nie gedacht, daß ich es bis zur Grundausbildung schaffen würde. Es war ein langer Weg von der vorfliegerischen Ausbildung . . .«

Während der leisen Unterhaltung ist im Hintergrund der Lärm der durch die Nacht fliegenden Turbinenflugzeuge zu hören, in denen der obere Jahrgang lernt, und das Aufblitzen der Landescheinwerfer erhellt für einen Moment die Wand gegenüber meinem offenen Fenster.

Unruhiger Schlaf. Unter dem Fenster die Stimmen der oberen Jahrgänge, als sie nachts zurückkehren. »So was habe ich noch nie gesehen! Er hatte nur fünfundneunzig Prozent, und sein Abgasrohr war glühend rot . . . richtig rot!«

». . . und dann gab mir der Fliegerleitposten die Anweisung, im Sektor eins auf zehntausend Meter zu steigen. Ich konnte nicht einmal das Feld finden, geschweige denn Sektor eins . . .«

Nach meiner Air-Force-Uhr mit Leuchtziffern ist es 0300. Seltsame Träume. Die hübsche Blondine blickt mich von unten herauf an. Sie stellt eine Frage. »Wie hoch ist Ihre Eigengeschwindigkeit beim Einkurven zum Queranflug mit eintausenddreihundert Litern Treibstoff an Bord?« Ein überladenes und unheimlich kompliziertes Armaturenbrett mit einem auf zehntausend Meter zeigenden Höhenmesser. Helme mit Blendschutzscheiben, Schleudersitze mit rotem Oberteil, Instrumente, Instrumente.

Der Schlaf sickert in das Kissen, und die Nacht ist still und dunkel. Was tue ich, wenn der Belastungsmesser auf Null zeigt? Batterie *aus* ... nein ... Batterie *an* ... nein nein ... »elektrische Anlage in Betrieb setzen« ... Draußen drehen sich der grüne Strahl und der weiße Blinkstrahl des Leuchtfeuers auf dem Kontrollturm immer im Kreis herum.

Aber wieder vergehen die Tage, und ich lerne. Ich beschäftige mich mit dem theoretischen Unterricht und den Vorlesungen, mit den ersten Flügen in der T-33 und, nach zehn Flugstunden mit einem Fluglehrer im Rücksitz, mit dem ersten Alleinflug. Dann mit dem Instrumentenflug und der genauen Steuerung eines Flugzeuges bei jedem Wetter. Mit dem Formationsflug. Mit der Navigation.

Es würde alles viel mehr Spaß machen, wenn ich genau wüßte, daß ich die Grundausbildung mit Erfolg abschließen und zum Schluß die Silberschwingen tragen würde. Aber am Anfang ist der Instrumentenflug schwierig, und mein Jahrgang, der in der vorfliegerischen Ausbildung hundertzwölf Offiziersanwärter zählte, ist jetzt auf dreiundsechzig zusammengeschmolzen. Keiner von ihnen ist bei Flugzeugabstürzen umgekommen, keiner von ihnen mit dem Fallschirm abgesprungen oder mit dem Schleudersitz aus einem Flugzeug geschleudert worden. Aus dem einen oder anderen Grunde, auf Grund akademischer oder militärischer oder fliegerischer Mängel, oder manchmal nur, weil er von dem streng geregelten Dienst genug hatte, kommt es immer wieder vor, daß ein Offiziersanwärter eines Abends seinen B-4-Sack packt und in der Riesenorganisation der Air Force untertaucht. Ich hatte erwartet, daß einige die Ausbildung nicht vollenden würden, aber ich hatte erwartet, daß sie in einer grellen Stichflamme oder in einer hellen wirbelnden Wolke aus den Trümmern einer Kollision in der Luft enden würden.

Es sind tatsächlich beinahe Kollisionen vorgekommen. Ich fliege als Führungsflugzeug in einem Schwarm von vier T-33s. Bei einer Geschwindigkeit von siebenhundert Stundenkilometern und einem klaren Himmel über uns ziehe ich den Steuerknüppel zurück, um zu einem Looping anzusetzen. Unsere Flugzeuge passieren gerade die Vertikale und haben ihre Nasen hoch im blauen Himmel, als plötzlich ein vorbeihuschender silberner Blitz unseren Flugweg kreuzt und wieder verschwindet. Ich beende den Looping – wobei die Flügelmänner unablässig mein Flugzeug im Auge behalten und sich große Mühe geben, genau in ihren Positionen zu bleiben – und drehe und wende mich auf meinem Sitz, um die Maschine zu sehen, die uns um ein Haar alle vier aus dem Himmel heruntergeholt hätte. Aber sie ist so endgültig und so spurlos verschwunden, als ob es sie nie gegeben hätte. Ich hatte keine Zeit zu reagieren oder Angst zu empfinden oder zu fragen, woher sie gekommen sein könnte. Ich hatte nur einen Silberblitz vor mir am Himmel gesehen.

Ich denke einen Augenblick darüber nach und setze zu einem neuen Looping an.

Einige Wochen später passierte es einem Offiziersanwärter des unteren Jahrgangs, der allein in einer Höhe von siebentausend Metern Kunstfliegen übte. »Ich war am oberen Ende einer Kubanischen Acht und wollte gerade nach unten fliegen, als ich einen kleinen Stoß spürte. Nach dem Ausschweben sah ich, daß mein rechter Zusatztank fehlte und daß das Flügelende ziemlich böse zugerichtet war. Ich hielt es für das Beste, nach Hause zu fliegen.«

Er hat nicht einmal den Blitz des Flugzeuges gesehen, das ihn getroffen hatte. Nachdem er gelandet war und von seinem Erlebnis berichtet hatte, wartete der ganze Fliegerhorst gespannt auf das andere Flugzeug. Nach einer reichlichen Stunde fehlte von allen Flugzeugen, die nach der Liste der Flugsicherung aufgestiegen waren, nur noch bei einem Flugzeug eine Uhrzeit in der Spalte »Rückkehr«. Suchflugzeuge stiegen auf und kämmten die Gegend durch wie schnelle, geschäftige Roboter, die ein verlorenes Mitglied des Clans suchen. Die Dunkelheit brach herein, und die Roboter fanden nichts.

Der Fliegerhorst war still und hielt den Atem an. In den Speiseräumen der Offiziersanwärter wurde während des Abendessens kaum ein Wort gesprochen. Einer ist heute abend noch nicht nach Hause gekommen. Reich mir bitte mal das Salz, Johnny. Das Klirren gestempelter Stahlgabeln auf serienmäßig hergestelltem Porzellan. Wie ich höre, war es ein Offiziersanwärter des oberen Jahrgangs der anderen Staffel. Unterdrücktes Klirren, gedämpfte Stimmen. Ein Lächeln zum anderen Ende des Raumes hinüber. Er müßte sich jetzt jede Minute zurückmelden. Möchte noch jemand Milch haben? Ein Offiziersanwärter des oberen Jahrgangs ist nicht umzubringen.

Als wir am nächsten Tag in der Flugbaracke um die viereckigen olivgrünen Einweisungstische herumstanden, erhielten wir die offizielle Nachricht. Ein Offiziersanwärter des oberen Jahrgangs ist doch umzubringen. »Wir wollen in Zukunft die Augen offenhalten, meine Herren; vergessen Sie nicht, daß allein von diesem Fliegerhorst tagsüber sechzig Flugzeuge in der Luft sind. Sie sind hier keine Bomberpiloten, bewegen Sie fleißig den Kopf, und hören Sie nie auf, sich nach allen Seiten umzusehen.«

Und wir wurden eingewiesen und flogen unseren nächsten Einsatz.

Dann hatten wir es plötzlich geschafft. Ein langer früher Morgen, ein zackiges Antreten des unteren Jahrgangs zur Parade, während wir in Rührt-euch-Stellung stehen, ein Vorbeiflug von sechzehn Flugzeugen, eine Ansprache eines Generals und des Fliegerhorstkommandanten.

Sie erwidern meine Ehrenbezeigung, schütteln mir die Hand, überreichen mir ein kaltes Paar kleiner Schwingen, von denen ein winziger Silberstrahl ausgeht. Ich habe es bis zum Schluß geschafft. Lebend. Dann folgt die Abkommandierung zur fortgeschrittenen Flugausbildung und die ruhmreiche Nummer, die F-84 F lautet. Ich bin Pilot. Ein Pilot der Air Force mit einem Rang. Ein Jagdpilot.

Die deutsche Nacht hält mich umfangen, und in meinen weichen Kopfhörern ist das ununterbrochene laute Rauschen des blauen Feuers zu hören, das über die Windschutzscheibe und über die Langwellenantenne an der Unterseite meines Flugzeuges rinnt. Die schlanke Radiokompaßnadel wird immer aufgeregter und schlägt nach rechts aus, immer rechts vom Kurs; dort zittert sie eine Sekunde lang, schwingt wieder nach Spangdahlem hinter mir zurück, schlägt wieder nach meiner rechten Flügelspitze aus. Ich bin wieder froh, daß ich das TACAN-Gerät habe.

Die Luft ist ruhig und glatt wie weiches Glas, aber ich ziehe meinen Sicherheitsgurt und die Schultergurte wieder fester und stelle die Kabinenbeleuchtung heller. Helles Licht, so hört man oft im theoretischen Unterricht, vertreibt nächtliche Visionen. Heute nacht spielt es jedoch keine Rolle, denn außerhalb des Plexiglases gibt es nichts zu sehen, und das helle Licht erleichtert nur das Ablesen der Instrumente. Und in der Helligkeit werde ich nicht durch Blitze geblendet werden. Ich bin angeschnallt, habe meine Handschuhe an, der Kinnriemen meines Helmes ist fest angezogen, meine Flugjacke mit Reißverschluß ist geschlossen, meine Stiefel sitzen fest und bequem. Ich bin auf alles vorbereitet, was das Wetter für mich bereithält. Einen Augenblick lang habe ich das Gefühl, als ob ich den MG-Schalter auf MGS stellen sollte, aber das ist ein unsinniger, flüchtiger Gedanke. Ich prüfe noch einmal nach, ob der Defroster und die Staudruckheizung eingeschaltet und ob die Triebwerksschutzgitter eingefahren sind. Versuch mich zu kriegen, Gewitter. Aber die Luft ist still und glatt; eine Minute nach der anderen wertvoller Wetterzeit vergeht und erhöht die Notwendigkeit, mich auf einen schwierigen Flug nach Instrumenten vorzubereiten.

Ich bin ein Narr. Ich bin verängstigt wie eine Katze und mache mir in diesem Augenblick Gedanken über ein Gewitter, das sich wahrscheinlich schon längst abseits von meinem Kurs entladen hat. Und über einer Höhe von zehntausend Metern sind selbst die stärksten Gewitter nicht so heftig wie in niedrigeren Höhen. Wie ich weiß, kommt in Gewittern in großer Höhe selten viel Hagel vor, und es ist nie nachgewiesen worden, daß ein Blitz die unmittelbare Ursache eines Flugzeugabsturzes gewesen ist. Diese sorgfältigen Sicherheitsvorkehrungen werden mir kindisch vorkommen, wenn ich nach einer halben Stunde in Chaumont lande und die knarrende Holztreppe zu meinem Zimmer hinaufgehe und meine Stiefel ausziehe und meinen Brief nach Hause zu Ende schreibe. In zwei Stunden werde ich fest schlafen.

Und doch wird es gut sein, diesen Flug endlich hinter sich zu bringen. Aus mir würde nie ein guter Allwetter-Abfangjägerpilot werden. Vielleicht könnte ich mich durch

Übung an stundenlanges Fliegen durch Schlechtwetterzonen und Gewitter gewöhnen, aber zur Zeit bin ich ganz zufrieden mit meinem Jagdbomber und der Beschäftigung, auf Dinge zu schießen, die ich sehen kann.

Ich habe gehört, daß Abfangjägerpiloten mit ihren Flugzeugen nicht einmal eine Rolle fliegen dürfen: Darunter leiden die elektronischen Geräte. Was für eine traurige Beschäftigung, immer nur geradeaus und horizontal und nach Instrumenten. Arme Kerle.

Ich könnte den Piloten der F-106 fast ein wenig um seinen großen Abfangjäger mit Deltaflügeln beneiden – und er mich fast ein wenig um meinen Auftrag. Er hat das modernste Flugzeug und ein Triebwerk, das aus reiner Geschwindigkeit besteht. Sein großes graues Deltaflugzeug wäre ein gutes Luftkampfflugzeug, aber er fliegt tagaus, tagein nur Blindangriffe auf mattgrüne Lichtpunkte auf seinem Radarschirm. Meine F-84 F ist älter und langsamer, und ihr geformtes Aluminium wird bald der nahtlosen pfeilförmigen Vergangenheit angehören, aber mein Einsatz ist einer der besten Einsätze, die ein Jagdpilot fliegen kann.

FAC zum Beispiel. Ausgesprochen fack. Forward Air Controller (Vorgeschobener Fliegerleitoffizier). Das Dahinrasen im Tiefflug und das Visier auf die Lastwagenkolonnen des Angreifers. FAC. »Checkmate, hier Bipod Delta. Ein Truppenverband und zwei Panzer kommen auf meine Position zu. Sie sind auf der Anhöhe genau südlich des Schlosses auf der Landstraße. Können Sie sie sehen?«

Die grünen Hügel Deutschlands unter mir, das Schachbrett für ein neues Kriegsspiel. Was für eine Aufgabe für einen Jagdpiloten, ein FAC zu sein. Mit einem Jeep und einem Funkgerät befindet er sich bei der Armee in vorderster Linie und muß zusehen, wie seine Freunde ihre Angriffe fliegen. »Verstanden, Delta. Kann das Schloß und die Straße sehen, aber nicht das Ziel.« Ein paar versprengte

Punkte im Gras neben der Straße. »Ich korrigiere, jetzt sehe ich sie. Gehen Sie auf Abstand, zwei.«

»Womit sind Sie ausgerüstet, Checkmate?«

»Übungsnapalm und MGS. Beim ersten Anflug wird das Napalm eingesetzt.«

»Beeilen Sie sich bitte! Die Panzer hauen ab; müssen Sie gesehen haben.«

»Verstanden.«

Ich verschmelze mit dem Knüppel und dem Gashebel, mein Flugzeug macht einen Satz nach vorn und jagt mit großer Geschwindigkeit auf die Straße zu. Dort sind die Panzer, lange Fahnen aus Staub und Gras hinter ihren Raupenketten aufwirbelnd. Aber es ist so, als ob sie in erkaltendem Wachs gefangen wären, ich bewege mich fünfzehnmal schneller als sie. Ich gehe ganz tief herunter und greife den Panzer von hinten an. Er beginnt sich in seinem Wachs zu drehen, wobei Gras unter seiner rechten Raupe hervorsprüht. Ich gehe mit meinen Flügeln in eine ganz leichte Schräglage und fühle mich siegessicher, allmächtig, wie ein Adler, der sich aus großer Höhe auf eine Maus herabstürzt. Auf dem Panzer sitzen Männer in Tarnanzügen, die sich an den Handgriffen festhalten. Sie hören mich nicht, aber sie sehen mich, da sie über ihre Schultern hinweg nach hinten blicken. Und ich sehe sie. Was für ein Leben, sich mit aller Kraft auf dem Rücken eines Stahlblocks von fünfzig Tonnen festzuklammern, der schwerfällig über eine Wiese rollt. Nach einer Zeitspanne, die ich dazu brauche, um bis drei zu zählen, wird der Panzer, seine Drehung unterbrechend, für einen Augenblick von meiner Windschutzscheibe eingerahmt, und die unterste Raute meines Visiers huscht über ihn hinweg, und mein Daumen hat die imaginären Napalmkanister unter den Flügeln ausgelöst. Ich möchte im Kriege keinen Panzer fahren, nicht um alles Gold der Welt. Hochziehen. Scharfe Rechtskurve.

Zurückschauen. Der Panzer kommt zum Stehen, den Regeln unseres Spiels gehorchend. Zwei streift mit seinem schwarzen pfeilförmigen Schatten über die Einstiegsluke des zweiten Panzers. Panzer stellen außerordentlich leichte Ziele dar. Ich nehme an, sie hoffen eben, daß sie nicht in einen Luftangriff geraten werden. »Gute Arbeit, Checkmate. Nehmen Sie sich nun bitte die Truppen vor.« Eine freundliche Aufforderung für einen Mann, dem sich jetzt von der Erde aus der Anblick bietet, den er schon so oft durch seine vordere Windschutzscheibe gesehen hat. Im Krieg würden uns jetzt das Gewehrfeuer und die von der Schulter abgefeuerten Flugabwehrraketen Sorge bereiten, aber dann hätten wir uns bereits zu der Absicht durchgerungen, daß unsere Zeit kommen wird, wenn es soweit ist, und die Sorge würde schnell vorübergehen. Runter auf die Truppen. Das sind höchst unkriegerische Truppen. Da sie das Spiel kennen und selten Gelegenheit haben, ihre private und eigens für sie veranstaltete Luftschau zu sehen, stehen sie da und beobachten uns beim Anflug. Einer hebt die Arme zu einem trotzigen V (= *Victory* Sieg). Ich gehe wiederum in eine ganz leichte Kurve, um direkt auf ihn zuzurasen. Wir beide haben eine kleine persönliche Auseinandersetzung, bei der jeder seinen Willen durchsetzen will. Tief. Ich fliege im Steigflug die lange, schräg abfallende Wiese hinauf direkt auf meinen Gegner zu. Wenn Telefondrähte über die Wiese führen, werde ich genügend Spielraum haben, um unter ihnen hindurchzufliegen. Im Krieg würde mein Gegner in den Kugelhagel panzerbrechender Brandmunition aus sechs 50kalibrigen Browning-MGS geraten. Wenn es sich auch nicht um einen echten Krieg handelt, so bedeutet sein Verhalten doch eine echte Herausforderung. Ich fordere dich auf, mich dazu zu bringen, daß ich mich hinwerfe. Im Grunde unseres Herzens sind wir alle noch kleine Jungen. Ich nehme eine letzte kleine Kurskorrektur vor, damit meine Abwurftanks zu beiden Seiten seiner ausgestreckten Hände vorbeifliegen werden, falls er sich tatsächlich nicht hinwirft. Ich sehe, wie die Arme zu zittern beginnen, als er unter dem Bug aus dem Blickfeld verschwindet. Wenn er sich nicht hingeworfen hat, wird ihn unweigerlich der heftige Düsenstrom zu Boden werfen. Aber dieser Mann hat wirklich Mut. Normalerweise stieben die Truppen wie Scharen von Küken über die Hügel auseinander. Ich kurve zu einem neuen Anflug aus einer anderen Richtung ein, und aus der schnell erreichten Höhe nach meinem Hochziehen halte ich Ausschau nach meinem Freund. Ein Punkt sieht wie der andere aus.

Erneuter Anflug, vielleicht ein wenig zu tief durchgeführt, denn mein Freund wirft sich auf den Boden, noch bevor ich über ihn hinwegfliege. Das hat in Wirklichkeit eine tiefere Bedeutung. Ein Punkt sieht wie der andere aus. Man kann Gut nicht von Böse unterscheiden, wenn man mit einer Geschwindigkeit von hundertsechzig Metern in der Sekunde über das Gras hinwegrast. Man kann nur erkennen, daß die Punkte Menschen sind.

Bei einem FAC-Einsatz in der Nähe des Eisernen Vorhangs wurden wir einmal aufgefordert, zwei Minuten lang in östlicher Richtung zu fliegen, um unseren Leitoffizier zu suchen. Nach zwei Minuten in östlicher Richtung hätten wir uns über der Grenze und in sowjetischem Luftraum befunden. In feindlichem Luftraum. Der Leitoffizier hatte »in westlicher Richtung« sagen wollen. Die Hügel sahen auf der anderen Seite keineswegs anders aus. Als wir kreisten und nach Westen abdrehten, hatte ich einen Blick in das verbotene Land geworfen. Ich habe keine Stacheldrahtzäune gesehen, keine Eisernen Vorhänge, keine ungewöhnlichen Farbschattierungen auf der Erde. Nur das wellige Grün der gleichförmigen Hügel, ein paar verstreut liegende kleine graue Dörfer. Ohne meinen Kompaß und meine Karte, auf der die Grenze zwischen Ost und West mit einem dicken roten Strich eingezeichnet ist, hätte ich geglaubt, daß die Dörfer der Menschen, die ich im Osten gesehen habe, sich in nichts von den Dörfern im Westen unterschieden. Zum Glück hatte ich die Karte.

»Wie wäre es mit einem Tiefangriff auf die Truppen, Checkmate?«

»Selbstverständlich«, sage ich lächelnd. Auf die Truppen. Wenn ich ein Jagdpilot wäre, der sich mit der olivgrünen Armee auf der Erde herumdrücken müßte, würde nichts meine Einsamkeit mehr erleichtern, als in Gedanken mit 925 Stundenkilometern bei meinen Freunden und ihren Flugzeugen zu sein. Also, ein Tiefangriff auf die Truppen. »Drücken Sie auf die Tube, Checkmate.« Und den Gashebel ganz auf, so daß das Triebwerk siebentausend Pfund Treibstoff in der Stunde schluckt. Über die Wiese, schneller als ein Pfeil von einem Hundert-Pfund-Bogen, diesmal mit Kurs auf die Ansammlung von Punkten neben dem Funk-Jeep des FAC . 940 Stundenkilometer, und ich bin nur noch Freude. Sie lieben meine Maschine. Sehen ihre Schönheit. Sehen ihre Geschwindigkeit. Und auch ich liebe meine Maschine. Ein Peitschenknall, und der FAC und sein Jeep sind verschwunden. Hochziehen, ganz hoch, die Nase hoch in den milchigblauen Himmel. Und wir rollen. Himmel und Erde vereinen sich freudig zu einem Schleier aus verschwimmendem Smaragd und Türkis. Ich unterbreche die Rolle schnell, mit dem Kopf nach unten, bringe die Nase wieder in die Höhe des Horizontes, rolle zurück, so daß ich wieder aufrecht und horizontal fliege. Der Himmel ist ein Platz zum Leben und zum Pfeifen und zum Singen und zum Sterben. Er ist dafür geschaffen, dem Menschen einen Platz zu geben, von dem aus er auf alle anderen hinabblicken kann. Er ist immer frisch und wach und klar und kalt, denn wenn die Wolken den Himmel bedecken oder den Platz einnehmen, wo der Himmel sein sollte, dann ist der Himmel verschwunden. Der Himmel ist ein Platz, wo die Luft wie Eis ist, und man atmet ihn, und man erlebt ihn, und man möchte an jedem Tag seines Lebens schweben und träumen und rasen und spielen können. Der Himmel ist für jeden da, doch nur wenige suchen ihn auf. Er besteht ganz aus Farbe, ganz aus Hitze und Kälte, ganz aus Sauerstoff und Laubblättern und süßer Luft und salziger Luft und frischer kristallklarer Luft, die nie zuvor geatmet worden ist. Der Himmel dreht sich um dich, heult und zischt über deinen Kopf und dein Gesicht, und er kommt dir in die Augen und betäubt deine Ohren mit einer Kälte, die hell und scharf ist. Du kannst ihn trinken und kauen und verschlingen. Du kannst mit den Fingern blitzschnell durch das Rauschen des Himmels und den scharfen Wind fahren. Er ist das wahre Leben in dir und über deinem Kopf und unter deinen Füßen. Du singst ein Lied, und der Himmel trägt es davon, verzerrt es und schleudert es durch die harte, flüssige Luft. Du kannst ihn bis zum Gipfel erklimmen, fallen, während er um dich herum wirbelt und rauscht, hinausspringen, mit ausgebreiteten Armen, und die Luft mit den Zähnen erfassen. Er hält nachts die Sterne genauso fest, wie er am Tage die sengende Sonne festhält. Du stößt ein freudiges Lachen aus, und das Rauschen des Windes trägt das Lachen über Tausende von Kilometern davon.

Bei meiner Steigflugrolle vom FAC weg liebe ich sie alle. Was mich jedoch nicht daran hindern wird, sie zu töten. Falls dieser Tag einmal kommt.

»Sehr gute Arbeit, Checkmate.«

»Nun, es steht Ihnen frei, uns jederzeit anzufordern, Bravo.«

Das also ist Freude. Freude erfüllt den ganzen Körper, ist

es nicht so? Sogar in den Zehen kann ich sie spüren. Die Air Force hält es für nötig, mich dafür auch noch zu bezahlen. Nein. Man bezahlt mich für die Stunden, in denen ich nicht fliege; in jenen Stunden, in denen sie an die Erde gefesselt sind, verdienen die Piloten ihr Geld.

Ich und ein paar tausend andere Piloten einmotoriger Maschinen leben in einem System, das man eine geheime Bruderschaft genannt hat. Ich habe mehr als einmal den Ausdruck »arrogante Jagdpiloten« gehört. Wie es eben bei Verallgemeinerungen doch eigenartigerweise der Fall ist, handelt es sich bei beiden um gut gewählte Bezeichnungen.

Der Pilot eines mehrmotorigen Bombers oder eines Transportflugzeuges oder ein Navigator oder ein nichtfliegender Offizier der Air Force ist trotzdem im Grunde ein Mensch. Aber das ist eine Erkenntnis, zu der ich mich erst durchringen muß, und wenn es nicht nötig ist, spreche ich gewöhnlich nicht mit ihnen. Es ist vorgekommen, daß auch ein paar Piloten mehrmotoriger Maschinen auf Fliegerhorsten stationiert waren, auf denen ich früher war. Sie sind glücklich darüber, große schwerfällige Flugzeuge zu fliegen und in einer Welt zu leben, die aus niedrigen Flughöhen und langen Flügen und Kaffee und Sandwiches während des Fluges besteht. Es ist gerade diese Zufriedenheit mit dem eintönigen, ereignislosen Dasein, die sie von Piloten einmotoriger Maschinen unterscheidet.

Ich gehöre zu einer Gruppe von Männern, die allein fliegen. Es gibt nur einen Sitz in der Kabine eines Jagdflugzeuges; es ist kein Platz für einen zweiten Piloten vorgesehen, der bei schlechtem Wetter die Funkgeräte einstellt oder die Meldungen zur Flugsicherungszentrale durchgibt oder bei den Notmaßnahmen hilft oder die Eigengeschwindigkeit beim Endanflug ansagt. Es ist kein anderer da, der die Einsamkeit eines langen Überlandfluges unterbricht. Es ist kein anderer da, der die Entscheidungen trifft. Ich tue alles selbst, vom Starten des Triebwerks bis zum Ausschalten des Triebwerks. In einem Krieg werde ich den Raketen und der Flak und dem Gewehrfeuer über der Front allein gegenüberstehen. Wenn ich sterbe, werde ich allein sterben.

Aus diesem Grunde, und weil allein dieses Dasein meinen Wünschen entspricht, verbringe ich meine Zeit nicht gern mit den Piloten mehrmotoriger Maschinen, die jenseits der Grenzen des Abenteuers leben. Es ist eine arrogante Einstellung, und sie ist unfair. Der Unterschied zwischen einem Piloten in der Kabine und vielen im Führerraum sollte kein ausreichender Grund dafür sein, daß sie überhaupt nicht miteinander verkehren. Aber es gibt eine unüberwindliche Schranke zwischen mir und dem Mann, der das Leben bevorzugt, das sich in niedriger Höhe und bei langsamerer Geschwindigkeit abspielt.

Einmal habe ich versucht, die Schranke zu überwinden. Eines Abends habe ich mich mit einem Piloten aus einer Staffel der National Guard unterhalten, die ihre F-86 Hs mit viermotorigen Transportflugzeugen vertauschen mußten. Wenn es jemals etwas Gemeinsames zwischen dem Fliegen ein- und mehrmotoriger Maschinen gäbe, so müßte ich es mit den Augen dieses Mannes sehen können. »Wie gefällt Ihnen das mehrmotorige Fliegen nach der *Sabre?*« hatte ich gefragt, während auf dem Swimmingpool neben dem Offiziersklub die Lichter tanzten.

Ich hatte mir den falschen Piloten ausgesucht. Er war neu in der Staffel, ein Versetzter.

»Ich habe nie eine Sechsundachtzig geflogen, und ich habe auch kein Verlangen danach«, sagte er.

Das Wort »Sechsundachtzig« hörte sich aus seinem Munde ungewohnt und fremd an wie ein selten gebrauchtes Wort. Ich stellte fest, daß auch die Piloten jener Staffel vollständig ausgewechselt worden waren, als ihr Flugzeugtyp vom Abfangjäger zum Transportflugzeug umgestellt wurde, und daß mein Gesprächspartner wie der Pilot einer mehrmotorigen Maschine dachte. Die Silberschwingen über seiner Brusttasche wurden in derselben Form gegossen wie meine eigenen, aber er lebte in einer anderen Welt, hinter einer Mauer, durch die kein Tor führt. Seit jenem Abend sind schon Monate vergangen, und ich habe mich seitdem nicht mehr darum bemüht, mit dem Piloten einer mehrmotorigen Maschine zu sprechen.

Es kommt sehr häufig vor, daß der Pilot einer einmotorigen Maschine durch eine unglückliche Verkettung von Umständen aus einer Jagdstaffel in die Reihen der Piloten mehrmotoriger Maschinen versetzt wird, was ihn dazu zwingt, sich mit dem Drehmomentdruck und Schaltbrettern über dem Kopf und Propellern in Segelstellung zu beschäftigen. Ich habe drei von ihnen gekannt. Sie haben heftig gegen die Versetzung gekämpft, aber ohne Erfolg. Für kurze Zeit haben sie mehrmotorige Maschinen nach ihrer einmotorigen Denkweise geflogen, aber es dauerte noch nicht einmal ein Jahr, bis sie alle drei auf eigenen Wunsch aus dem aktiven Dienst der Air Force entlassen worden waren.

Die Methode, nach der Jagdpiloten auf Transportflugzeuge versetzt wurden, war zu jener Zeit ziemlich häufig angewandt worden und hatte Hunderte von einmotorigen Piloten betroffen. Kurz danach las ich rein zufällig einen Artikel, in dem bedauert wurde, daß junge Luftwaffenpiloten wieder in das Zivilleben zurückkehrten. Ich wäre jede Wette eingegangen, daß der Mann auf einige interessante Zahlen gestoßen ist, der als erster die Rate der Dienstquittierungen von Jagdpiloten untersuchte, die mehrmotorige Maschinen fliegen mußten. Es ist ein Grundsatz der Air Force, daß jeder Offizier in der Lage sein sollte, sich jeder ihm zugewiesenen Position anpassen zu können, aber dieser Grundsatz berücksichtigt nicht die ungeheure Kluft zwischen der Ausbildung und Denkweise von Piloten ein- und mehrmotoriger Maschinen.

Das Gefühl der Einsamkeit, das jeder Jagdpilot empfindet, wenn er mit seinem Flugzeug allein ist, läßt ihn erkennen, daß seine Maschine tatsächlich ein lebendes Wesen ist. Leben existiert auch in mehrmotorigen Flugzeugen, aber es ist schwieriger hinter den Gesprächen der Mannschaft über die Bordsprechanlage zu entdecken: »Wie vertragen die Passagiere den unruhigen Flug?« und »Können Sie mir mal ein Flugessen reichen?« Es ist ein Sakrileg, zu essen, während man ein Flugzeug fliegt.

Einsamkeit ist der Schlüssel zu der Erkenntnis, daß sich das Leben nicht auf Dinge beschränkt, die die Erde hervorbringt. Die gegenseitige Abhängigkeit zwischen Pilot und Maschine während des Fluges beweist, daß keiner ohne den anderen existieren kann, daß wir in Wirklichkeit voneinander abhängig sind, nur um weiterexistieren zu können. Und wir vertrauen einander. Das Motto einer Jagdstaffel bringt treffend die Einstellung der Jagdpiloten auf der ganzen Welt zum Ausdruck: *Wir können jeden Menschen in jedem Land in jedem Spiel, das er nennen kann, um jeden Preis schlagen, den er aufzählen kann.*

Im Gegensatz dazu las ich an der Wand des Befehlsgebäudes eines Fliegerhorstes für mehrmotorige Maschinen: *An das Schwierige gehen wir mit Vorsicht heran. Das Unmögliche versuchen wir nicht.* Ich konnte es einfach nicht glauben. Ich hielt es für den Witz des Tages, den sich irgendeiner ausgedacht haben mußte. Aber das Schild war säuberlich geschrieben und schon etwas verblaßt, als ob es schon lange Zeit dort hinge. Ich war froh, den Staub jener Startbahn von meinen Rädern schütteln zu können und wieder draußen in einem Himmel zu sein, der für Jagdpiloten geschaffen ist.

Meine Arroganz entspringt dem Stolz. Meine Vergangenheit besteht aus Hingabe und Erfolg und Stolz. Als Pilot meiner *Thunderstreak* – am Steuer eines Flugzeuges, das gebaut wurde, um den Feind am Boden mit Raketen und Bomben und Bordwaffen anzugreifen – reicht meine Vergangenheit zurück bis zu den Männern, die in den P-47s flogen, den *Thunderbolts* des Zweiten Weltkrieges. Dieselben Hügel, die heute nacht verborgen unter mir liegen, erinnern sich noch an die gedrungene, eckige Jug von vor zwanzig Jahren, und die Betonsilos, die einstmals Flaktürme waren, zeigen noch immer die Einschußlöcher von ihren Tiefangriffen und ihren acht 50kalibrigen Maschinengewehren.

Nach den Jug-Piloten von Europa kamen die Hog-Piloten von Korea, die sich dem immer stärker werdenden Flaksperrfeuer vom Erdboden gegenübersahen. Sie flogen ein neues Republic-Flugzeug: die F-84 G *Thunderjet* mit geraden Flügeln, und sie spielten täglich va banque mit der Flak und den Gewehrkugeln und den Kabeln über den Tälern und den MiGs, die an den auf Patrouillenflug befindlichen 86s unbemerkt vorbeigeflogen waren. Es gibt nicht sehr viele 84 G-Piloten von Korea, die diese Spiele überlebt haben, wie auch nicht sehr viele 84 F-Piloten überleben werden, wenn morgen in Europa ein Krieg ausbricht.

Nach mir und meiner Superhog kommen die F-100 D-*Super-Sabre*-Piloten, die sich während der Jahre des kalten Krieges überall in der Welt ständig in Alarmbereitschaft befunden haben. Und nach ihnen kommen die Männer, die die *Ultimate Hog* fliegen, die F-105 D *Thunderchief*, die Bodenziele durch die Wolkendecke allein mit Hilfe von Radar angreifen kann.

Mein Flugzeug und ich sind ein Glied in der langen Kette, die vom Dunkel der Vergangenheit bis in das Dunkel der Zukunft reicht. Wir sind schon jetzt veraltet; aber wenn in naher Zukunft ein Krieg ausbrechen sollte, werden wir wenigstens tapfer veraltet sein.

Wir tragen in die Kästchen unserer Ausbildungstafel mit Fettstift schwarze Kreuze auf dem durchsichtigen Deckblatt ein; Kreuze in den Spalten mit der Überschrift »Tiefflugnavigation ohne Funkhilfsmittel« und »Gefechtsskizze« und »Start mit maximaler Belastung«. Und doch sind wir davon überzeugt, daß wir nicht alle den nächsten Krieg überleben werden.

Nüchtern und sachlich wird uns erklärt, daß wir beim Fliegen nicht nur die Handfeuerwaffen und die Kabel und die Flak zum Feinde haben, sondern auch die neuen Mechanismen im Kopf einer Flugabwehrrakete. Nachdem ich die Filme über die Wirkung unserer Flugabwehrraketen gesehen hatte, war ich oft insgeheim froh, daß ich kein russischer Jagdbomberpilot bin. Ich frage mich, ob es nicht auch einen russischen Piloten gibt, der – nachdem er die eigenen Filme gesehen hat – im Innersten dankbar ist, daß er kein amerikanischer Jagdbomberpilot ist.

Wir unterhalten uns ab und zu über die Raketen, diskutieren über die Tatsache ihrer Existenz und die verschiedenen Methoden, wie man ihnen ausweichen kann. Aber um ihnen ausweichen zu können, muß man sie heranjagen sehen, und während eines Angriffs werden wir uns auf das Ziel konzentrieren und uns keine Gedanken machen über das Infanteriefeuer oder die Flak oder die gegen uns eingesetzten Raketen. Wir werden unsere Verteidigung mit unserem Angriff kombinieren, und wir werden hoffen.

Mit nüchternen Worten erinnern wir uns gegenseitig daran, daß unsere Flugzeuge noch immer fast ebensoviel Munition und Bomben in das Ziel bringen können wie jeder andere einsatzfähige Jäger. Sie müssen es zwar ohne die Finessen der Radarausrüstung der F-105 tun, sagen wir uns, aber die Schüsse erreichen schließlich doch das Ziel.

Unsere Worte treffen im großen und ganzen zu, aber es kostet einen langen inneren Kampf, um die ebenso zutreffenden Worte zu unterdrücken, daß unser Flugzeug veraltet ist und für den Kampf in einer anderen Epoche der Kriegführung bestimmt war. Wir fliegen mit einem tapfer unterdrückten Minderwertigkeitsgefühl. Als Amerikaner sollten wir eigentlich moderne amerikanische Flugzeuge fliegen. In keiner Luftwaffe der NATO-Länder gibt es ein älteres oder langsameres Flugzeug zur Erdunterstützung als unseres.

Die Franzosen fliegen die F-84 Fs, aber sie gehen jetzt zu *Mirages* und *Vautours* über, die für den modernen Himmel gebaut sind. Die deutsche Luftwaffe fliegt F-84 Fs, aber sie haben schon große Fortschritte gemacht, sich auf F-104 Gs mit Malteserkreuzen umzustellen. Die Kanadier fliegen Mark VI *Sabres*, die so alt ist wie die F-84 F, aber sie gehen jetzt zu ihrer eigenen CF104 G über.

Wir fliegen unsere F-84 Fs, und die Gerüchte über zukünftige Flugzeuge nehmen kein Ende. Wir werden bald F-100 Ds bekommen. Wir werden bald F-104s bekommen. Wir werden bald die F4Hs der Marine bekommen. Wir werden noch vor Jahresende in den F-105s sitzen.

Es gibt irgendwo ein modernes Flugzeug, das für uns vorgesehen ist und auf uns wartet. Aber noch wissen wir nicht, wie es aussieht, und wir sprechen nicht über unsere Unzulänglichkeiten. Wir behelfen uns mit dem, was wir haben, genau wie es die Piloten der P-39 und der P-40 zu Beginn des Zweiten Weltkrieges taten.

Die Piloten meiner Staffel bilden heute einen so zusammengewürfelten Haufen, als hätte man wahllos in den großen Strom der Zivilisten hineingegriffen. Da ist ein junger Leutnant, ein Verkäufer für Haushaltswaren, der sich gerade die ersten feinen Kratzer an seinen goldenen Rangabzeichen erwirbt. Da ist ein Major, der Mustangs und Jugs bei den lange zurückliegenden Jagdeinsätzen über Deutschland geflogen hat. Da ist ein Rechtsanwalt mit gutgehender Praxis; ein Ingenieur für elektronische Rechenanlagen; da sind drei Piloten von Luftfahrtgesellschaften, zwei Junggesellen, deren ganzes Einkommen aus den Flügen für die National Guard herrührte. Da sind die Erfolgreichen und die Erfolglosen. Die Ruhigen und die Lebhaften. Die Bücherfreunde und die Abenteuerlustigen.

Bei näherem Hinsehen würde man Merkmale entdekken, die vielen gemeinsam sind: Die meisten sind zwischen Mitte Zwanzig und Dreißig, die meisten sind Familienväter, die meisten haben ihre aktive Dienstzeit in der regulären Air Force abgeleistet. Aber ein Merkmal ist allen ohne Ausnahme gemeinsam, sie alle sind Männer der Tat. Auch der noch so sehr nach innen gekehrte Pilot der Staffel läßt sein Buch, sorgfältig mit einem Lesezeichen zwischen den Seiten, in seinem Zimmer im Offiziersledigenheim zurück und schnallt sich jeden Tag an ein Fünfundzwanzigtausend-Pfund-Jagdflugzeug an. Er führt einen Schwarm von vier Flugzeugen durch Übungsflüge zum Bombenwurf und Tiefangriff und Raketenabschuß und Atombombenabwurf. Er steigt am Flügel seines Rottenführers bei einer Wolkenunterkante von hundertsechzig Metern Höhe auf und sieht den Erdboden erst wieder, wenn er zwei Stunden später und eintausendvierhundert Kilometer von seiner Startbahn entfernt plötzlich aus den Wolkenfetzen und dem Eisregen hervorkommt. In regelmäßigen Abständen gibt er in den Briefen an seine Familie einen Überblick über die Notmaßnahmen während des Fluges, und gelegentlich wendet er sie auch an, wenn eine rote Warnlampe in seiner Kabine aufleuchtet oder sich sein Bugrad bei der Landung nicht ausfahren läßt. Andere wieder führen lautstarke Reden und lassen es dabei vielleicht an der nötigen Zurückhaltung fehlen, aber dieselben Piloten setzen jedesmal ihre Worte in die Tat um, wenn sie in ein Flugzeug steigen. Es gibt Abende im Offiziersklub, an denen Whiskygläser an den rauhen Steinwänden zersplittern, es kommt vor, daß farbige Rauchbomben in die verschlossenen Zimmer schlafender Kameraden geworfen werden, es gibt ein Lied über den Geschwaderkommodore, das nicht gerade schmeichelhaft genannt werden kann.

Aber man kann sich darauf verlassen, daß der Morgen kommt und mit ihm der Startknall der Triebwerke im kalten Wind. Nehmen wir zum Beispiel Oberleutnant Roger Smith, der gestern abend geschickt vier angezündete Knallbonbons in das Zimmer der Versorgungsoffiziere vom Geschwader geworfen hat. In der Tat ein ausreichender Grund fürs Kriegsgericht. Aber in dem Durcheinander wurde er nicht erkannt, und heute vormittag fliegt er als Nummer zwei in einem Einsatz zur Erdunterstützung gegen den angenommenen Feind in Hohenfels. Man kann ihn unter der Sauerstoffmaske und der herabgelassenen Blendschutzscheibe nicht von Hauptmann Jim Davidson unterscheiden, dem Schwarmführer, der jetzt die Radareinweisung zum Zielgebiet anfordert. Davidson hat die Nacht damit verbracht, an seine Frau zu schreiben und ihr unter anderem mitzuteilen, daß er keinen wirklichen Grund zu der Annahme hätte, daß die Staffel aus dem aktiven Dienst entlassen werden würde, bevor das festgesetzte Dienstjahr abgelaufen wäre. In eng aufgeschlossener Formation stürzen die beiden pfeilförmigen Jäger aus großer Höhe herab, wobei ihre genau gleichen Fahrtmesser dieselben 830 Stundenkilometer anzeigen. »Panzerkolonne auf zehn Uhr unten«, ruft Davidson. Und sie kurven gemeinsam zum Angriff ein.

Männer der Tat, und jeden Tag neue Taten. In der behandschuhten rechten Hand die Möglichkeit von Leben und Tod.

Die laute, nachlässige, schleppende Stimme, die auf den Piloten einer mehrmotorigen Maschine an der Bar einredet, gehört einem Mann namens Roudabush, der vor einem Jahr entgegen allen Vorschriften ein Jagdflugzeug mit erloschenem Triebwerk, ohne Strom und deshalb ohne Navigationslichter nachts auf einem Flughafen in Virginia landete. Er lehnte es ab, aus seinem Flugzeug abzuspringen oder auch nur seine äußeren Treibstofftanks über der Stadt Norfolk abzuwerfen, und man erteilte ihm einen ernsten Verweis.

»Du nimmst dir zwar vor, daß du aussteigen wirst, wenn das Ding in der Nacht aussetzt«, sagte er einmal, »aber wenn du nach unten blickst und all die Lichter der Stadt siehst . . . bringst du es irgendwie nicht fertig.« Bei einem solchen Mann kommt es nicht darauf an, wie er spricht. Man fliegt mit ihm, und man ist stolz darauf.

Johnny Blair, der an der Theke aus Mahagoni lehnt und die Eiswürfel in seinem Glas schwenkt und über Roudabushs Redereien leicht lächelt, hat eine kleine Narbe am Kinn. An einem Tag seines Lebens kurz nach 12 Uhr mittags setzte er gerade zu einem Bombenabwurf aus niedriger Flughöhe an und raste mit einer Geschwindigkeit von 900 Stundenkilometern und in einer Höhe von dreißig Metern auf das Ziel zu, als er einen dumpfen Knall hörte und die Überhitzungs- und Feuerwarnlampen aufflammten. Er zog hoch, hörte noch einen Knall, und die Kabine füllte sich mit Rauch. Ohne seinem Flügelmann ein Wort zu sagen, schaltete er das Triebwerk aus, warf das Kabinendach ab und zog an dem Abzug seines rechten Handgriffes. An diesem Nachmittag kämpfte er ein paar Sekunden lang, um sich von dem durch die Luft wirbelnden Stahlsitz zweihundertsechzig Meter über einem Kiefernwald zu befreien. Der automatische Fallschirmauslöser funktionierte nicht. Im Unterbewußtsein zog er sofort an dem manuellen Fallschirmauslöser, während sich die Welt grün und blau um ihn drehte. Er überschlug sich einmal in den Fallschirmgurten, bevor er durch die Baumwipfel sauste und auf dem Boden aufschlug. Er verlor beim Absprung seinen Helm und seine Sauerstoffmaske, und ein Ast schlitzte sein Kinn auf. Dann war alles vorbei, das Unterbewußtsein trat wieder in den Hintergrund, der nach außen sichtbare Mensch breitete den Fallschirmkörper als Signal für die Hubschrauber aus, litt noch ein wenig unter den Nachwirkungen des Schocks und erzählte die Geschichte ohne jegliche Übertreibung und Ausschmückung jedem, der Nutzen daraus ziehen konnte. Sonst spricht er nicht darüber, und abgesehen von der Narbe ist er der Typ, von dem man wahrscheinlich sagen würde, »er sieht aus wie ein typischer Mathematiklehrer«. Und genau das ist er natürlich auch.

Es dauert eine Weile, bis man sich mit vielen dieser Männer näher anfreundet, denn viele von ihnen erzählen nicht jedem Neugierigen von den kritischen Situationen und Katastrophenfällen, weil sie fürchten, sonst für Aufschneider oder selbstgefällige Supermen gehalten zu werden. Erst nach langer Zeit erfährt der Neuankömmling in der Staffel allmählich, daß Blair einen interessanten Absprung aus niedriger Höhe hinter sich hat, daß es Roudabush »beinahe dreckig gegangen wäre«, als sein Flugzeug in der Dunkelheit den Gleitflug bis zur Startbahn in Virginia ausgedehnt hatte; daß Traves damals in ein Luftziel flog, als sie noch aus Plastikstoff und Stahlschienen bestanden, und siebzig Pfund Stahl und zehn Meter Polyäthylen in seinen Flügeln eingekeilt mit nach Hause gebracht hatte.

Und die Staffel erfährt nach und nach, daß der Neuankömmling auch schon einiges in der Welt über dem Erdboden erlebt hat. Eine Staffel ist eine sich ständig erneuernde, vielfarbige Palette aus Erlebnissen, von der mit einzelnen Pinselstrichen in weit ausholendem Bogen das Leben in der Luft gemalt wird. Das gleißende, schimmernde Metall des Luftkampfes in der Sonne brennt sich ein in die Piloten auf ihrem Führersitz; der dunkle Himmel und das dunkle Meer durchtränken mit ihrem unendlichen Blau den Mann, der zwischen ihnen sein Flugzeug steuert; und ganz selten einmal erstrahlt ein scharlachroter Feuerball an einer Gebirgswand, neben dem alle anderen Farbtöne verblassen und der sich allmählich in winzige stechende Funken des Schmerzes auflöst, die nie wieder ganz verlöschen.

Ich greife in der roten Dunkelheit nach rechts und stelle den Radiokompaß so leise wie möglich. Er meldet jetzt nur noch Bruchstücke des Rufzeichens von Spangdahlem hinter mir und ist jetzt mehr ein Gewitteranzeiger als ein Navigationsgerät. Das ist nicht weiter schlimm, da das TACAN-Gerät ausgezeichnet arbeitet, und ich bin froh darüber, einen Gewitteranzeiger zu haben, der so zuverlässig ist. In dem Grau rechts vor mir blitzt es undeutlich, ein flüchtiges Aufleuchten, das sofort wieder verschwunden ist.

Das Leiserstellen des Radiokompasses war nur eine kurze Unterbrechung, und danach geht die routinemäßige Überprüfung der Instrumente weiter. Geradeaus und horizontal. Höhe und Eigengeschwindigkeit, Nadel und Kugel. Kein Abweichen vom Ziel. Als ob ich eine Atombombe unter meinem Flügel hätte.

Es gibt »Figuren« und es gibt »Käfer« und es gibt »Blaue Jungs«, alles Namen für den Gegenstand, der ein paar Millionen gezähmter Neutronen in sich birgt, aus denen eine Atombombe besteht. Oder, genauer gesagt, ein »nukleares Gerät«. Es wird stets ein »Gerät« genannt.

In erster Linie fliegen viele taktische Jagdstaffeln jetzt strategische Einsätze, und hinter den Zahlen vieler Jagdgeschwader stehen die ominösen Buchstaben *SD*.

SD steht für *Special Delivery* (Spezialeinsatz) und bedeutet, daß die Piloten stundenlang Ziele in den entlegensten Ecken der Welt studieren und sich Spezialkenntnisse in Atomphysik aneignen und Begriffe in ihre Sprache aufnehmen wie Bombenabwurf aus niedriger Flughöhe und »Figur« und Nuklearwaffe und die Bedeutung des T-Null-Lichtes. Sie üben einen eigenartigen neuen Bombeneinsatz, sie fliegen ihn allein, und nur die erste Bombe ist entscheidend. Ein Pilot, der seit Korea nicht mehr in der Kabine eines Jagdflugzeuges gesessen hat, würde sich auf dem vollen Armaturenbrett mit Schaltern und Lämpchen für das Atomwaffen-Abwurfsystem nicht zurechtfinden. Aber es ist heute ein wichtiges Armaturenbrett.

Ein Teil meiner Aufgabe besteht darin, eine »Figur« abwerfen zu können, und ich übe es pflichtgemäß. Die Placierung eines »Gerätes« auf das Ziel beginnt mit einem Durcheinander von Karten und Zirkeln und Winkeln und Messungen. Das Ergebnis sind ein paar streng geheime Zahlen, die zwei in meinem Flugzeug installierten Elektronenrechnern eingespeist werden.

Normalerweise werden die Einsätze nur mit einer kleinen Übungsbombe von fünfundzwanzig Pfund geflogen, um die Wirksamkeit des Abwurfs zu erproben, aber einmal im Jahr muß ich mit einer »Figur« in voller Größe und mit vollem Gewicht unter meinem linken Flügel fliegen. Das soll mich daran erinnern, daß ich den Steuerknüppel ein wenig nach rechts drücken muß, um die Flügel beim Start horizontal zu halten, wenn ich eine echte Atombombe an Bord führe.

Eine Übungs-»Figur« ist glatt und stromlinienförmig und nicht häßlich. Das echte »Gerät«, das eigentlich genauso aussieht, kommt mir wie der häßlichste Metallklumpen vor, den ich je gesehen habe. Plattnasig, olivgrün und schwer, wirkt es wie ein gieriger unförmiger Schildfisch, der an dem glatten pfeilförmigen Flügel meines Flugzeuges klebt.

Wie jeder andere Pilot der Staffel bin ich der Air National Guard beigetreten, weil ich gern Flugzeuge fliege. Mit Tiefflugangriffen und Raketenflügen und konventionellen Bombenangriffen verläßt natürlich unsere Arbeit den Bereich der bloßen Fliegerei und wird zu der Aufgabe, feindliche Flugzeuge und Truppen zu zerstören. Aber das Anbringen eines »Gerätes« am Flugzeug geht, was die Piloten betrifft, einen Schritt zu weit. Mein Inneres sträubt sich zwar dagegen, aber die »Figur« ist ein Teil meiner Aufgabe, und ich lerne, sie abzuwerfen und ein Ziel zu treffen.

Den Steuerknüppel nach rechts drücken und Fahrgestell einfahren und Landeklappen einfahren und im Tiefflug bis zum Ziel. Die Bäume flitzen unter mir vorüber, der Himmel ist derselbe französische Himmel, in dem ich seit Monaten fliege, die Kabine um mich herum ist dieselbe, und ich kann das »Gerät« unter meinem Flügel nicht sehen. Aber die Lämpchen auf seinem Schaltkasten vor mir strahlen hell, und ich bin mir ganz deutlich seiner Nähe bewußt. Ich habe ein Gefühl, als ob ich neben einem locker angeketteten Gorilla stünde, während er aufwacht. Ich kann Gorillas nicht ausstehen.

Die Lämpchen sagen mir, daß das »Gerät« aufwacht, und ich reagiere darauf, indem ich im richtigen Moment die richtigen Schalter drücke. Der Ausgangspunkt des Zielanfluges rast vom Horizont auf mich zu, und ich dränge meine Abneigung gegenüber dem Ungetüm in meinem Bewußtsein ganz zurück, während ich auf einem zweiten Schaltbrett die letzten Schaltkombinationen einstelle, die den Abwurf auslösen. Einhundert Prozent Umdrehungen in der Minute.

Das letzte Dorf mit roten Dächern huscht unter mir vorüber, und das Ziel, eine Pyramide aus weißen Fässern, wird genau am Ende der Zielanfluggeraden sichtbar. 925 Stundenkilometer. Schalter nach unten, Knopf drücken. Zündeinsteller beginnen mit der Zündeinstellung. Stromkreise werden für den Abwurf eingeschaltet. Vorsichtig bis in Höhe der Baumwipfel hinuntergehen. Ich fliege nicht oft mit 925 Stundenkilometern in Bodennähe, und es ist deutlich zu spüren, daß ich schnell dahinrase. Die Fässer werden schnell größer. Ich sehe, daß ihre weiße Farbe abblättert. Und die Pyramide verschwindet blitzschnell unter mir. Steuerknüppel nach hinten, ruhig fest, bis der Beschleunigungsmesser vierfache Schwerkraft anzeigt, und ich zentriere die Nadeln des Anzeigegerätes, das nur bei Atomwaffenabwürfen gebraucht wird, und zentriere sie und halte sie in dieser Stellung, und ich wette, die Elektronenhirne arbeiten jetzt wie wild, und alles, was ich sehen kann, ist Himmel in der Windschutzscheibe, Schwerkraft beibehalten, die Nadeln zentriert halten, da verschwindet die Sonne unter mir und WUMM.

Mein Flugzeug rollt hart nach rechts und schiebt sich dichter in die Kurve und zieht nach vorn, obwohl wir auf dem Rücken fliegen. Es ist so, als ob die »Figur« mich abgeworfen hätte und nicht umgekehrt. Die kleinen weißen Fässer befinden sich jetzt zweitausend Meter direkt unter meinem Kabinendach. Ich habe keine Möglichkeit festzustellen, ob es ein guter Abwurf war oder nicht. Das wurde bereits mit den Tabellen und Kurven und Zirkeln und Winkeln entschieden. Ich habe die Nadeln zentriert gehalten, die Elektronenhirne haben ihre Aufgabe automatisch erledigt, und das »Gerät« befindet sich auf dem Weg zum Ziel.

Während es sich noch in der Luft befindet und mit dem Schwung steigt, den es von meinem Flugzeug erhalten hat, besteht meine Aufgabe jetzt darin, zu entkommen. Den Gashebel ganz durchdrücken, die Nase nach unten drükken, bis sie tief unter den Horizont zeigt, zurückrollen, so daß die Sonne über meinem Kopf steht, und abhauen. Wenn die »Figur« statt mit Betonballast mit Neutronen angefüllt wäre, würde ich jeden verfügbaren Augenblick für mein Entkommen benötigen, denn jeder Augenblick bedeutet einen weiteren Meter weg von der Sonnenexplosion, die eine F-84 F ebenso mühelos wie das feindliche Ziel zerstören würde. Blendschutzscheibe herunterklappen wegen des Feuerscheins, zu dem es im Ernstfall käme, den Rückspiegel wegdrehen, tief in den Sitz kauern und so schnell wie möglich auf unsere Seite zufliegen.

Im gleichen Augenblick ist das »Gerät« in der Luft zum Stillstand gekommen, genau am Gipfelpunkt seiner hohen Flugbahn. Ein herabhängendes langes Lot würde genau durch das Zentrum der weißen Pyramide gehen. Dann fällt es. Unaufhaltsam, nur dem Wind ausgesetzt, fällt die Bombe. Wenn es ein echtes »Gerät« in einem echten Krieg wäre, könnte der Feind jetzt sein Testament machen. Der Haß des Feindes hat sich in dem Haß des Freundes widergespiegelt. Widergespiegelt durch mich und mein Flugzeug und die Elektronenhirne, die es an Bord hat.

Und es ist zu spät. Wir könnten einen Waffenstillstand erklären, wir könnten plötzlich einsehen, daß die Menschen unter der in der Luft schwebenden Bombe in Wirklichkeit, im Grunde ihres Herzens, unsere Freunde und unsere Brüder sind. Wir könnten plötzlich blitzartig die Torheit unserer Differenzen und die Mittel für ihre Lösung erkennen. Aber das »Gerät« hat bereits zu fallen begonnen.

Tut es mir leid? Fühle ich eine gewisse Traurigkeit? Das

habe ich schon von dem Moment an gefühlt, als ich sah, wie die erste Übungs-»Figur« unter meinem Flügel angebracht wurde. Aber ich liebe mein Flugzeug mehr, als ich das »Gerät« hasse. Ich bin die Linse, durch die der Haß meines Landes zu einem glühenden Feuerball über der Heimat des Feindes konzentriert wird.

Obwohl es meine Pflicht und mein einziger Wunsch ist, im Kriege meinem Land nach besten Kräften zu dienen, mache ich mir Gedanken darüber. Wir werden in Wirklichkeit die »Geräte« niemals einsetzen. Meine Ziele werden einzig und allein militärischer Natur sein. Jeder, der durch das Feuer verschlungen wird, ist nur böse und voller Haß gegen die Freiheit.

Aber es gibt einen Punkt, wo selbst die vernünftigsten Argumente nur noch leere Worte sind. Ich kann nur hoffen, daß ich niemals einen dieser scheußlichen Gegenstände auf lebende Menschen abwerfen muß.

Die Trommel des Entfernungsmessers vom zuverlässigen TACAN-Gerät ist jetzt auf 006 heruntergegangen, und weiter wird sie sich auch nicht drehen, da ich mich in der tiefen Nacht sechs Meilen direkt über dem Sender der TACAN-Station von Wiesbaden befinde. Ich habe eineinhalb Minuten Verspätung wegen des Windes, der plötzlich aufgekommen ist. In dreißig Minuten werden meine Räder die kalte, nasse Landebahn des Fliegerhorstes von Chaumont berühren.

Der Gedanke hätte eigentlich beruhigend sein müssen, aber rechts von mir zucken quer über meinen Kurs schnell hintereinander zwei Blitze.

Wieder einmal fertig zur Standortmeldung, Steuerknüppel nach rechts legen, nach Instrumenten fliegen, nach Instrumenten fliegen, den Daumen auf dem Mikrophonknopf.

– 5 –

»Rhein Kontrolle, Air-Force-Düsenjäger zwei neun vier null fünf, Wiesbaden.« Die Stadt, die nicht bombardiert wurde.

Stille. Versuchen wir es noch einmal. »Rhein Kontrolle, Rhein Kontrolle; Air-Force-Düsenjäger ...« Ich versuche es einmal. Zweimal. Dreimal. Es kommt keine Antwort. Ich bin allein mit meinen Instrumenten und werde mir plötzlich meines Alleinseins bewußt.

Unter meinem rechten Handschuh dreht sich mit einem Klicken der Radiokanalwähler; vielleicht kann ich mit Barber Radar sprechen. »Barber Radar, Air-Force-Düsenjäger zwei neun vier null fünf, bitte kommen.« Einmal. Zweimal. Dreimal. Nichts.

Ein Blitz in den Wolken vor mir. Die Luft ist noch immer ruhig, erleichtert den Flug. Auf Kurs bleiben. Höhe halten.

Ich muß eine Entscheidung treffen. Wenn ich mich auf einem Überlandflug befände, nur um heute nacht nach Hause zu gelangen, würde ich jetzt umkehren. Ich habe noch immer ausreichend Treibstoff, um zu der klaren Luft über Wethersfield zurückzukehren. Mit meinem ausgefallenen Funkgerät kann ich nicht um eine Radareinweisung durch die vorausliegenden Gewitter bitten. Wenn der Sack über den Maschinengewehren nicht wäre, würde ich umkehren. Aber er ist da, und in Chaumont ist ein Geschwaderkommodore, der darauf vertraut, daß ich den Auftrag durchführe. Ich werde weiterfliegen.

Ich kann die Radiokompaßnadel dazu benutzen, um die Gewitter zu lokalisieren, und wenn es ganz schlimm kommt, kann ich ihnen ausweichen, indem ich zwischen den Blitzen hindurchfliege. Aber es ist doch viel beruhigender, ein Lichtpunkt auf irgendeinem Radarschirm zu sein und sicher um die weißen Flecken herumgeleitet zu werden, die die schwersten Zentren eines Gewitters darstellen. Noch ein Versuch, obwohl ich jetzt sicher bin, daß mein UHF-Gerät völlig tot ist. Klick klick klick auf 317,5 Megahertz. »Mosel Kontrolle, Mosel Kontrolle, Düsenjäger null fünf.« Ich habe keine Hoffnung. Das Gefühl ist berechtigt, denn es kommt keine Antwort aus dem Raum mit den vielen Radarschirmen, der Mosel Radar heißt.

Dreh um. Vergiß den Geschwaderkommodore. Du wirst in den Gewittern umkommen.

Da ist die Angst wieder, und sie übertreibt wie gewöhnlich. Ich werde in keinem Gewitter umkommen. Ein anderer vielleicht, aber nicht ich. Ich habe zu viel Flugerfahrung, und ich fliege ein zu starkes Flugzeug, als daß mich das Wetter umbringen könnte.

Ein Blitz rechts, ein kleiner Blitz links. Ein kleiner Windstoß erfaßt mein Flugzeug und läßt die Flügel leicht erzittern. Kein Problem. In vierzig Minuten werde ich über die Rampe durch den Regen zum Befehlsgebäude der Staffel auf dem Fliegerhorst von Chaumont gehen. Das TACAN-Gerät arbeitet gut, Pfalzburg liegt hundertdreißig Kilometer vor mir.

Freunde sind umgekommen. Vor fünf Jahren Jason Williams, mein Zimmerkamerad, als er beim Tiefangriff in sein Ziel raste.

Ich bereitete mich für einen Einsatz zum Übungsschießen am Nachmittag vor und saß verkehrt auf einem Stuhl, während die Beine meines Druckausgleichsanzuges mit offenem Reißverschluß schlaff auf den Holzboden der Flugbaracke herabhingen. Außer mir saßen noch drei weitere Piloten um den Tisch, die bald in ihre Flugzeuge steigen würden. An der gegenüberliegenden Seite des Raumes bereitete sich ein anderer Schwarm für einen Luftkampfeinsatz vor.

Ich trank gerade einen Schluck warmen Kakao aus einem Pappbecher, als der Ausbildungsstaffelkapitän den Raum betrat, den Druckausgleichsanzug nachlässig über die Schulter geworfen.

»Bereitet sich jemand für das Luft-Boden-Schießen vor?« Ich nickte über meinem Becher und zeigte auf meinen Tisch. »Ich möchte Sie bitten, nehmen Sie es nicht zu genau, und konzentrieren Sie sich nicht zu stark auf das Ziel, und fliegen Sie nicht in den Erdboden.« Er hielt einen schmalen Papierstreifen in der Hand. »Ein Flugschüler ist heute vormittag auf dem Schießstand zwei in ein Ziel geflogen. Achten Sie auf die Mindesthöhe. Nehmen Sie es heute nicht zu genau, okay?«

Ich nickte erneut.

»Wer war es denn?«

Der Staffelkapitän blickte auf das Papier. »Leutnant Jason Williams.«

Wie ein Blitz aus heiterem Himmel. Leutnant Jason Williams. Willy. Mein Zimmerkamerad. Willy mit dem breiten Lächeln und dem offenen Wesen und den vielen Frauen. Willy, der als Viertbester aus einem Jahrgang von sechzig Offiziersanwärtern die Prüfung bestand. Willy, der einzige Negerpilot, den ich je gekannt habe. Es ist komisch. Und ich lächelte und setzte meinen Becher ab.

Ich war über mich selbst erstaunt. Was ist denn so komisch daran, wenn einer meiner besten Freunde in ein Ziel in der Wüste fliegt? Ich sollte eigentlich traurig sein. Sterben ist etwas Schreckliches und Furchtbares. Ich müßte eigentlich traurig sein. Ich müßte eigentlich erschrecken, die Zähne zusammenbeißen, sagen »Oh, nein!«

Aber ich kann nichts weiter als lächeln. Was ist so komisch daran? Weil es auch eine Möglichkeit ist, das Ziel zu treffen? Weil sich die F-84 F schon immer gesträubt hat, bei einem Sturzflug die Richtung zu ändern? Weil es sehr unwahrscheinlich ist, daß ausgerechnet der einzige Negerjagdpilot, der sich zur Zeit in der Schießausbildung der gesamten United States Air Force befindet, in den Erdboden fliegt? Willy ist tot. Mach ein trauriges Gesicht. Mach ein erschüttertes Gesicht. Mach ein überraschtes Gesicht. Aber ich kann nichts weiter als lächeln, weil alles zu komisch ist.

Die Einweisung wird abgeschlossen, und ich gehe nach draußen und schnalle mein Flugzeug um mich herum und drücke den Gashebel nach vorn und fliege hinaus, um die Steine und Eidechsen auf dem Schießplatz drei im Tiefflug anzugreifen. Schießplatz zwei ist geschlossen.

Ein paar Monate später passierte es noch einmal. »Haben Sie schon gehört, was Billy Yardley zugestoßen ist?« Ich hatte nichts mehr von Bill gehört, seitdem wir die Prüfung als Offiziersanwärter abgelegt hatten. »Er ist bei einem Schlechtwetter-Landeanflug auf Aviano in einen Bergabhang geflogen.« Es klingt mir in den Ohren. Billy Yardley ist tot. Und ich lächle. Wieder das boshafte, unerklärliche, unkontrollierbare Lächeln. Ein Lächeln aus Stolz? ›Ich bin ein besserer Pilot als Jason Williams und Bill Yardley, weil ich noch lebe?‹ Kenneth Sullivan stürzte auf Grönland mit einem Hubschrauber ab. Sully. Ein feiner Mensch, ein ruhiger Mensch, und er starb in einer wirbelnden Wolke aus Schnee und Drehflügelpropellern. Und ich lächle.

Ich bin nicht etwa verrückt oder geistesgestört oder nicht ganz richtig, denn ich sehe es auch ab und zu an den Gesichtern der anderen, daß sie beim Tode eines Freundes ein Klingen in den Ohren hören. Sie lächeln kaum wahrnehmbar. Sie denken an einen Freund, der jetzt das weiß, worüber wir uns Gedanken gemacht haben, seitdem wir alt genug waren, uns Gedanken zu machen: Was ist hinter dem Vorhang? Was kommt nach dieser Welt? Willy weiß es, Bill Yardley weiß es, Sully weiß es. Und ich weiß es nicht. Meine Freunde haben ein Geheimnis vor mir. Es ist ein Geheimnis, das sie kennen und das sie nicht preisgeben wollen. Es ist ein Spiel. Ich werde es heute nacht erfahren oder morgen oder nächsten Monat oder nächstes Jahr, aber ich darf es jetzt noch nicht wissen. Ein seltsames Spiel. Ein komisches Spiel. Und ich lächle.

Ich kann es in einer Minute herausfinden. Jeden Tag kann ich auf dem Schießplatz zwei Sekunden zu lange mit dem Hochziehen nach dem Tiefangriff warten. Ich kann absichtlich mit siebenhundert Stundenkilometern gegen einen der sehr harten Berge der französischen Alpen fliegen. Ich kann das Flugzeug in die Rückenlage bringen und mich mit der Nase senkrecht nach unten in den Erdboden bohren. Das Spiel kann jederzeit aus sein, wenn ich es möchte. Aber es gibt noch ein anderes Spiel, das interessanter ist, nämlich das Spiel, Flugzeuge zu fliegen und am Leben zu bleiben. Ich werde eines Tages dieses Spiel verlieren und das Geheimnis der anderen kennenlernen; warum sollte ich also nicht Geduld haben und jedes Spiel zu seiner Zeit spielen? Und das tue ich auch.

Wir fliegen tagtäglich unsere Einsätze, Woche für Woche, die zu ereignislosen Monaten werden. Eines Tages kommt einer von uns nicht zurück. Vor drei Tagen, an einem Sonntag, ließ ich die Manuskriptseiten zu diesem Buch säuberlich aufgestapelt auf meinem Schreibtisch liegen und ging in das Befehlsgebäude der Staffel, um an einer für 11 Uhr 15 angesetzten Einweisung des Schwarms teilzunehmen. Auf dem Planbrett war als Einsatz vor mir »Tiefflug« angegeben, mit den Nummern der Flugzeuge und den Namen der Piloten:

391 – Slack
541 – Ulshafer.
Ulshafer kam zurück. Slack nicht.

Bevor er zum Geschwader-Hauptquartier gebracht wurde, erzählte uns Ulshafer, was er wußte. Das Wetter hatte sich schnell von sehr gut zu sehr schlecht verändert. Vor ihnen lagen Hügel, die sich bis in die Wolken erstreckten. Die beiden F-84 Fs entschlossen sich, den Einsatz abzubrechen und zu dem klaren Wetter zurückzukehren, weg von den Hügeln. Slack führte. Die Wolkendecke schloß sich, als sie in die Kurve gingen, und Ulshafer verlor seinen Führer in den Wolken aus den Augen.

»Ich habe Sie verloren, Don. Wir sehen uns über den Wolken wieder.«

»Verstanden.«

Ulshafer stieg, und Slack begann zu steigen.

Der Flügelmann war allein über den Wolken, und seine Funkrufe blieben unbeantwortet. Er kam allein zurück. Und er wurde mit dem Fliegerhorstkommandanten zum Geschwader-Hauptquartier gebracht.

Das Planbrett wurde geändert in:

51–9391–Slack AO 3041248

541–Ulshafer

Es wurde eine Karte gezeichnet mit einem roten Viereck um die Stelle, wo sie mit dem Wetter in Berührung gekommen waren, südwestlich von Clermont-Ferrand. Die Bodenhöhe verändert sich dort von dreihundert Metern zu einem hoch aufragenden Berggipfel von zweitausenddreiundsechzig Metern. Sie hatten unmittelbar vor dem Berg mit ihrem Steigflug begonnen.

Wir warteten im Befehlsgebäude, und wir blickten auf unsere Uhren. Don Slack hat noch für zehn Minuten Treibstoff, sagten wir uns. Aber wir dachten an den Berggipfel, von dessen Existenz wir vorher nicht einmal etwas wußten, und an seine zweitausenddreiundsechzig Meter hohe Felswand. Don Slack ist tot. Wir fordern die Suchrettungs-Hubschrauber an, wir sind wütend, daß die Wolkenunterkante so niedrig ist, daß wir nicht aufsteigen und den Berg nach seinem Flugzeug absuchen können, wir gehen in Gedanken alle Möglichkeiten durch, ob er noch am Leben sein könnte: auf einem anderen Flugplatz gelandet, das Funkgerät ausgefallen, über einem Dorf abgesprungen, in dem es kein Telefon gibt, allein mit seinem Fallschirm in einem abgelegenen Wald. »Jetzt ist sein Treibstoff zu Ende.« Aber darauf kommt es jetzt nicht mehr an. Wir wissen, daß Don Slack tot ist.

Keine offizielle Nachricht; die Hubschrauber sind noch unterwegs; aber der Stabsfeldwebel trägt die wesentlichen Angaben über die Flugzeit von Leutnant Slack ein, und von dem Fallschirmhaken neben mir mit dem Namensschild Slack sind der Helm und der Fallschirm und die Schwimmweste verschwunden. An ihm hängt nur noch ein leerer Nylonbeutel für den Helm, und ich starre ihn lange Zeit an.

Ich versuche mich zu erinnern, was ich zuletzt zu ihm gesagt habe. Ich kann mich nicht erinnern. Es war irgend etwas Belangloses. Ich denke daran, wie wir uns immer gegenseitig im Wege waren, wenn wir unsere unhandliche Flugausrüstung gleichzeitig von den Haken nahmen. Zu guter Letzt mußte sich einer von uns ganz flach an einen Wandschrank drücken, während der andere seine Ausrüstung von den Haken nahm.

Don hatte eine Familie in den Staaten, er hatte sich gerade einen neuen Renault gekauft, der jetzt draußen vor der Tür stand. Aber das alles berührt mich nicht so stark wie der Gedanke, daß sein Helm und sein Fallschirm und seine Schwimmweste nicht mehr an seinem Haken hängen und daß für ihn heute nachmittag wieder ein planmäßiger Flug angesetzt ist. Was für ein anmaßendes Selbstvertrauen wir doch haben, wenn wir mit Fettstift Eintragungen auf dem Planbrett vornehmen.

Der Freund, dessen Fallschirm so lange neben meinem gehangen hat, ist der erste wieder einberufene Pilot der Air National Guard, der in Europa gestorben ist.

Eine Schande, ein unnötiges Opfer, ein Grund zur Trauer? Die Schuld des Präsidenten? Wenn man uns nicht wieder zum aktiven Dienst und nach Europa einberufen hätte, wäre Don Slack nicht an einem französischen Berggipfel zerschellt, der zweitausenddreiundsechzig Meter hoch aufragt. Frau Slack könnte dem Präsidenten die Schuld geben.

Aber wenn Don nicht mit seinem Flugzeug hier gewesen wäre und mit ihm die ganze übrige National Guard, gäbe es heute höchstwahrscheinlich viel mehr tote Amerikaner in Europa. Don gab sein Leben genauso für die Verteidigung seines Landes hin wie die jede Minute einsatzbereiten Milizsoldaten des amerikanischen Unabhängigkeitskrieges im Jahre 1776. Und mit dieser Erkenntnis spielen wir alle in diesem Spiel mit.

Heute nacht mache ich einen Zug in diesem Spiel, indem ich meine Figur fünf Felder von Wethersfield nach Chaumont rücke. Ich glaube noch immer nicht, daß ich in Gewitter fliege, denn sie liegen nur vereinzelt vor mir, aber ein Teil meiner Gedanken ist immer auf der Hut und untersucht die Faktoren, durch die ich das Spiel verlieren könnte. Dieser Teil meines Denkens hat ein Drosselventil, das genauso reguliert werden kann wie der harte schwarze Gashebel unter meinem linken Handschuh. Beim Luftkampf und bei Einsätzen zur Erdunterstützung kann ich die Vorsicht fast ganz auf *aus* zurücknehmen. In diesen Fällen steht der Auftrag an erster Stelle. Der Horizont kann sich drehen und winden und verschwinden, die Hügel Frankreichs können unter meinem abgerundeten Kabinendach aus Plexiglas dahinrasen, können sich um ein

Flugzeug bewegen, als ob sie auf einer Kugel befestigt wären, die sich um mich dreht. Es gibt nur einen festen Punkt im Krieg und in Kriegsübungen: das Ziel. Die Vorsicht spielt dabei nur eine untergeordnete Rolle. Die Vorsicht wird in den Wind geschlagen, der mit vierhundert Knoten über meine Flügel fegt, und es ist mein Ziel, das andere Flugzeug abzuwehren und den Konvoi in Flammen aufgehen zu lassen.

Wenn das Ventil, das die Vorsicht kontrolliert, in seiner normalen Stellung ist, wägt es wie ein Elektronenrechner das Risiko gegen das Resultat ab. Ich fliege normalerweise nicht unter Brücken hindurch; das Risiko ist das Resultat nicht wert. Doch Navigationseinsätze im Tiefflug, in Höhen von fünfzehn Metern, verstoßen nicht gegen mein Gefühl der Vorsicht, denn das Risiko, daß ein Flugzeug Schrammen davonträgt, ist das Resultat wert, zu üben, zu lernen und Erfahrungen zu sammeln, wie man in Höhen fliegt, in denen die Sichtweite nur drei Kilometer beträgt.

Bei jedem Flug wird das Für und Wider erwogen. Wenn das damit verbundene Risiko schwerer wiegt als das zu erzielende Resultat, bin ich nervös und unruhig. Es gibt keinen absoluten Maßstab, der mir sagt, daß der eine Flug gefährlich und der andere ungefährlich ist, es handelt sich ausschließlich um eine Geistesverfassung. Wenn ich davon überzeugt bin, daß die Chancen für das Resultat sprechen, habe ich keine Angst, gleichgültig, um welchen Auftrag es sich handelt. Extrem ausgedrückt, ist auch ein völlig normaler Flug mit Start, Umkreisen des Fliegerhorstes und Landung gefährlich, wenn ich nicht die Erlaubnis habe, an jenem Tag ein Flugzeug der Regierung zu fliegen.

Das Flugzeug, das ich fliege, hat keinen Zündschlüssel oder eine geheime Zahlenkombination zum Starten; ich bitte nur den Ersten Wart, ein Hilfstriebwerk anzuschließen, und ich klettere in die Kabine und starte das Triebwerk. Wenn das Hilfstriebwerk wieder abgeschaltet ist und ich zur Startbahn rolle, kann mich niemand in der Welt mehr aufhalten, wenn ich fest entschlossen bin zu fliegen, und wenn ich mich einmal in der Luft befinde, bestimme allein ich den Weg meiner Maschine. Wenn ich will, kann ich in einer Höhe von sieben Metern die Champs Elysées hinunterfliegen; es gibt keine Möglichkeit, daß mich jemand daran hindern könnte. Die Regeln, die Vorschriften, die Androhung strenger Strafe, wenn ich beim Tiefflug über Städten ertappt werde, verlieren ihre Bedeutung, wenn ich die feste Absicht habe, im Tiefflug über Städte dahinzubrausen. Die anderen können erst nach meiner Landung wieder Macht über mich ausüben, nachdem ich von meinem Flugzeug getrennt bin.

Aber ich habe festgestellt, daß es interessanter ist, das Spiel zu spielen, wenn ich mich an die Regeln halte; einen unerlaubten Flug durchzuführen, würde bedeuten, die Regeln zu mißachten und ein Risiko einzugehen, das in überhaupt keinem Verhältnis zu dem Resultat eines weiteren Fluges stünde. Ein solcher Flug, obgleich möglich, ist gefährlich.

Das andere Extrem sind Kampfeinsätze während des Krieges. Über den Fluß führt eine Brücke. Der Feind ist auf diese Brücke angewiesen, um Nachschub für seine Armee heranzubringen, die meine Armee vernichtet. Der Feind verteidigt seine Brücke mit Flugabwehrraketen und Stahlkabeln und Sperrballons und Jagdschutz. Aber wegen ihrer Bedeutung muß die Brücke zerstört werden: Das Resultat der Zerstörung der Brücke ist das Risiko ihrer Zerstörung wert. Der Einsatz steht mit Kreide auf einer grünen Tafel, und die Fluganweisungen sind erteilt, und die Bomben und Raketen hängen an unseren Flugzeugen, und ich starte das Triebwerk, und ich steige auf, und ich habe die feste Absicht, die Brücke zu zerstören.

Nach meiner Ansicht ist der Einsatz nicht gefährlich; es ist ein Einsatz, der einfach durchgeführt werden muß. Wenn ich das Spiel des Am-Leben-Bleibens über dieser Brücke verliere, dann habe ich eben Pech gehabt; die Brücke ist wichtiger als das Spiel.

Wie langsam wir trotz allem lernen, das Wesen des Todes zu begreifen! Wir bilden uns unsere vorgefaßten Meinungen, wir machen uns unsere Vorstellungen, was es heißt, die Körperwelt zu verlassen, wir malen uns aus, wie es sein muß, dem Tod gegenüberzutreten. Ab und zu stehen wir ihm tatsächlich gegenüber.

Es ist dunkle Nacht, und ich fliege rechts neben dem Flügel meines Schwarmführers. Ich wünschte, der Mond schiene, aber er ist nicht zu sehen. Etwa zehn Kilometer unter uns liegen Städte, über die sich allmählich ein durchsichtiger, feiner Nebelschleier breitet. Vor uns verwandelt sich der Nebelschleier in dichten Bodennebel, und die hellen Sterne werden ein wenig von einer Schicht Höhendunst verdunkelt. Ich fliege angespannt neben dem Flügel meines Führers, der aus einem Muster von drei weißen und einem grünen Licht besteht. Die Lichter sind in der dunklen Nacht zu hell und verbreiten strahlende Lichthöfe, so daß es schmerzhaft ist, sie zu beobachten. Ich drücke auf den Mikrophonknopf am Gashebel. »Könnten Sie Ihre Navigationslichter abblenden, Red-Führer?«

»Selbstverständlich.«

Einen Augenblick später sind die Navigationslichter abgeblendet, bilden nur noch glühende Lichtpunkte, durch die sich sein Flugzeug mehr mit den Sternen vermischt, als daß es sich von ihnen abhebt. Sein Flugzeug ist eins von den wenigen, dessen Navigationslichter in der Stellung *abgeblendet* etwas zu dunkel sind, als daß man danach fliegen könnte. Ich möchte lieber meine Augen vor dem hellen

Licht zusammenkneifen, als nach einem dahinziehenden blassen Sternbild zu fliegen, das sich zwischen den helleren Sternbildern fortbewegt. »Blenden Sie bitte wieder auf. Tut mir leid.«

»Verstanden.«

Es ist wirklich kein Vergnügen, so zu fliegen, denn ich muß das kleine Sternbild ständig in Verbindung bringen mit dem Umriß eines Flugzeuges, von dem ich weiß, daß es vorhanden ist, und mein eigenes Flugzeug in bezug auf den gedachten Umriß fliegen. Ein Navigationslicht wird von dem Stahl eines Abwurftanks reflektiert, und das Vorhandensein des Abwurftanks macht es leichter, sich das Flugzeug vorzustellen, von dem ich annehme, daß es sich neben mir in der Dunkelheit befindet. Wenn es eine schwierigere Form des Fliegens als den Formationsflug in dunkler Nacht gibt, so ist es der Formationsflug in dunkler Nacht bei schlechtem Wetter, und der Dunst wird in unserer Flughöhe dichter. Ich möchte viel lieber auf der Erde sein. Ich möchte viel lieber in einem bequemen Sessel sitzen und einen geruhsamen, angenehmen Abend verbringen. Aber es bleibt eine Tatsache, daß ich in einem Schleudersitz mit gelben Armlehnen sitze, und bevor ich wieder die Behaglichkeit eines Abends genießen kann, muß ich zuerst erfolgreich diesen Flug hinter mich bringen durch die Nacht und das Unwetter und die Schwierigkeiten, die vielleicht vor uns liegen. Ich mache mir keine Sorgen, denn ich habe viele Flüge in vielen Flugzeugen hinter mir und habe bisher weder ein Flugzeug beschädigt noch die Lust verloren, Flugzeuge zu fliegen.

Frankreich Kontrolle meldet sich und fordert uns auf, daß wir auf Frequenz 355,8 umschalten. In diesem Moment hat mich Frankreich Kontrolle dem Tod ins Angesicht sehen lassen. Ich entferne mich nur ein wenig mit meinem Flugzeug von dem meines Führers und richte meine Aufmerksamkeit darauf, an vier verschiedenen Knöpfen zu drehen, so daß ich auf einer neuen Frequenz hören kann, was Frankreich Kontrolle uns sagen möchte. Bei dem roten Licht dauert es eine Weile, die Knöpfe zu drehen. Ich blicke auf und sehe, wie die hellen Positionslichter des Führungsflugzeuges in dem Dunst schwächer werden. Ich werde ihn verlieren. Den Gashebel nach vorn, hol ihn ein, bevor er im Nebel verschwindet. Beeil dich. In dem trügerischen Nebel komme ich auf einmal seinem Flügel zu nahe, und seine Positionslichter werden sehr, sehr hell. Paß auf, du fliegst genau in ihn hinein! Er ist völlig hilflos, da er nach Instrumenten fliegt. Er könnte jetzt nicht ausweichen, auch wenn er wüßte, daß ich mit ihm zusammenstoße. Ich reiße den Gashebel zurück auf *Leerlauf*, drücke die Nase meines Flugzeuges hoch und rolle, so daß ich mit dem Kopf nach unten fliege, und beobachte die Positionslichter seines Flugzeuges durch mein Kabinendach.

Dann, mit einem Male, ist er verschwunden. Ich sehe, wie sich meine Taschenlampe, die auf das Plexiglas über meinem Kopf gefallen ist, von dem diffusen gelben Schein auf der niedrigen Wolkendecke abhebt, der von einer Stadt auf der Erde herrührt, die sich anschickt, schlafen zu gehen. Was für ein ungewöhnlicher Platz für eine Taschenlampe. Ich setze zur Rolle an, um wieder zum Horizontalflug zurückzukehren, aber ich bewege den Steuerknüppel zu schnell bei einer viel zu langsam gewordenen Eigengeschwindigkeit. Ich bin wie gelähmt. Mein Flugzeug trudelt. Es dreht sich einmal um sich selbst, und der Lichtschein umgibt mich von allen Seiten. Ich suche nach Orientierungspunkten, nach dem Erdboden oder den Sternen; aber da ist nur ein gleichmäßiger Lichtschein. Der Steuerknüppel zuckt wie von Krämpfen befallen in meiner Hand, und das Flugzeug überschlägt sich noch einmal. Ich weiß nicht, ob das Flugzeug auf dem Kopf oder auf dem Rücken trudelt, ich weiß nur, daß man mit einem Pfeilflügel-Flugzeug niemals trudeln darf. Nicht einmal am hellichten Tage und bei klarem Wetter. Instrumente. Nach dem Fluglageanzeiger hat das Trudeln aufgehört, entweder von selbst oder durch meine verzweifelten Anstrengungen mit dem Steuerknüppel und Seitenruder. Er zeigt an, daß das Flugzeug horizontal auf dem Rücken fliegt; die beiden kleinen senkrechten Striche des künstlichen Horizonts, die stets zum Erdboden zeigen, zeigen jetzt auf das Kabinendach über mir.

Ich muß abspringen. Ich darf nicht unter dreitausenddreihundert Metern in einem Flugzeug bleiben, dessen Steuerung versagt. Der Höhenmesser rast so schnell, daß ich die Zahlen nicht erkennen kann. Ich muß die rechte Armlehne anheben, auf den Auslöser drücken, bevor es zu spät ist.

Unter mir ist eine Stadt. Ich habe mir geschworen, daß ich über einer Stadt niemals ein Flugzeug verlassen würde.

Gib ihm noch eine Chance, daß seine Instrumente wieder normal arbeiten, ich habe dem Flugzeug noch nicht die Chance gegeben, sich wieder zu fangen.

Die Erde muß sehr nahe sein.

Ich habe ein seltsames dumpfes Dröhnen in den Ohren.

Nach dem Fluglageanzeiger fliegen.

Die Flügel in die Horizontale bringen.

Geschwindigkeitsbremsen ausfahren.

Ich muß sehr nahe am Erdboden sein, und der Erdboden ist kein Freund von Flugzeugen, die auf ihn stürzen.

Abfangen.

Dröhnen in meinen Ohren. Leuchten in den Wolken um mich herum. Elmsfeuer auf der Windschutzscheibe, blau und tanzend. Zuletzt habe ich Elmsfeuer über Albuquerque gesehen, letztes Jahr mit Bo Beaven.

Abfangen.

Nun gut, ich warte, Tod. Die Erde ist sehr nahe, denn der Schein ist hell, und das Dröhnen ist laut. Es wird schnell vorüber sein. Werde ich es hören, oder wird alles nur dunkel werden? Ich ziehe den Knüppel heftig nach hinten, sosehr ich es wagen kann – noch mehr würde das Flugzeug abkippen lassen, es wieder zum Trudeln bringen.

So also ist das Sterben. Du befindest dich in einer Situation, über die du plötzlich die Kontrolle verloren hast, und du stirbst. Und es wird nur ein Trümmerhaufen übrigbleiben, und man wird sich fragen, warum der Pilot nicht aus seiner Maschine abgesprungen ist. Man darf unter dreitausenddreihundert Metern niemals in einem Flugzeug bleiben, dessen Steuerung versagt.

Warum wartest du, Tod? Ich weiß, ich bin sicher, ich bin überzeugt, daß ich in ein paar tausendstel Bruchteilen einer Sekunde auf dem Boden aufschlagen werde. Ich warte angespannt auf den Aufschlag. Ich bin eigentlich noch nicht bereit zu sterben, aber das ist nun eben nicht mehr zu ändern. Ich bin starr vor Schrecken und fassungslos und neugierig auf das Zusammentreffen mit dem Tod. Das Warten auf den Aufprall ist unerträglich.

Und dann bin ich plötzlich wieder am Leben.

Das Flugzeug steigt.

Ich lebe.

Der Höhenmesser klettert über zweitausend Meter, während das Flugzeug schnell steigt. Geschwindigkeitsbremsen einfahren. Gashebel ganz nach vorn. Ich steige. Flügel horizontal, die Eigengeschwindigkeit beträgt sichere 650 Stundenkilometer, das Leuchten unter mir wird schwächer. Der Beschleunigungsmesser zeigt, daß ich beim Hochziehen nach dem Sturzflug siebeneinhalbfache Schwerkraft zu überwinden hatte. Ich habe nichts davon gespürt, obwohl mein Druckausgleichsanzug noch nicht einmal an seine Preßluftquelle angeschlossen war.

»Red-Führer, hier ist zwei; hatte etwas Schwierigkeiten, wieder über dreitausenddreihundert Meter zu steigen ...«

»DREITAUSENDDREIHUNDERT METER?«

»Verstanden, ich werde in einer Minute oben bei Ihnen sein, wir können uns über Toul TACAN wieder treffen.«

Seltsam. Und ich war so davon überzeugt, daß ich sterben würde.

Die Blitze in den dunklen Wolken nördlich von Pfalzburg werden häufiger und zucken jetzt sowohl hinter meiner Maschine als auch vor ihr. Sie sind sichere Anzeichen für Gewitterzentren, und sie entsprechen nicht ganz meiner Vorstellung von »vereinzelt«. Direkt vor mir, auf dem Kurs, zucken drei grelle Blitze schnell hintereinander. Dreißig Grad nach links korrigieren. Allein. Zeit für konfuse Gedanken, die mir in den Sinn kommen. »Man muß schon verrückt oder ausgesprochen schwachsinnig sein, um mit einer F-84 F in ein Gewitter hineinzufliegen.« Es sind meine Worte, deren Richtigkeit schon von anderen Piloten erkannt und erwiesen worden ist, die von den Umständen gezwungen worden waren, mit diesem Flugzeug durch ein aktives Gewitterzentrum zu fliegen.

Die Steuerung des Flugzeuges, sagen sie, versagt fast völlig, und trotz der beschwichtigenden Worte des Flughandbuches kann der Pilot die Maschine nur mit Hilfe ihrer Trägheit durch das Gewitter hindurchjagen und wieder in ruhige Luft bringen.

Aber dennoch habe ich nicht die Absicht, eines der züngelnden Ungeheuer vor mir zu durchdringen. Und ich erkenne, daß meine Worte falsch waren. Ich habe jetzt die Gewitter auf meinem Kurs vor mir auf Grund einer Kette von logischen Überlegungen, denen jeder Pilot gefolgt wäre. Der Wetterbericht nannte sie »vereinzelt«, nicht zahlreich oder anhaltend. Ich flog weiter. Es gibt mindestens vier verschiedene Radarstationen unter mir, die Anweisungen durch die schlimmsten Gewitterzentren geben könnten. Ich fliege weiter. Der Pilot einer einmotorigen Maschine läßt sich in seinen Handlungen nicht davon leiten, was er tun wird, wenn das Funkgerät aussetzt. Das Risiko des Auftrages ist das Resultat wert, den schweren Leinwandsack im MG-Schacht abzuliefern.

Jetzt, obwohl weder verrückt noch schwachsinnig, bin ich beim letzten Glied der Kette angelangt: Ich umgehe die Gewitter nach den Ausschlägen der Radiokompaßnadel und nach den Blitzen, die ich vom Führersitz aus sehe. Das TACAN-Gerät läßt sich nicht im geringsten durch meine innere Unruhe stören. Das einzige, was in der Welt seines Transistorgehirns zählt, ist die Tatsache, daß wir uns achtundneunzig Kilometer von Pfalzburg entfernt befinden, leicht links vom Kurs. Der Radiokompaß schlägt wie wild nach links und rechts und vorn und hinten aus. Seine Unruhe wirkt verwirrend angesichts der gleichmütigen Ruhe der anderen Instrumente, und mein rechter Handschuh dreht seinen Funktionsschalter auf *aus*. Dankbar läßt sich die Nadel beruhigen, wird langsamer und bleibt stehen.

Blitz von links. Kursänderung zehn Grad nach rechts. Blitz hinter dem rechten Flügel, braucht mich nicht zu interessieren. Blitz-BLITZ grell aufleuchtend direkt vor mir, und das Instrumentenbrett läßt keine Einzelheiten mehr erkennen und wird weiß. Vor diesem gibt es kein Ausweichen. Vereinzelt.

Mit schneller, plötzlicher, harter, kalter Wut packt das Gewitter mein Flugzeug mit den Zähnen und schüttelt es, wie ein wütender Terrier eine Ratte schüttelt. Der rechte Handschuh umklammert den Steuerknüppel. Das Instrumentenbrett, von der Erschütterung erfaßt, gerät in heillose Verwirrung. Der Blechhorizont kippt aus einer Linksneigung von dreißig Grad unvermittelt auf eine Rechtsneigung von sechzig Grad. Das ist nicht möglich. Ein Gewitter besteht nur aus Luft.

Linker Handschuh, Gashebel ganz nach vorn. Mein Flugzeug giert wie in Zeitlupe schwerfällig nach links. Rechtes Seitenruder, kräftig. Wie eine Bauchlandung auf einem steinigen, holprigen Feldweg. Gieren nach rechts. Meine Maschine ist wie betäubt. Sie will nicht gehorchen. Kräftiges linkes Seitenruder.

Das Gas, was ist los mit dem Gas? Linker Handschuh nach hinten, wieder nach vorn, so weit wie möglich, so kräftig wie möglich. Ein schimmernder undeutlicher Strich, wo der Tachometerzeiger sein müßte. Weniger als neunzig Prozent Umdrehungen in der Minute bei Vollgas.

Ich höre, wie die Maschine zittert. Ich kann das Triebwerk nicht hören. Steuerknüppel und Seitenruder sind unbrauchbare bewegliche Metallteile. Ich kann meine Maschine nicht mehr steuern. Aber Gas, ich brauche Gas. Was ist los?

Eis. Die Leitschaufeln des Lufteinlasses vereisen, und das Triebwerk bekommt keine Luft. Blitz und BLITZ, in der Dunkelheit gleicht der Blitzstrahl einer feurigen Schlange aus weißglühender Mittagssonne. Ich kann nichts sehen. Alles ist rot geworden, und ich kann nicht einmal das verschwommene Instrumentenbrett erkennen. Ich fühle den Steuerknüppel, ich fühle den Gashebel, ich kann nichts sehen. Ich habe plötzlich ein Schiff im Himmel, und der Sturm zerbricht es. So schnell. Das kann nicht lange so weitergehen. Gewitter können Jagdflugzeugen nichts anhaben. Ich bin auf dem Wege nach Chaumont. Mit einem wichtigen Auftrag.

Allmählich kann ich bei dem zermürbenden Schütteln des Gewittersturms wieder etwas erkennen. Die Windschutzscheibe ist dick mit grauem Eis und leuchtend blauem Feuer bedeckt. Ich habe noch niemals so leuchtend blaues Elmsfeuer gesehen. Meine Flügel sind weiß. Ich bin schwer vom Eis, und ich falle, und in den niedrigsten Höhen ist ein Gewitter am schlimmsten. Ich kann diese Rüttelei nicht mehr lange ertragen. Weiße Flügel, wie in ein Leichentuch gehüllt. Der rechte Handschuh umklammert den Steuerknüppel, denn er ist es, der mein Flugzeug sechs Jahre lang im Himmel gehalten hat. Aber heute nacht ist die Maschine sehr schwerfällig und reagiert nicht, als ob sie plötzlich sehr müde wäre und nicht mehr leben wollte. Als ob ihr Triebwerk ausgeschaltet worden wäre.

Das Gewitter ist wie ein Wildpferd in der Wüste, das plötzlich ein Raubtier auf seinem Rücken spürt. Es bemüht sich verzweifelt, sich von mir zu befreien, und es schlägt so schnell aus, daß die Schläge nicht zu sehen sind. Ich mache eine neue Entdeckung. Der Schleudersitz ist nicht immer ein Ausweg. Der Absprung in das Gewitter würde ebenso verhängnisvoll sein wie der Zusammenstoß von Erdboden und Flugzeug, denn in der brodelnden Luft würde mein Fallschirm nur ein wirrer Nylonknäuel sein. Mein Flugzeug und ich sind schon eine lange Zeit zusammengewesen, wir werden auch jetzt zusammenbleiben. Dieser Entschluß verankert den Schleudersitz fest an dem Fußboden der Kabine, wie eine einzige sterbende Seele stürzen die *Thunderstreak* und ich durch den zerklüfteten Himmel nach unten. Mein Arm liegt schwer und müde auf dem Steuerknüppel. Es wird guttun auszuruhen. In meinen Ohren ist ein Dröhnen, und ich fühle, wie sich die harte Erde unter mir öffnet, wie sie mir entgegenstürzt.

So also wird es enden. Mit einer heftigen Erschütterung des Flugzeuges und einem nicht erkennbaren Instrumentenbrett; mit einem erstickten Triebwerk und schweren weißen Flügeln. Wieder das Gefühl: Ich bin eigentlich noch nicht dazu bereit, das Spiel zu beenden. Ich habe mir gesagt, daß dieser Tag einst für mich kommen würde, so unvermeidlich wie der Erdboden, der jetzt mit rasender Geschwindigkeit auf mich zukommt, und doch denke ich schnell noch einmal an eine verlorene Zukunft. Es läßt sich nicht mehr ändern. Ich falle durch einen schweren, alles zertrümmernden Gewittersturm mit einem Steuerknüppel, der kein Steuerknüppel mehr ist. Ich bin ein Stück Holz in einem Orkan, ein Regentropfen in einem Taifun, der sich jeden Augenblick mit dem Meer vereinigen wird, eine Unmenge künftiger Überreste, um die sich Flugsicherungslotsen kümmern werden und Luftwaffenpolizei und Gendarmerie und amtliche Leichenbeschauer für ungeklärte Todesursachen und Unfalluntersuchungsbeamte und Statistiker und Zeitungsreporter und eine Kommission aus Offizieren und ein Befehlshaber des Operationsgebietes und ein Geschwaderkommodore und ein Staffelkapitän und ein kleiner Kreis von Freunden. Ich bin ein Springer, der auf seinem Feld geschlagen und neben das Schachbrett gelegt wird.

Morgen vormittag wird das Gewitter vorüber sein, und die Sonne wird auf die still daliegenden Metallteile scheinen, die einstmals den Air-Force-Düsenjäger zwei neun vier null fünf bildeten.

Aber in diesem Augenblick herrscht ein großer, schwerer Gewittersturm, der mich mit stählerner Klinge zerschmettert und aus dem Himmel herunterholt, und das, was auf diesen Augenblick folgt, ist genau das gleiche.

Der Höhenmesser ist verschwommen, der Fahrtmesser ist verschwommen, das Variometer ist verschwommen, der Fluglageanzeiger ist ein schnell hin- und herschaukelnder, verschwommen leuchtender Strich, der auf meine Befehle nicht reagiert. Wie schon zuvor warte ich jetzt jede Sekunde angespannt. Es wird einen Aufprall geben und

Dunkelheit und Schweigen. Tief in meinem Inneren, hinter der stillen Angst, ist Neugier und geduldiges Warten. Und ein Gefühl des Stolzes. Ich bin ein Pilot. Ich würde wieder ein Pilot werden.

Der Terrier schleudert die Ratte weg.

Mit einem Male ist die Luft wieder glatt und weich wie ein Nebelschwaden. Höhenmesser tausend Meter, Eigengeschwindigkeit 350 Stundenkilometer, Sinkgeschwindigkeit eintausenddreihundert Meter in der Minute, Fluglageanzeiger starke Schräglage nach rechts, Kurskompaß eins sieben null Grad, Tachometer dreiundachtzig Prozent Umdrehungen in der Minute bei Vollgas. Die weißen Flügel in die Horizontale bringen. Die Luft ist warm. Im Triebwerk kracht es tadtadtad, als sich das Eis von den Leitschaufeln löst und in die Kompressorschaufeln splittert. Große Eisfetzen brechen von den Flügeln ab. Die Windschutzscheibe ist plötzlich zur Hälfte klar. Schwaches blaues Feuer auf dem Glas. Die Leistung nimmt wieder zu: neunzig Prozent auf dem Tachometer . . . tad . . . einundneunzig Prozent . . . tadtad . . . sechsundneunzig Prozent. Die Eigengeschwindigkeit erhöht sich auf 440 Stundenkilometer, Linkskurve, steigen. Hundertsechzig Meter in der Minute, zweihundertdreißig in der Minute, der Höhenmesser zeigt tausend Meter und steigt weiter, ich bin fünfzig Grad vom Kurs abgewichen, aber das ist mir gleich, der Fluglageanzeiger zeigt eine gleichmäßige steigende Linkskurve, ich lebe, der Öldruck ist gut, der hydraulische Druck im Versorgungs- und Steuerungssystem ist gut, ich kann es nicht glauben, Spannungsmesser und Belastungsmesser zeigen auf normal, der Steuerknüppel bewegt sich leicht und gleichmäßig, was für ein seltsames Gefühl es ist zu leben, die Windschutzscheibe ist klar, tad, neunundneunzig Prozent Umdrehungen in der Minute, die Temperatur des Abgasrohres steht auf Grün. Blitz-BLITZ, Vorsicht links,

Vorsicht! Scharfe Rechtskurve, noch ein Gewitter schaffe ich heute nacht nicht, denk nicht an den Flugplan, fliege nördlich von Pfalzburg, fünftausend Meter, 590 Stundenkilometer, Blitz hinter mir, schwach.

Und merkwürdigerweise fallen mir die Worte eines alten Fliegerliedes ein: »... denn ich bin zu jung zum Sterben ...« Es ist ein wunderbares Gefühl, am Leben zu sein. Etwas, was ich nicht mehr zu schätzen wußte. Ich habe es wieder gelernt.

Die Umdrehungszahl ist auf hundert Prozent gestiegen. Ich steige, und sechstausendsechshundert Meter liegen unter mir, Blitz, siebentausend Meter liegen unter mir. Blaues Feuer ergießt sich über die Windschutzscheibe, als ob es nicht wüßte, daß eine Windschutzscheibe nur aus einer Unmenge zusammengesetzter Glasstückchen besteht.

Was für ein absurder Gedanke. Eine Windschutzscheibe ist eine Windschutzscheibe, ein festes Stück Tafelglas aus sechs Schichten, das Wind und Regen und Eis abhält und durch das man hindurchsehen und hinter dessen Rückseite man das MG-Visier reinigen kann. Ich werde noch lange Zeit durch Windschutzscheiben blicken.

Warum bin ich nicht abgesprungen? Weil der Schleudersitz fest mit dem Fußboden der Kabine verankert war. Nein. Weil ich mich entschlossen hatte, nicht in das Gewitter abzuspringen. Ich hätte eigentlich abspringen müssen. Ich hätte ganz bestimmt das Flugzeug verlassen müssen. Es wäre besser gewesen, mein Glück mit einem stürmischen Absprung an einem zerfetzten Fallschirm zu versuchen, als bei einem Absturz den sicheren Tod zu finden.

Ich hätte zumindest die äußeren Tanks abwerfen müssen. Dadurch wäre das Flugzeug leichter und seine Steuerung müheloser geworden. Jetzt, in einer Höhe von zehntausendsechshundert Metern, denke ich daran, die Tanks abzuwerfen. Schnelles Reaktionsvermögen.

Blitz.

Ich bin aus dem Gewitter herausgeflogen, und das ist es, was ich wollte. Ich bin jetzt froh, daß ich die Tanks nicht abgeworfen habe; dann hätten Berichte geschrieben werden müssen. Wenn ich heute nacht aus meinem Flugzeug steige, werde ich nur eine Angabe auf dem Formular eins machen müssen: UHF-Gerät während des Fluges ausgefallen. Ich werde der einzige sein, der weiß, daß die United States Air Force in Europa um ein Haar ein Flugzeug verloren hätte. Blitzblitz vor mir.

Für eine Nacht ist mein Bedarf an Gewitterflug gedeckt. Gashebel auf hundert Prozent und steigen. Ich werde für den Rest meines Fluges nach Hause über den Wolken fliegen; ein Rädchen wird sich heute nacht in dem europäischen Flugsicherungssystem über der Schlechtwetterfront in der Nähe von Pfalzburg selbständig machen. Das Rädchen hat es verdient.

– 6 –

Die Menschen auf der Erde, deren Aufgabe die Flugsicherung ist, sind sehr wichtig, aber nicht unentbehrlich. Obwohl das System gut ist, ist es doch kein unentbehrliches System. Lange bevor die ersten Anzeichen der Flugsicherung auftauchten, sind schon Flugzeuge geflogen, sie werden weiter fliegen, wenn alles plötzlich verschwinden würde.

Als die Regeln für den Flugverkehr festgelegt wurden, war ein sehr kluger Mann dabei, der wußte, daß sich Rädchen ab und zu selbständig machen und daß es am besten wäre, wenn das System Spielraum für Ausnahmefälle zuließe. Ich kann mein Flugzeug noch steuern, und ich werde es dorthin bringen, wo es meiner Meinung nach am besten hingehört, mit oder ohne System.

Ich bin jetzt entschlossen, mich lieber mit keinem Gewitter mehr einzulassen. Ich steige über die mir zugewiesene Flughöhe von elftausend Metern hinaus, um die klare Luft und einen ruhigen Flug über den Wolken zu finden. Ich durchfliege Flughöhen, die möglicherweise anderen Flugzeugen zugewiesen worden sind, und es besteht die Möglichkeit von Kollisionen in der Luft.

Allerdings ist die Aussicht, daß ich mit einem anderen Flugzeug zusammenstoße, verschwindend gering. Ich bin vom Kurs abgewichen; um mit mir zusammenzustoßen, hätte ein anderes Flugzeug genauso weit vom Kurs abweichen müssen wie ich.

Obwohl ich lange Zeit mit keiner Bodenstation mehr gesprochen habe, hat man mich nicht vergessen; ich bin ein Flugplan, der in allen Stationen entlang meiner Route auf einen Streifen Papier geschrieben worden ist. Anderen Flugzeugen wird mein Kurs und meine voraussichtliche Überflugszeit über diese Stationen mitgeteilt werden.

Ich bin ein sechs Millimeter großer Lichtfleck auf den Radarschirmen, und die Flugsicherungslotsen werden andere Flugzeuge um mich herumleiten.

Der Hauptgrund jedoch, weshalb ich mit keinem anderen Flugzeug zusammenstoßen werde, besteht darin, daß meine *Thunderstreak* 13,18 Meter lang ist, ihre Flügelspannweite 10,21 Meter beträgt und der Würfel aus Luft, in dem sie fliegt, aus Tausenden von Kubikmetern leeren Raums besteht. Und somit steige ich.

Meine Anflugzeit für Chaumont wird eine halbe Stunde lang nach meiner voraussichtlichen Ankunftszeit freigehalten werden. Ich wähle den vertrauten Kanal 55 auf dem TACAN-Gerät und höre das Kennzeichen. Chaumont. Ich hätte nie gedacht, daß ein kleines französisches Dorf so heimatlich anmuten könnte. Die Peilrichtung ist 239 Grad, die Entfernung beträgt hundertneunundvierzig Kilometer. Pfalzburg bleibt links hinter mir zurück. Eigentlich hätte ich mich über der französischen Grenze und über Pfalzburg melden müssen. Aber das Rädchen macht sich selbständig.

Zwölftausendsechshundert Meter auf dem Höhenmesser, und noch immer keine Wolkenoberkante. Das blaue Leuchten ist verschwunden. Der Treibstoff ist auf zweitausendsiebenhundert Pfund gesunken, und mit diesem Gewicht wird eine zweckmäßige Gipfelhöhe für mein Flugzeug bei etwa vierzehntausenddreihundert Metern liegen. Es kommt selten vor, daß sich in Europa Wolken höher als dreizehntausenddreihundert Meter erstrecken, und ich mache mir keine Sorgen. Meine Aufmerksamkeit richtet sich einzig und allein auf die Instrumente vor mir. Es gibt jetzt, ohne ein Funkgerät, keine andere Welt für mich.

Die alten Piloten erzählen von Tagen, an denen es bei schlechtem Wetter hieß »Libelle und Alkohol«: ein Wende- und Querlagenzeiger und ein Magnetkompaß waren ihre einzigen Navigationshilfen in den Wolken. Aber heute leben wir in einem modernen Zeitalter, und heute nacht fliege ich nach den sieben Instrumenten in der Mitte des Instrumentenbrettes, und meine Navigation wird Sekunde für Sekunde auf den beiden Skalen des TACAN-Gerätes angezeigt. Falls der Umformer, der den Gleichstrom des Generators in Wechselstrom umwandelt, ausfallen sollte, würden meine Kreiselinstrumente, der Fluglageanzeiger und der Kurskompaß, allmählich unbrauchbar werden. Aber die F-84 F ist ein amerikanisches Flugzeug und hat deshalb Sicherheitsvorrichtungen für die Sicherheitsvorrichtungen. Die Sicherheitsvorrichtung heißt in diesem Falle Ausweichinstrumentenumformer, der darauf wartet, die Kreisel anzutreiben, falls der motorgetriebene Generator oder der Hauptumformer ausfallen sollten. Falls beide Umformer ausfallen sollten, werde ich um Jahre zurückgeworfen und muß ein Jagdflugzeug nach Libelle und Alkohol fliegen.

Ein leichtes Zittern geht durch mein Flugzeug, als ich über dreizehntausenddreihundert Meter steige, und die Flügel beginnen zu wackeln. Es hat nicht geblitzt. Ich suche die Windschutzscheibe ab und halte nach Eis Ausschau. Es kann sich nicht viel Eis gebildet haben, und ich steige weiter. Die Windschutzscheibe ist klar.

Lautlos und ohne Ankündigung, wie das Seidentuch des Zauberers über dem Habicht, ist die Wolke verschwunden.

Soeben habe ich nach nach Eis Ausschau gehalten, gleich darauf blicke ich bereits durch das Glas wie durch einen schlanken gotischen Spitzbogen aus Stahl über dreihundert Kilometer kristallklare Luft, die sechstausendsechshundert Meter weiter unten von einer ununterbrochenen Wolkendecke abgeschlossen wird. Ich spüre die Höhenkrankheit, als ob ich über eine unsichtbare Steilwand hinausgefahren wäre, und entdecke, daß ich keinen Boden mehr unter mir habe. Der rechte Handschuh umklammert den Steuerknüppel fester.

Ich bin aus einer jäh abfallenden Wolkenwand herausgeflogen, und sie fällt zur Erde hin ab, wie die Berge südlich von Straßburg zum Rheintal hin abfallen. Die riesige Wand erstreckt sich in weitem Bogen links und rechts von mir, und hier und da flackern die Blitze der in ihr verborgenen Gewitter.

Ich bin ein unsichtbares Staubkörnchen, das von einem winzigen Lufthauch dahingeweht wird.

Zweihundertvierzig Kilometer nördlich hinter mir wird die Wand zu dem glatten, allmählich ansteigenden Abhang, in den ich vor langer Zeit hineingeflogen bin. Aber diese Erkenntnis hilft mir nichts mehr, denn ich kann im

Sternenlicht erkennen, daß das einzige wirklich Vorhandene in der ganzen Welt die Ehrfurcht gebietende Wolkenmasse ist, die mein dreizehn Meter langes Flugzeug umgibt. Es gibt keine Erde, es gibt keinen gleichmäßigen Schimmer einer erleuchteten Stadt durch den Bodennebel. Es gibt kein anderes blinkendes Navigationslicht von einem Horizont zum anderen. Ich bin allein, und tausend Sterne leisten mir Gesellschaft.

Ich lehne meinen Helm gegen die Kopfstütze des Schleudersitzes und blicke wieder auf den Himmel hinaus. Der Himmel ist nicht blau oder purpurn oder einfach schwarz. Er wirkt wie eine dicke Schicht aus Kohlenstaub, in dem die Sterne eingebettet sind.

Zurück mit dem Gashebel, um das Triebwerk leiser laufen zu lassen. Der rechte Handschuh greift nach den drei Knöpfen, die das rote Licht in der Kabine regulieren, und meine eigene kleine rote Welt wird eins mit dieser Schicht.

Das Staubkörnchen geht langsam wieder auf elftausend Meter Höhe zurück, und in der unendlichen Weite der Nacht klingt sein Lied wie ein kaum vernehmbares Flüstern.

Ich bin ein Mensch. Heute nacht bin ich vielleicht *der* Mensch; indem ich lebe und über meinen Planeten hinaus auf meine Milchstraße blicke, vereinige ich in mir für die Dauer von Sekunden die Jahrhunderte, die der Mensch von dieser kleinen Erde aufgeschaut hat.

Wir haben vieles gemeinsam, wir Menschen.

Heute nacht schaue ich, der ich mein Flugzeug mit all seinen Stimmungen und Nöten und Freuden liebe, hinaus auf die Sterne. Und heute nacht gibt es zwanzig Minuten weiter östlich einen anderen Piloten, einen anderen Menschen, der sein Flugzeug liebt und zu denselben Sternen hinaufschaut. Diese Symbole.

Mein Flugzeug ist mit einem weißen Stern bemalt, das

seine mit einem roten Stern. Es ist dunkel, und die Farbe ist schwer zu erkennen. In seiner Kabine befindet sich dieselbe Art von Fluginstrumenten und Triebwerksüberwachungsinstrumenten und Funkgeräteskalen, die sich auch in meiner Kabine befinden. Sein Flugzeug geht wie das meine in eine Linkskurve, wenn der Steuerknüppel nach links gedrückt wird.

Ich weiß ganz genau, daß ich den Mann in jener Kabine gut leiden könnte. Wir könnten uns nächtelang über die Flugzeuge unterhalten, die wir gekannt haben, und über die Stunden, in denen wir Angst hatten, und die Orte, wo wir gewesen sind. Wir würden über die Dummheiten lachen, die wir angestellt haben, als wir in der Luft noch unerfahren waren. Wir haben viele gemeinsame Erlebnisse, er und ich, zu viele, als daß man uns befehlen könnte, in unsere Flugzeuge zu steigen und uns gegenseitig umzubringen.

Ich erhielt meine Flugausbildung auf einem Fliegerhorst in der Nähe von Dallas, er die seine auf einem Fliegerhorst in der Nähe von Stalingrad. Ich wurde von meinen Fluglehrern auf englisch angeschrien, er von den seinen auf russisch. Aber das blaue Feuer rinnt ab und zu über seine Windschutzscheibe wie über die meine, und auf seinen Flügeln wie auf den meinen bildet sich Eis und bricht ab. Und irgendwo in seiner Kabine befindet sich eine Schalttafel oder ein Stromunterbrecher oder ein einzelner Schalter, die er nur erreichen kann, wenn er beinahe einen Kopfstand macht. Vielleicht überlegt sich seine Tochter in diesem Augenblick, ob sie ein Paar siamesische Katzen haben möchte oder nicht. Gib auf deine Gardinen acht, Freund.

Ich wünschte, ich könnte ihn wegen der Katzen warnen.

Noch achtzig Kilometer bis Chaumont. Achtzig Kilometer und durch das Spiegelglas aus Wolken und Regen und

Hallo, alter Junge, wie war denn der Überlandflug? Achtzig Kilometer sind ein sehr langer Weg.

Ich befinde mich mit einem nicht arbeitenden Funkgerät über den Wolken. Kein großes Problem, aber groß genug, daß ich meine Aufmerksamkeit von der friedlichen schwarzen Schicht abwende und auf die Aufgabe richte, mein Flugzeug auf die Erde zurückzubringen. Gashebel nach vorn in einer Höhe von elftausend Metern, und wieder das Rumoren und Heulen und Quietschen und Seufzen meines Clowns aus rotierendem Stahl.

Kein Funkgerät. Ich könnte weiter nach Westen fliegen, nach einem Loch in der Wolkendecke Ausschau halten, heruntergehen, nach Chaumont zurückfliegen und landen. Ein sehr schlechter Plan im Hinblick auf den noch in meinen Tanks vorhandenen Treibstoff und die Launen des französischen Wetters.

Ich könnte ein Dreieck nach links fliegen, jede Seite von einer Minute Länge. Nach einigen Dreiecken wird eine Radarstation meinen Flug und seine Richtung bemerken, einen Abfangjäger zu mir leiten, und ich werde als sein Flügelmann einen Sinkflug und Blindanflug durchführen. Ein drastischer Plan, der aber nur als letzter Ausweg in Frage käme.

Ich könnte bei Chaumont heruntergehen, wie ich es geplant hatte, in der Hoffnung, daß das Wetter nicht so schlecht ist, daß ich einen Bodenradaranflug brauche, um die Landebahn zu finden. Nach der letzten Meldung war das Wetter gar nicht so schlecht. Wenn ich nicht in der Mindesthöhe für den TACAN-Tiefanflug aus der Wolkendecke herauskomme, werde ich wieder über die Wolken gehen und über meinem Ausweichflughafen Etain, zehn Minuten weiter nördlich, einen Durchstoß versuchen. Ich habe gerade ausreichend Treibstoff für diesen Plan, und ich werde ihn befolgen. Interessehalber werde ich mein Funkgerät noch einmal ausprobieren, wenn ich direkt über Chaumont bin. Bei UHF-Geräten muß man auf Überraschungen gefaßt sein.

Vierundsechzig Kilometer. Fünf Minuten. Bis nach Hause. Aber noch Monate bis zu einer Heimat, wo Frau und Tochter sind und wo die Menschen in den Städten Englisch sprechen.

Am Schwarzen Brett in den Pilotenunterkünften in Chaumont hängen zahlreiche Zeitungsausschnitte aus dieser alten Heimat. Auf dem Brett finden sich Stimmen und Gegenstimmen zu der Frage, ob es klug gewesen ist, die National Guard wieder einzuberufen, ohne daß ein Krieg es erforderlich machte. Es sind Leserzuschriften darunter von Ehefrauen und Familienangehörigen und Arbeitgebern, die Fragen stellen und Lösungen vorschlagen. Die Zeitungen berichten über die ärmlichen Verhältnisse, in denen wir gezwungen sind zu leben, über unsere Sorgen und Nöte, über unsere moralische Verfassung. Das von ihnen entworfene Bild ist düster, aber in Wirklichkeit ist unser Leben gar nicht so trostlos.

Ich habe einen interessanten Zivilberuf aufgegeben, in dem ich kleinere Flugzeuge flog und für ein Flugmagazin schrieb, und wurde erneut zur Air Force einberufen. Das bedeutete natürlich eine Unterbrechung. Aber andererseits hat das Land, dem ich so viel verdanke, nie zuvor etwas von mir verlangt. Ich würde zwar in der Ungebundenheit meines alten Lebens glücklicher sein, doch mein Land befindet sich gefährlich nahe am Rande des Krieges. Die Wiedereinberufung war für mich und meine Familie unbequem, aber sie war doch eine kluge Maßnahme. Die Wiedereinberufung zeigt, daß die Piloten der Air Guard nicht nur Sportler auf Kosten der Regierung sind; ein Gefühl, das ich zuweilen mit schlechtem Gewissen hegte, nachdem ich angenehme Wochenenden damit verbracht hatte, für achtzig Dollar pro Wochenende Militärflugzeuge zu fliegen.

Meine Staffel überquerte den Atlantik in drei Etappen. Sie führte die Überquerung durch, ohne in der Luft nachzutanken, ohne ausreichende Flugnavigationsstationen entlang der Flugroute, ohne einen Zwischenfall. Einen Monat nach unserer Einberufung zum aktiven Dienst landeten wir auf dem Flughafen Chaumont; wir waren geflogen, wann immer die Wolkenuntergrenze höher als 160 Meter lag.

Die Piloten in ihren mehrmotorigen riesigen Maschinen brachten Hunderte von Tonnen Ausrüstungsgegenstände und Ersatzteile und Nachschub. Wir wurden von NATO-Piloten in die ungewohnte neue Welt der europäischen Flugsicherung eingewiesen. Munitionsspezialisten luden aus schweren Transportflugzeugen 50kalibrige MG-Kugeln aus und Reihen von olivgrünen, gelbgestreiften Sprengbomben und lange Aluminiumkanister mit Napalm und reihenweise schlanke nichtbemalte Raketen. Uns wurden Gefechtszonen zugeteilt, und wir trafen mit der Armee zusammen, die wir unterstützen sollten. Wir führten Alarmübungen durch, die chaotisch begannen, allmählich geordnetere Formen annahmen und schließlich schnell und reibungslos verliefen.

Obwohl die Klagen erhoben und entsprechend abgedruckt werden, obwohl die Krise abgeklungen ist, die zu unserer Einberufung führte, haben wir die uns gestellte Aufgabe erfüllt. Wir sind mit allen Piloten und allen Flugzeugen in Frankreich eingetroffen. Heute spielen die Bereitschaftspiloten Bridge und Schach und Tischtennis neben dem roten Telefon.

Natürlich nicht ganz ohne Opfer. Bis heute hat unsere Bereitschaft dem Piloten Don Slack das Leben gekostet, und die Fahnen wehen noch immer auf halbmast.

Für uns, die wir die F-84 F fliegen, ist die Mobilmachung wie ein einziges langes Wochenende Dienst in der Air Guard. Die Menschen in der Stadt sprechen eine fremde Sprache, und Wachtposten und Stacheldraht umgeben den Flugplatz, aber wir fliegen mit denselben Freunden (außer einem) und denselben Flugzeugen (außer einem), mit denen wir immer geflogen sind, und wir können uns über das Leben nicht beklagen (mit einer Ausnahme). Wir fliegen, und der Himmel über Frankreich ist fast der gleiche Himmel wie zu Hause. Wind und Regen und Sonne und Sterne. Der Himmel ist auch ein Stück Heimat, und während der kurzen Stunden meines Fluges vermisse ich nicht die andere Heimat über dem Ozean.

Ich vermisse allerdings Don Slack.

Die Sterne strahlen gleichmäßig in der Dunkelheit ihrer Schicht, sind ein Teil meiner Welt. Ich denke einen Augenblick lang an alles, was schon über den Zauber des Firmaments gesagt worden ist. Millionen Worte sind bereits geschrieben und gesprochen und durch Fotos ausgedrückt worden, mit denen sich Flieger dem Fluch der Sentimentalität aussetzen – jenem tödlichen Fluch –, um das zu schildern, was sie gesehen haben. Der Zauber läßt sich nicht durch Papier und Druckerschwärze ausdrücken oder durch Silben, ja nicht einmal durch belichteten Film, aber das Risiko des Fluches, das die Menschen eingehen, legt an sich schon Zeugnis ab von dem Anblick und der Stimmung, die den Menschen erwarten, der durch das grenzenlose Land reist. Wolke und Stern und Regenbogen sind nur Worte, die sorgsam in ein flaches Grab aus vergänglicher Druckerschwärze gelegt werden können. Der Himmel kann schließlich immer nur ein interessanter Platz genannt werden. Mein geliebter Himmel.

Der breite Zeiger des TACAN-Gerätes zittert, die Trommel

des Entfernungsmessers geht auf 006, und es ist Zeit, meine verschiedenen Pläne in die Tat umzusetzen.

Ich gehe in die Linkskurve der Warteschleife, und mein rechter Handschuh dreht die Regler für die Kabinenbeleuchtung wieder halb auf und wird in sanftes rotes Licht getaucht. Die Skala des Freund-Feind-Kenngerätes geht auf Frequenzstufe drei, Kode 70. Ich müßte jetzt ein erfaßter und erwarteter Punkt auf dem Radarschirm von Chaumont Radar sein. Ein fester Daumendruck auf den Mikrophonknopf, Gashebel zurück, Geschwindigkeitsbremsen raus und das Donnern der daraufprallenden Luft, als sie aus den Seiten des Flugzeuges ausfahren. »Chaumont Anflugkontrolle, Düsenjäger vier null fünf, hohe Station auf dem TACAN, erbitte letzten Wetterbericht von Chaumont.« Es ist ein Nebenton zu hören. Ein gutes Zeichen. Aber es kommt keine Antwort.

In der Warteschleife fliegen, überprüfen, ob die Defroster und die Staudruckheizung eingeschaltet sind, schnell noch einmal die einzelnen Schritte des Durchstoßens der Wolkendecke überlegen: Kurs 047 Grad nach der Außenseite der Warteschleife, linke Sinkkurve auf einen Kurs von 197 Grad, bei eintausendzweihundert Metern abfangen und hinein in die zwanzig Kilometer breite Anflugschneise.

Ich gehe jetzt in einer Höhe von sechstausendsechshundert Metern wieder in den Horizontalflug. Leistung fünfundachtzig Prozent Umdrehungen in der Minute, und bereite mich geistig auf den Sinkflug vor.

». . . gemessene Wolkendecke in dreihundert Meter Höhe, Sicht acht Kilometer in leichtem Regen, Höhenmesser zwei neun acht fünf.«

Ich habe noch nie ein so launenhaftes Funkgerät gehabt. Ein fester Druck auf den Plastikknopf. »Chaumont Anflug, null fünf verläßt gerade Flughöhe zwei null null, erbitte

Frequenz für Bodenradaranflug.« Steuerknüppel nach vorn, Nase nach unten, und mit einer gleichbleibenden Eigengeschwindigkeit von 650 Stundenkilometern gehe ich herunter auf sechstausenddreihundert Meter, sechstausend Meter, fünftausendsechshundert Meter.

»... ünf, Ihre Radarfrequenz ist drei vier vier Komma sechs, örtlicher Kanal eins fünf.«

»Verstanden, Anflug, verlasse jetzt Ihre Frequenz.« In der Linksneigung der Kurve drehe ich den Kanalwähler auf eins fünf. Und zurück zu den Instrumenten. Vorsicht wegen der Höhenkrankheit. »Er flog in einer Schräglage in die Wolken, und er kam in der Rückenlage aus ihnen heraus.« Aber nicht mit mir und nicht heute nacht; ich habe Schlimmeres hinter mir als die Höhenkrankheit, und ich bin gewarnt. »Chaumont Radar, Düsenjäger vier null fünf, wie hören Sie mich auf drei vier vier Komma sechs.« Eine Pause und Zeit, dem unzuverlässigen Funkgerät zu mißtrauen.

»Hören Sie deutlich mit fünf null fünf, wie hören Sie Radar?« Also wird das Funkgerät besser, während ich sinke. Interessant.

»Fast mit fünf.«

»Verstanden, null fünf, wir haben Sie in positiver Radarerkennung erfaßt neunundzwanzig Kilometer nördlich von Chaumont. Setzen Sie Ihre Linkskurve fort bis zu einem Kurs von eins drei fünf Grad, abfangen bei achthundert Metern. Wir geben Ihnen einen Präzisionsanflug für die Landebahn eins neun; Länge zweitausendsechshundertachtzig Meter, Breite fünfzig Meter, Aufsetzhöhe dreihundertachtundfünfzig Meter. Wenn Sie in der Warteschleife nach jeweils einer Minute oder beim Endanflug nach jeweils dreißig Sekunden die Verbindung mit Radar verlieren ...«

Dankbar gebe ich mich ganz den vertrauten Einzelheiten hin. Die Kurve fortsetzen, mit der Nase etwas mehr nach unten gehen, um den Sinkflug zu beschleunigen, nachprüfen, ob die Triebwerksschutzgitter eingezogen sind und der pneumatische Kompressor ausgeschaltet ist und der Sauerstoff hundert Prozent beträgt und die Triebwerksüberwachungsinstrumente auf Grün zeigen, und die Abzugsleine wieder an den D-Ring der Fallschirm-Reißleine haken. Meine kleine Welt rast gehorsam nach unten, wie ich sie lenke. Da ich mich auf meine Instrumente konzentriere, bemerke ich nicht, wann ich wieder in die Wolken hineinfliege.

Die Stimme fährt fort, mich durch das Dunkel zu leiten, mit der Sicherheit einer Stimme, die das schon sehr oft getan hat. Der Mann, dem die Stimme gehört, ist ein einfacher Soldat, mit dem ich mich nur dienstlich unterhalte. Aber jetzt vertraue ich mich und meine Maschine völlig seiner Stimme an, und der Rang spielt keine Rolle. Ein Druck auf den Mikrophonknopf.

»Null fünf ist horizontal . . .« Kein Nebengeräusch. Ich sende nicht. Ich drücke mit dem linken Daumen den Mikrophonknopf kräftig nach unten und rüttele an ihm in seinem kleinen Sockel. »Null fünf ist horizontal, achthundert Meter, genau auf eins drei fünf Grad.« Landeklappen ausfahren. Die Eigengeschwindigkeit verringert sich auf 400 Stundenkilometer. Den linken Handschuh an den durchsichtigen radförmigen Plastikgriff des Fahrwerkhebels. Eine mechanische Bewegung: den Handgriff einen halben Zentimeter herausziehen und fünfzehn Zentimeter nach unten drücken. In dem Augenblick, in dem der Hebel kräftig nach unten einrastet, kommen die großen harten Räder meines Flugzeuges aus ihren verborgenen Schächten hervor und drücken sich zitternd nach unten in die vorbeirauschenden Wolken. Drei helle grüne Lichter flammen links auf dem Instrumentenbrett auf. Den Schalter für die Geschwindigkeitsbremsen nach vorn.

»Null fünf hat drei grün, Druck und Bremsen.« Ein leichter Druck auf die Bremsen.

»Verstanden, null fünf, Sie sind jetzt sechzehn Kilometer vom Aufsetzpunkt entfernt, überprüfen Sie noch einmal Ihr Fahrwerk, der Turm hat Sie für eine Fullstop- Landung freigegeben. Gehen Sie auf Kurs eins sieben fünf, bleiben Sie auf dieser Frequenz für den Endanflugleiter.« In dem vom Regen bespritzten rotkarierten Wagen für den Bodenradaranflug neben der einzigen Landebahn von Chaumont blickt der Radarsuchlotse hinüber zu seinem Kameraden, dessen Silhouette sich dunkel von dem grünen Licht seines Radarschirms abhebt. »Jetzt gehört er dir, Tommy.« Tommy nickt.

»Düsenjäger null fünf, hier spricht Ihr Endanflugleiter, wie hören Sie mich?« Er weiß bereits, daß ich ihn gut hören kann. Die Frage ist Teil eines althergebrachten Zeremoniells.

»Null fünf hört Sie fast mit fünf.« Und ich spreche gleichzeitig mit ihm seine nächsten Worte vor mich hin, den Text, der ihm nach Manuskript für seine Rolle als Bodenradarlotse für den Endanflug zugeteilt worden ist.

»Verstanden, null fünf«, sagen wir. »Sie brauchen die folgenden Anweisungen nicht zu bestätigen, beim Endanflug wird es jedoch in regelmäßigen Abständen Sendepausen geben, die angesagt werden.« Nach dem großen Treibstoffanzeiger habe ich noch knapp zweitausend Pfund Treibstoff an Bord. Bei dem augenblicklichen Gewicht meines Flugzeuges müßte ich den Endanflug mit 300 Stundenkilometern fliegen. »Ich wiederhole, der Turm hat Sie freigegeben für eine Fullstop . . .«

Wenn mich ein guter Bodenradarlotse leitet, ist es so, als ob ich bereits auf der Rampe wäre und mein Triebwerk ausschaltete, denn meine Landung ist völlig sicher.

». . . Sie befinden sich dreißig Sekunden vom Gleitweg

entfernt, korrigieren von links nach rechts zur Grundlinie. Kurven Sie auf Kurs eins acht null. Eins acht null. Sendepause.«

Er nimmt seinen Fuß von dem Mikrophonpedal auf dem Fußboden unter seinem Radarschirm und gibt mir ein paar Sekunden Zeit zum Sprechen. Ich habe jedoch nichts zu sagen, um seine Pause auszufüllen, und sein Fuß geht wieder nach unten. »Eins acht null bringt Sie zur Grundlinie, Sie treiben leicht von links nach rechts. Zehn Sekunden bis zum Gleitweg. Kurven Sie auf eins sieben neun. Eins sieben neun . . .« Das ist ein kleines Kompliment für mich. Korrekturen von einem Grad sind sehr klein, sehr präzise, und erfordern vom Piloten genaueste Beherrschung des Flugzeuges. Ich höre Korrekturen von einem Grad nur bei ruhiger Luft, nur wenn ich gut fliege. Ein Lächeln unter der Sauerstoffmaske. Er hätte mich vor dreißig Minuten sehen sollen.

»Auf dem Gleitweg, beginnen Sie zu sinken. Empfehle eine Anfangssinkgeschwindigkeit von zweihundertfünfzig Metern in der Minute für Ihr Flugzeug . . .« Was könnte einfacher sein, als einen Bodenradaranflug durch die Wolken bis zur Landebahn zu fliegen? Mit den Kreuzzeigern des Instrumentenlandesystems läßt sich zwar dasselbe Ergebnis erreichen, aber das ILS ist unpersönlich. In technischer Hinsicht ist ein ILS-Endanflug von größerer gleichbleibender Genauigkeit als ein Bodenradaranflug, aber ich möchte viel lieber mit einem guten Mann hinter einem guten Radarschirm zusammenarbeiten, bei jedem Wetter. Geschwindigkeitsbremsen ausfahren, indem der linke Daumen den Kippschalter nach hinten drückt. Ich senke die Nase und stelle mir dabei den langen Sinkflug des vor mir liegenden unsichtbaren Gleitweges vor. Die Nadel des Variometers zeigt auf der unteren Hälfte ihrer Skala auf dreihundertdreißig Meter in der Minute, geht dann zurück auf zweihundertsiebzig Meter in der Minute.

»Gut auf dem Gleitweg abgefangen . . . auf der Grundlinie . . . Sie kommen jetzt leicht links von der Grundlinie ab, kurven Sie auf Kurs eins acht drei Grad, eins acht drei. Auf dem Gleitweg . . .« Die Eigengeschwindigkeit beträgt 315 Stundenkilometer, eine Sekunde lang mit dem Gashebel zurück, dann wieder nach vorn. Eigengeschwindigkeit 311. Wieder zurück und wieder nach vorn. 305.

»Sie kommen zwei Meter unter den Gleitflugweg, gleichen Sie Ihre Sinkgeschwindigkeit etwas an . . . auf der Grundlinie . . . Sendepause.« Ich nehme den Steuerknüppel eine Idee zurück, schiebe ihn dann wieder behutsam eine Idee nach vorn.

»Oben und auf dem Gleitweg, gehen Sie wieder auf normale Sinkgeschwindigkeit. Auf der Grundlinie . . . auf dem Gleitweg . . . auf der Grundlinie . . . eine ausgezeichnete Sinkgeschwindigkeit . . .« Ich möchte wetten, daß ein Bodenradarlotse manchmal nicht mehr weiß, was er sagen soll. Aber er muß ununterbrochen den Maschinen im Endanflug Anweisungen geben. Was für ein langweiliges Leben er führen muß. Doch langweilig oder nicht – ich bin sehr froh, ihn zu hören.

»Auf dem Gleitweg . . . Sie machen die Sache gut, Leutnant . . . auf der Grundlinie . . . Kontrollturm meldet Bremswirkung gut . . .« Woher weiß er, daß ich Leutnant bin? Ich könnte ein Major oder ein Hauptmann sein, der in dem nächtlichen Schlechtwetter die Standardisierung von Bodenradarlotsen überprüfen möchte. Aber ich bin es nicht, ich bin nur ein Mann, der froh darüber ist, ein Gewitter hinter sich zu haben, und bin dankbar, wieder eine Stimme in meinem seit langem schweigenden Funkgerät zu hören.

». . . Sie sind drei Kilometer vom Aufsetzpunkt entfernt,

auf dem Gleitweg, Sie kommen drei Meter nach links von der Grundlinie ab, rechts kurven auf eins acht vier Grad . . . eins acht vier. Auf dem Gleitweg, korrigieren zur Grundlinie . . . eins acht vier . . . zweieinhalb Kilometer bis zum Aufsetzpunkt . . .«

Ich blicke auf und sehe plötzlich, daß ich schon seit einigen Sekunden aus den Wolken heraus bin. Die roten und grünen und doppelten weißen Reihen der Landebahnfeuer liegen direkt vor mir. Eine Kleinigkeit weniger Gas, um langsamer zu werden.

». . . eineinhalb Kilometer bis zum Aufsetzpunkt, Sie kommen drei Meter unter den Gleitweg . . .« Da haben wir es. Ich weiß es, der Endanflugleiter weiß es. Ich komme unter den Gleitweg, wenn ich die Landebahn erblicke. Wenn ich völlig unter seiner Leitung bliebe, würde ich etwa zweihundert Meter vom Anfang der Landebahn entfernt aufsetzen, und diese zweihundert Meter kann ich gut gebrauchen. Ich brauche die normale Landelänge und weitere sechshundertsechzig Meter, um mein Flugzeug zum Stehen zu bringen, wenn der Bremsfallschirm auf einer nassen Landebahn versagt. Aber auch wenn man vom Bremsfallschirm und vom Flugzeug absieht, lernte ich schon als Offiziersanwärter die drei wertvollsten Regeln für einen Piloten auswendig aufsagen: Landebahn hinter dir, Höhe über dir und eine Zehntelsekunde danach.

Obwohl ich noch mit einem Ohr auf die Stimme des Bodenradarlotsen höre, fliege ich jetzt nur nach einem Instrument: der Landebahn. Landescheinwerfer einschalten. Der linke Handschuh greift nach vorn und drückt auf einen Schalter, um zwei starke weiße Landescheinwerfer unter meinen Flügeln ausfahren zu lassen, die sich nach vorn drehen, um einen hellen Weg durch die Regentropfen zu bahnen. ». . . vierhundert Meter vom Aufsetzpunkt. Sie kommen zehn Meter unter den Gleitweg, gehen Sie mit

Ihrer Maschine höher . . .« Ich wünschte, er wäre jetzt ruhig. Ich brauche seine Stimme in den Wolken, aber ich brauche ihn nicht, um mir sagen zu lassen, wie ich mit meinem Flugzeug landen soll, wenn ich die Landebahn sehen kann. Die Scheinwerfer rasen jetzt über weißen Beton, rote und grüne Lichter blinken unter mir.

». . . zwölf Meter unter dem Gleitweg, Sie sind für einen sicheren Anflug zu niedrig, gehen Sie mit Ihrer Maschine höher . . .«

Ruhe, Bodenradar! Sie sollten wirklich so viel Verstand besitzen, sich nicht aufzuregen, wenn ich mit dem Aushungern beginne. Ich finde es richtig, auf den ersten paar hundert Metern auf der Landebahn aufzusetzen, Sie dagegen finden es richtig, daß mein Flugzeug erst nach zweihundert Metern auf einer nassen Landebahn aufsetzt. Steuerknüppel zurück, Gashebel auf *Leerlauf*, Steuerknüppel zurück, etwas linkes Querruder . . . ich taste mit meinen feinfühligen Rädern nach der Landebahn. Noch einen Meter tiefer, noch ein paar Zentimeter. Komm schon, Landebahn.

Harter Gummi auf hartem Beton. Kein so glattes Aufsetzen, wie ich es eigentlich wollte, aber nicht schlecht, Steuerknüppel nach vorn, das Bugrad herunterlassen, das Quietschen des fünfunddreißig Zentimeter großen Rades, als es seinen Teil der Last von neunzehntausend Pfund Flugzeug übernimmt, rechter Handschuh an den gelben Bremsfallschirmgriff, ein schneller kurzer Ruck. Der Handschuh wartet am Handgriff, um den Schirm sofort abwerfen zu können, wenn er vom Wind erfaßt werden und mich plötzlich an den Rand der Landebahn zerren sollte. Ich werde leicht in meinen Schultergurten nach vorn gedrückt durch das leise Puffen eines fünf Meter großen Ringspalt-Fallschirms, der aus dem Rumpfende quillt. Geschwindigkeitsbremsen einfahren, Landeklappen einfahren, Stiefel vorsichtig von den Bremsen. Der Bremsfallschirm wird mich zum Stehen bringen, fast bevor ich zum Stehen kommen möchte. Ich muß von der Landebahn abdrehen, bevor ich den Schirm abwerfen kann; wenn ich zu früh zum Stehen komme und bis zum Abdrehen von der Landebahn mit dieser großen Nylonblüte hinter mir rollen muß, würde ich fast volle Kraft brauchen, um schneller als drei Kilometer in der Stunde vorwärts zu kommen. Es ist ein wirksamer Bremsfallschirm.

Wir rollen bis zum Ende der Landebahn aus, und auch ohne gebremst zu haben, muß ich noch einmal kurz Gas geben, um am Ende abdrehen zu können. Stiefel auf das linke Seitenruderpedal, und wir drehen ab. Eine Drehung und ein nochmaliger Ruck am Bremsfallschirmgriff, während ich über die Schulter nach hinten sehe. Die weiße Blüte ist plötzlich verschwunden, und mein Flugzeug rollt müheloser die Rollbahn entlang.

Der linke Handschuh zieht den Griff des Kabinendachverschlusses nach hinten, der rechte Handschuh ergreift den Rahmen und schwenkt das Dach meiner kleinen Welt nach oben und hinten, über meinen Kopf hinweg.

Über der grünen Gummimaske schlägt mir leicht der Regen ins Gesicht. Es ist kühler, vertrauter Regen, und ich freue mich, ihn zu spüren. Landescheinwerfer auf *aus und eingezogen*, Rollscheinwerfer *an*, Sicherungsstecker des Schleudersitzes aus der Tasche des Druckausgleichsanzuges heraus und in seine Vertiefung in der Armlehne. UHF-Gerät auf Kontrollturmfrequenz.

»Chaumont Kontrollturm, Düsenjäger vier null fünf hat die Landebahn frei gemacht, erbitte Rollerlaubnis zum Hangar der Staffel.«

»Freigegeben zum Rollen auf der parallelen Rollbahn, null fünf. Wir haben keine Meldung über die voraussichtliche Verspätung Ihres Eintreffens in Chaumont erhalten. Hatten Sie unterwegs Schwierigkeiten?«

Der Kontrollturm ist heute nacht zum Schwatzen aufgelegt. »Etwas Ärger mit dem Funkgerät, Kontrollturm.«

»Höre Sie jetzt aber klar mit fünf null fünf.«

»Verstanden.«

Der rechte Handschuh drückt auf den blanken Verschluß an der Seite meiner Sauerstoffmaske, während ich zwischen den Reihen der blauen Rollbahnfeuer dahingleite, geschoben von dem leichten Hauch des Triebwerks bei fünfzig Prozent Umdrehungen in der Minute. Kalter Regen schlägt mir ins Gesicht. Wir rollen gemeinsam in einer Kurve nach rechts, meine Maschine und ich, eine leichte Steigung hinauf, und folgen den grünen Buchstaben eines Folgen-Sie-mir-Wagens, der plötzlich aus der Dunkelheit auftaucht.

Über diesem nächtlichen Regen und über den Wolken, die ihn hervorbringen, ist eine Welt, die nur den Piloten gehört. Heute nacht gehörte sie einen Augenblick lang nur mir und meiner Maschine, und in ihrer ganzen Weite nach Osten hin einem anderen Piloten und einer anderen Maschine. Heute nacht gehörte uns der Himmel gemeinsam, und vielleicht spürt er gerade jetzt die kalten Regentropfen, während er neben einer Landebahn dahinrollt, die in meinen geheimen Unterlagen genauso ein Ziel ist, wie der Fliegerhorst von Chaumont ein Ziel in den seinen ist.

Und mir wird bewußt, im Regen, daß es heute nacht zwar nur ihn und mich in unseren Maschinen gegeben hat, daß es morgen aber ein anderer von uns und ein anderer von ihnen sein wird. Wenn mein kleiner Auftritt beendet ist und ich wieder zu Hause in den Vereinigten Staaten und Pilot der Air National Guard von New Jersey bin, wird noch immer jemand in einem Flugzeug mit weißem Stern und ein anderer in einem Flugzeug mit rotem Stern durch die europäische Nacht fliegen. Nur die Gesichter in den Pilotensitzen wechseln.

Durch gleiche Arbeit, gleiche Hingabe, gleiche Gefahr, gleichen Erfolg, gleiche Furcht, gleiche Freude, gleiche Liebe wird ein Band geschmiedet, das keinem Wechsel unterworfen ist. Ich werde von Europa nach Amerika zurückkehren, er wird von Europa nach Rußland zurückkehren. Die Gesichter wechseln, das Band bleibt.

Ein fester Druck auf die rechte Bremse, Einschwenken auf die Betonrampe einer Abstellbox, so daß die Nase nach außen zur Rollbahn und zu der dahinterliegenden Startbahn zeigt. Rollscheinwerfer *aus*, kontrollieren, ob das Bodenpersonal aus dem Folgen-Sie-mir-Wagen die Bremsklötze vor die Räder schiebt.

Mögen dir Verstand und Intuition sagen, nicht in Gewitter zu fliegen, ferner Freund.

Gashebel schnell zurück auf *aus*. Der zuverlässige, rotierende Kobold aus Stahl stirbt mit einem langen, schwächer werdenden Atemzug und stößt seine letzte Hitze in einer flimmernden schwarzen Welle in die Nacht hinaus. Schlaf gut.

Ein Klopfen an die Seite des Rumpfes. »Abschaltzeit!« ruft der Erste Wart, und ich sehe auf meine Uhr. Es dauerte einundsechzig Sekunden, bis die Turbine und der Kompressor ihren Atemzug beendeten. Das ist eine wichtige Angabe für einen Wart, und ich trage die Zeit in das Formular eins ein.

Umformer *aus*, Treibstoff *aus*, UHF-Gerät aus und zum Schluß Batterie *aus*. Ein letztes lautes Klicken ertönt in der Nacht, als der Batterieschalter unter meinem Handschuh auf *aus* gedreht wird, und meine Maschine ist völlig und endgültig still.

Beim Strahl meiner Taschenlampe trage ich in das Formular ein, daß das UHF-Gerät über siebentausend Metern unregelmäßig arbeitet. Es ist kein Raum für die Eintragung vorgesehen, daß die Air Force von Glück sagen kann, daß sie dieses Flugzeug überhaupt wiederbekommen hat. Ich trage ein: fünfundvierzig Minuten in nächtlichem Schlechtwetter, eine Stunde Nachtflug, ein Durchstoß mit TACAN, ein Bodenradaranflug, eine Landung mit Bremsfallschirm. Ich unterschreibe das Formular, löse den Sicherheitsgurt und die Schultergurte und das Lebensrettungsgerät und den Druckausgleichsanzug und den Sauerstoffschlauch und das Mikrophonkabel und den weichen Kinnriemen.

Ein blauer Kombiwagen der Air Force kommt angefahren, leuchtet mit seinen Scheinwerfern auf mein Bugrad, und der Sack, der auf den Maschinengewehren liegt, wird hinuntergereicht.

Ich lege meinen weißen Helm auf die Rundung des Kabinendaches vor mir und klettere steif die gelbe Leiter aus der einsamen kleinen Welt herunter, die ich liebe. Ich unterschreibe ein Blatt Papier, der Kombiwagen läßt mich in der Dunkelheit zurück. Mit dem Helm in der Hand und dem Schal, an dem wiederum der Wind zerrt, bin ich wieder auf dem Boden meines Fliegerhorstes in Frankreich, zusammen mit tausend anderen Bürgern in Uniform, und mit einunddreißig . . . nein, mit dreißig . . . anderen Piloten.

Meine Maschine ist verstummt, und ich bin, mich einen Augenblick noch fremd auf der Erde fühlend, zu Hause.

VERZEICHNIS
der in diesem Buch verwendeten Fachausdrücke

Abwurftanks Unter den Flügeln befestigte Treibstofftanks, die die Reichweite eines Flugzeuges vergrößern sollen. Sie können während des Fluges abgeworfen werden, um das Flugzeug für den Luftkampf leichter zu machen.

Außenladung Jede Ladung, die an den Befestigungsvorrichtungen unter den Flügeln angebracht ist; Bomben, Raketen, Abwurftanks oder Atomwaffen.

Belastungsmesser Ein Instrument, das die Menge der elektrischen Generatorleistung mißt, die von allen Anlagen des Flugzeuges zusammen verbraucht wird.

Beschleunigungsgeschwindigkeit Eine berechnete Geschwindigkeit, mit der festgestellt werden soll, ob ein Flugzeug während des Anlaufs zum Abflug richtig beschleunigt. Wenn die Beschleunigungsgeschwindigkeit bis zu einem bestimmten Punkt der Startbahn nicht erreicht ist, wird der Start abgebrochen.

Beschleunigungsmesser Ein Instrument, das die Zahl der Schwerkraft-Einheiten mißt, denen ein Flugzeug ausgesetzt wird, als Vielfaches der normalen Schwerkraft oder G (= gravity).

Bremsfallschirm Ein starker Fallschirm aus Nylon, der am Schwanzende der F-84 F verpackt und untergebracht ist. Wenn der Pilot in der Kabine den Griff für den Bremsfallschirm zieht, hofft er, daß sich der Fallschirm entfaltet und sein Flugzeug beim Ausrollen abbremst.

D-Ring-Abzugsleine Ein metallener Karabinerhaken und eine Abzugsleine aus Nylon, die am Reißleinengriff des Fallschirms befestigt sind, um den Fallschirm des Piloten im Falle eines Absprungs aus niedriger Flughöhe schnell und automatisch zu öffnen.

Druckausgleichsanzug Eigentlich »Anti-G-Anzug«. Ein Paar fest geschnürter, aufblasbarer »Beinkleider« aus Nylon und Gummi, die sich bei Kurven mit hoher Schwerkraft und beim Abfangen mit Luft füllen, um zu verhindern, daß sich das Blut des Piloten in den Beinen staut und er das Bewußtsein oder zeitweise die Sehkraft verliert.

Durchstoß Eine Form des Sinkflugs nach Instrumenten, durch die ein Flugzeug aus großer Höhe zu einer Landeposition über der Landebahn gebracht wird.

Fahrtmesser Ein Instrument, das die Geschwindigkeit des Flugzeuges durch die Luft (Eigengeschwindigkeit) in nautischen Stundenmeilen (Knoten) anzeigt.

Fernthermometer Ein paar Temperaturmesser, die im Abgasrohr eines Düsentriebwerks angebracht sind.

Flak Ursprünglich Salven von Flakfeuer aus eigens dafür konstruierten Erdwaffen. Von Jagdbomberpiloten wird Flak in weiterem Sinne gebraucht und bezeichnet auch Pistolen- und Gewehrfeuer, Stöcke, Steine und was der Feind sonst noch vor einem Flugzeug in die Luft wirft, um es zum Absturz zu bringen.

Flughöhe Eine Form zur Bezeichnung der Flughöhe, bei der z. B. eine Höhe von 33 000 Fuß mit »Flughöhe 330« angegeben wird.

Fluglageanzeiger Auch »künstlicher Horizont« oder »Kreiselhorizont« genannt. Ein Instrument mit einer kreiselgesteuerten Skala, die immer parallel zum wirklichen Horizont bleibt, und ein kleines Flugzeug, das die Bewegungen und die Fluglage des wirklichen Flugzeuges genau nachahmt.

Freund-Feind-Kenngerät Eine im Flugzeug installierte Wiederholer Bake, die auf einem Bodenradarschirm ein deutliches Echo hervorruft. Das Freund-Feind-Kenngerät ermöglicht den Flugsicherungslotsen die eindeutige Identifizierung eigener Flugzeuge.

Gashebel Ein Hebel an der linken Seite des Führersitzes, mit dem der Pilot die Treibstoffzufuhr und die Leistung des Triebwerkes regeln kann.

Gefechtskommandozentrale Die Koordinierungsstelle eines taktischen Fliegerhorstes; die Befehlsstelle, von der aus der Geschwaderkommodore die Operationen während des Kampfes leitet.

Geschwindigkeitsbremsen Zwei große durchlöcherte Stahlplatten am Rumpf unmittelbar hinter den Flügeln. Sie werden hydraulisch in den Luftstrom gedrückt, um das Flugzeug bei hoher Geschwindigkeit schnell zu bremsen.

Gieren Bewegungen eines Flugzeuges nach links und rechts um seine vertikale Achse.

Höhenkrankheit Durcheinandergeraten des instinktiven Orientierungssinnes des Piloten, wenn er nur nach Instrumenten fliegt.

Höhenmesser Ein Druckmesser mit drei Zeigern, der die Höhe des Flugzeuges über dem Meeresspiegel anzeigt.

Holm Der Grundbestandteil des Tragwerks oder Leitwerks, der die größte Belastung des Flugzeugkörpers auszuhalten hat.

Kampftrefferschalter Eine Reihe von vier Schaltern zur Unterbrechung der Treibstoffzufuhr in der F-84 F. Sie verhindern die Treibstoffzufuhr von anderen Tanks zu einem im Luftkampf getroffenen Treibstofftank.

Kommandogerät (UHF-Gerät) Der Ultrahochfrequenz-Sender und -Empfänger für den Bord-Boden-Sprechfunkverkehr.

Kubanische Acht Eine Kunstflugfigur, die aus miteinander verschlungenen Halbloopings und Rollen besteht.

LABS Low Altitude Bombing System (Bombenabwurf aus niedriger Flughöhe). Eine Methode zum Abwurf von Atombomben.

Landeklappen Aerodynamische Flächen in den Flügeln, die ausgefahren werden können, um den Flug zu verlangsamen.

Laufradschaufel Auch »Turbinenschaufel«. Eine gebogene, widerstandsfähige Stahlschaufel, die so am Turbinenrad montiert ist, daß sie durch das Feuer der Brennkammern angetrieben wird und das Rad dreht.

Machmesser Ein Instrument, das die Geschwindigkeit des Flugzeuges in bezug auf die Schallgeschwindigkeit anzeigt. Mach 1 ist die Schallgeschwindigkeit; die Höchstgeschwindigkeit der F-84 F beträgt etwa 1,18 Mach.

MG-Heizung Ein Gerät, das die Maschinengewehre beim Flug durch die Kälte in großen Höhen erwärmt und schußbereit hält.

Offiziersledigenheim Die Unterkunft für die Piloten der Staffel.

Pipper Der Lichtpunkt in der Mitte eines optischen Visiers, der die zusammenlaufenden Schußbahnen der MG-Kugeln und die Einschlagstellen der Bomben und Raketen anzeigt.

Pneumatischer Kompressor Ein im Rumpf untergebrachter Kompressor, der den Preßluftzylinder für das Anlassen des Triebwerks wieder auflädt.

Queranflug Bei der Landung oder beim Übungsschießen, der Flugweg unmittelbar vor dem Endanflug oder Zielanflug. Beim Queranflug liegt die Landebahn oder das Ziel im rechten Winkel zum Kurs des Flugzeuges.

Querruder Flächen an den Flügelspitzen, die durch den Steuerknüppel betätigt werden, um das Flugzeug in eine Rechts- oder Linksneigung zu bringen oder um es völlig um seine Längsachse zu rollen.

Radarkuppel Das Fiberglasgehäuse um die Radarantennen am Bug von mehrmotorigen Flugzeugen und Allwetter-Abfangjägern.

Radiokompaß Ein mit einer Anzeigeskala gekoppeltes Radiogerät, das meist auf eingestellte niederfrequente Sende- und Navigationsstationen auf dem Boden zeigt.

Rampe Ein Platz, auf dem Flugzeuge abgestellt werden.

Reihe Eine Flugformation, bei der die Flugzeuge in einer Reihe und in einem Winkel zu ihrer Flugrichtung angeordnet sind.

Rumpf Der »Körper« eines Flugzeuges, an dem die Flügel und der Schwanz angebracht sind.

Schere Eine Reihe scharfer Rückwärtskurven im Luftkampf.

Schulterstücke Abzeichen, die Offiziersanwärter von Offizieren, Unteroffizieren und Mannschaften der Air Force unterscheiden.

Senkungswinkel Ein Winkel, um den das Visierbild gesenkt wird, um es den verschiedenen Flugbahnen von Bomben und Raketen anzupassen. Für Maschinengewehrfeuer ist kein Senkungswinkel erforderlich.

Servomotor Ein von der Kabine aus betätigter elektrischer Motor, der die Steuerung des Flugzeuges erleichtert.

Stabilator Zusammenziehung aus »stabilizer« (Höhenflosse) und »elevator« (Höhenruder); das aus einem Stück bestehende horizontale Schwanzende einer F-84 F. Es ist mit dem Steuerknüppel des Piloten verbunden und ermöglicht es, mit der Nase des Flugzeuges nach oben oder unten zu gehen.

Starthilfe Um beim Start kurze Anlaufstrecken zu erzielen, können bis zu vier abwerfbare Raketentriebwerke an dem Rumpf der F-84 F angebracht werden. Jedes Triebwerk hat eine Brenndauer von vierzehn Sekunden und eine Schubkraft von tausend Pfund.

Staudrucksystem Das Nervensystem des Flugzeuges, das den statischen und dynamischen Luftdruck mißt, der für Höhenmesser, Fahrtmesser und Variometer gebraucht wird.

Stromunterbrecher Ein Sicherheitsschalter, der wie eine elektrische Sicherung dazu dient, die Stromzufuhr zu einem überlasteten Stromkreis zu unterbrechen.

TACAN Tactical Air Navigation (Taktische Luftnavigation). Wie der Radiokompaß ein Navigationsgerät, das mit einer Nadel gekoppelt ist, die auf eine eingestellte Bodenstation zeigt. Im Unterschied zum Radiokompaß ist es auch mit dem Entfernungsmesser gekoppelt, der die Entfernung des Flugzeuges von der Station in Meilen anzeigt.

Triebwerksschutzgitter Einziehbare Stahlgitter im Lufteinlaß am Bug des Flugzeuges, um zu verhindern, daß Fremdkörper in das Triebwerk gelangen und es beschädigen.

Trimmknopf Ein Drehknopf mit fünf Schaltstellungen, der am oberen Ende des Steuerknüppelgriffes angebracht ist. Mit dem Trimmknopf kann der Pilot das Steuerungssystem so einstellen, daß während des Fluges die leichtesten »Steuerkräfte« möglich sind.

UHF Im Funkwesen, ultrahohe Frequenz.

Umdrehungen in der Minute Sie werden von null bis hundert Prozent der möglichen Drehzahl des Triebwerks auf einem in der Kabine angebrachten Tachometer gemessen.

Umformer Ein elektrisches Gerät, das Gleichstrom in Wechselstrom umwandelt, mit dem die Instrumente arbeiten. Die F-84 F besitzt einen Haupt- und einen Ausweichumformer.

Variometer Ein Instrument, das die Steig- und Sinkgeschwindigkeit in Fuß pro Minute mißt; von Null beim Horizontalflug bis zu sechstausend Fuß in der Minute beim Steig- oder Sinkflug.

Verteidigungstrennung Ein nur im äußersten Notfall angewandtes Manöver im Luftkampf, bei dem sich Führungsflugzeug und Flügelmann trennen und dadurch versuchen, einen Angreifer in eine ungünstige Position zu bringen.

Visierarretierhebel Ein Handgriff unter dem Visier, der die empfindlichen beweglichen Teile des Visiers gegen die Erschütterungen beim Rollen, Starten und Landen sichert.

Warteschleife Eine Schleife in Form einer Rennbahn, die ein Flugzeug beim Instrumentenflug fliegt, während es auf die Freigabe zum Sinkflug wartet.

Yoyo Im Luftkampf ein steiler Steig- und Sturzflug, wobei Höhe gegen Eigengeschwindigkeit eingetauscht wird, um zu versuchen, eine günstigere Angriffsposition zu erlangen.